両片想いの偽装結婚

★

瀬尾 碧

Midori
Seo

Noche
BUNKO

登場人物紹介
アーディル
騎馬民族ジャラフィード
一族出身の医師。
互いの利害の一致から、
リィナと偽装結婚の
契約を交わす。
リィナ（橋《はし》田《だ》梨《り》奈《な》）
突然異世界トリップ
してしまった元OL。
女性の立場が弱い世界で
自分の身を守るため、
アーディルと偽装結婚して
薬師を目指す。
明るく前向きな性格。
ハニー
リィナの愛ロバ。

ジャミア
軍部の参謀総長。
異世界人の知識に
目をつけ、囲い込もうと
狙っている。
シグ先生
王宮医師。
温和で茶目っ気のある
お爺ちゃん。
ラキーブ
集落の長で、
アーディルの伯父。
謹厳実直を
絵に描いたような人物。
ニーノ
王宮に勤める薬草研究者。
飄々《ひょうひょう》とした態度の美青年。

目次

両片想いの偽装結婚

第1章　荒野の夜

「よし。これで今日の分はできたかな」

獣脂《じゅうし》のランプが揺らめく絨毯《じゅうたん》の上で。ごりごりと煎《せん》じていた生薬《しょうやく》を、慎重に薬包紙に包む。

この地で薬包紙の油紙は、結構貴重。さらに、折り方だけで薬の種類を見分けるから、間違えないようにしないとね。

胃薬、吐き気止め、化膿止め――

充分すぎるくらい何度も確かめてから籠《かご》を持って立ち上がり、でき上がった薬を年季の入った薬箱に収めれば、本日の作業は終了だ。

長い時間背中を丸めてたから身体はバッキバキ。両腕を上げて縮こまった身体を、うーんと伸ばす。

どのくらい作業してたんだろう……？

そう思いながら無意識に視線を彷徨《さまよ》わせて時計を探してしまう。そんな自分に気がついて、またやっちゃったかと苦笑する。

生まれてこのかた、二十四年。時計のない生活なんてしたことがなかったから、どうしても馴染《なじ》めないいんだよね。

電気がないことはすんなり受け入れられたのに。不思議なもんだ。

そんなことを思いつつ、異国情緒たっぷりの部屋をぐるりと見渡す。

この小さなワンルームの幕屋は、モンゴルの移動式住居・ゲルによく似ている。

小さな薪《まき》ストーブを中心に、円筒形の壁にはタペストリーが飾られ、天井には傘を載せたような緩《ゆる》やかな屋根が広がっている。

他の幕屋と少しだけ違うのは、ここがお医者様の家だから。部屋のあちこちに薬草を干す薬棚が置かれているし、生薬《しょうやく》を入れる大きな薬箪笥《くすりたんす》もある。

草原の上にコロンとしたフォルムの幕屋が並ぶ姿は、なんとも言えず愛らしい。

世界は違えど、荒野と草原を駆け抜ける遊牧民族の発想は似るのかもしれないな。

そんなことを考えながら天を仰ぐと、屋根にある天窓から丸い月がちらりと見えた。

うわ。結構、時間かかっちゃった！

時計がなくても、時間経過は太陽や月の動きで分かる。生薬《しょうやく》作りにはまだ慣れていないとはいえ、もう少し手早く作れるようにしないと、お手伝いをする意味がない。

そう焦りながらも、まさか普通のＯＬである私がマウスとキーボードの代わりに乳鉢や薬研《やげん》と格闘する日がくるとは想像すらしなかったわけで。

人生何が起きるか分からないと、思わず溜息をつく私、橋田梨奈《はしだりな》二十四歳、元ＯＬ。

現在、迷い込んだ異世界で、絶賛遊牧生活中です。

＊＊＊

始まりは、三ヶ月前の梅雨《つゆ》の終わり。

セクハラ上司の後ろ頭を叩いたことが発端だった。

常日頃、肩もみだの手相だの理由をつけて触ろうとしてくるセクハラ親父には、充～分注意していたはずなんだけどね。

ヤツは事もあろうに、給湯室でお茶を淹れていた私の背後に忍び寄ると、「あ～～。やっぱり橋田さん、生足じゃないいんだぁ」と、スカートのスリットに指を這《は》わせながらのたまった。

振り向きざまに咄嗟《とっさ》に手を上げたのは、確かに私が悪い。

うん。そこは反省する。いかなる時でも暴力反対。ごめんなさい。

でもさ。キレイに入った手刀《しゅとう》がカツラを吹き飛ばしたのは、私のせいじゃないよ？

ついでにソレが、通りがかりの営業部長の前に落ちたのも！

その結果、怒れる上司のパワハラがスタート。仕事は山積み、毎日残業。週末までお得意様に強制同行だし、件《くだん》の上司は社長の甥《おい》だから周りも手出しできないし！

で、極めつきはコレよ。

「これは一体、どういうことなんでしょうか！」

「だからね。君は社会人として色々反省すべきだと思うんだよね。僕には年若い君を指導する責任がある」

はぁぁぁ⁉

仕事で上司の車に同乗するのは嫌だけど仕方ない。

でも今道の先に見えるのは、山の上に燦然《さんぜん》と輝くお城の形をしたホテルだけ！

――あ。もうこれは労働基準監督署に訴えるとか、交番に駆け込むとか、そういうレベルだ。

このまま連れ込まれてなるものかと、赤信号で停まった車から隙を突いて飛び降りた。

雨が降る中、傘もささずに走って走って、追いかけられないよう山道に逃げ込む。

どんどん強くなる雨と雷。

なのに大きな木の下で立ち止まるなんて、冷静なつもりでもやっぱり動揺していたらしい。

後ろに誰もいないのを確認してスマホを出した、その瞬間。

耳をつんざく轟音と全身を震わす、ドン！　という衝撃と共に、ぐにゃりと大地が歪《ゆが》んだ。

目を見開く私の前で、紫陽花《あじさい》の上で跳《は》ねた雨粒がシャボン玉みたいにふわりと浮いて停止する。

何これ……

緑の木々の合間。宙に浮く幾千幾万もの雨粒が淡く虹色に輝き始め、やがて一斉に空へと舞い上がり始める。

眩《まぶ》しいっ……！

それが私の覚えている、日本での最後の記憶だ。

あのあと、気がつくと荒野で倒れていた私は、わけも分からず、あちこちを彷徨《さまよ》った。

最初はよくできた夢だな～と暢気《のんき》に構えていた私も、ついに砂袋のように重くなった身体を岩山に預けるにあたって、これが現実だと受け入れざるを得なかった。いつか中央アジアを旅したいと話していたのは、遭難したいという意味では断じてない。

偶然薬草採取にやってきた男性医師・アーディルに見つけてもらえていなかったらと思うと、今でも背筋が凍るよ。行き倒れの異世界人を拾う羽目になった上、そのまま保護してくれた彼には、本当～に感謝してもし切れません。

そんなわけで、こちらの世界に迷い込んで早数ヶ月。

今宵《こよい》も私は家主に恩返しをすべく、微力ながらお手伝いしているわけです。


「空になっていた薬箱の小引き出しは全部薬を補充したし、使った器具も綺麗にしたでしょ。お願いされたヨモギもどきのスミルの葉は、半分は抽出してオイルに。もう半分は乾燥棚に広げて、茎は取るっと」

点検も兼ねてブツブツ言いながら手を動かし、誰もいない幕屋の入り口をちらりと見る。耳をそばだてても拾えるのは、少し強い風の音ばかり。

ん～……。やっぱりいつもより遅い、よねぇ。

ちょっと不審に思って小首を傾《かし》げる。

大抵天窓から月が見える時間には帰ってきてるのに。珍しいな。

今日は街に行くって言ってたから、そこで急患でも入ったのだろうか。そんなことを思いながら全ての仕事を終わらせていると――ようやくランプの炎が揺らめいて、夜の荒野の匂いが入ってきた。

「おかえりなさい。遅かったね」

薬箱の最後の引き出しを閉めながら振り返る。

すると、入り口の垂れ幕から入ってきたのは、草木の束を肩に担《かつ》いだ一人の精悍《せいかん》な青年、アーディルだった。

「あ。待って待って」

慌てて薬草を置くための敷き布を用意して、入り口付近にいくつも広げる。

ええと、根のものはこの敷き布で、枝ものはこっちの固い絨毯《じゅうたん》でしょ。傷《いた》みやすい薬草には、種類によって活けるための水桶と、綿花を入れた木桶をいくつか用意して……

あとは何かあったかな？

そうしてわたわたと準備を終えると、それを静かに待っていたアーディルは、重さを感じさせない動作でどさりと荷物を置いた。

「遅くなった。悪いな」

「ううん。大丈夫。でも今日は随分大量に採《と》ってきたんだね」

目の前に積まれた薬草はいつもの三倍以上あるかという量と重さ。私だったら両手で持ち上げるだけで精一杯だろう。

それを片腕で担《かつ》いでしまうんだから、お医者様とはいえさすが、生粋《きっすい》の遊牧民。スラリとしているのに、相変わらずの鋼《はがね》の身体だ。

大量の仕分けをしながらその重さに四苦八苦していると、背後から琥珀《こはく》色の長い腕がスッと伸びて、私の手から重い枝を取り上げ、黙々と仕分けを手伝ってくれる。

でも、これだけあればしばらくすることに困らないけど、薬草を採《と》りすぎて困るのは医者本人だと、アーディルは言っていなかったっけ？

少し不思議に思っていると、それに気づいた彼が、「今回はこの分量で良い。しばらく天候が荒れそうだからな」と、簡潔に答えをくれる。

「そっか、納得。じゃぁここ数日は部屋での調合メインだね」

「ああ」

この薬草の分量からしても、調合だけで三日程度はかかりそうだ。

彼はどちらかと言うと寡黙《かもく》な方だけど、こうやって私の疑問の一つ一つに答えてくれる。

それはこちらの生活に慣れていない私にとってありがたいし、何より単純に嬉しかった。

「今、夜食を出すから待ってて。今日は随分と遅かったけれど何かあったの？」

立ち上がって、既《すで》に支度してあった鍋をストーブの上に移す。

すると、ちょっと苦い顔をして何かを言いよどんでいる様子のアーディルが目に入った。

――珍しいこともあるもんだ。

また強引な見合い話でも持ち込まれたのかな……

刻んでおいた香草を鍋に入れつつ、そう思う。

表情の変化の乏《とぼ》しい彼が、一番感情を見せるのがこの手の話だと、短い付き合いながら知っている。

『結婚』という言葉を聞くことすら辟易《へきえき》としているアーディルは、弱冠十八歳にして王都で研鑽《けんさん》を積んでいるという超エリート医師。

その上、端整な外見から滲《にじ》み出る凄味《すごみ》のある色気と、それを一瞬で抑え込んでしまえるほどストイックな魂《たましい》が一つの身体に同居している。

つまりは周りが放っておくワケがない優良物件なわけで。

――でもその結果が女嫌いっていうんだから、どこの世界でもイケメンは大変だ。

そう思いながらもカマドと格闘を始めれば、意識は自然そちらに向かう。

以前よりは慣れたとはいえ、直火《じかび》での火力調整はやっぱり難しい。

最初の頃は惨憺《さんたん》たる出来栄えだったっけ。

四苦八苦しながら、それでも程なくして温まった夜食用のスープを出す。すると木のお椀に口をつけて一口啜《すす》ったアーディルが、

「……随分上達したな」

とぼそりと呟《つぶや》いた。

「最近お疲れみたいだから、疲労回復に効くアンカを足してみたの」

ちょっと嬉しくなって、私も一口。

うん、焦《こ》げなし、生煮えなし、味付けマトモだ。

「ならば砕いたシュルカも組み合わせると、もっと良いな。両方とも疲労・倦怠感《けんたいかん》をとる生薬《しょうやく》だが相乗効果が期待できる。ただし熱に弱いから、最後に上に散らすぐらいにしろ」

ふむふむと、教えてもらった香辛料の名前をメモに取る。

ＯＬ時代に使っていたスケジュール帳は、今では私の薬草ノートだ。

こちらでは紙は油紙以上に高価なもの。できる限り無駄がないよう、慎重に考えなが

ら書き込んだ。

「そこに書き込んだものは、そろそろ覚えられたのか？」

空になったお椀を渡され、もう一杯、お代わりを注ぐ。

目の前にいる男性は私の恩人であり、お医者様でもあるけれど、実は、もう一つ。私に異世界の薬学を教え込む、スパルタ教師の側面を持っている。

「大分覚えたつもりだけど、やっぱりまだ全部は無理だから、このノートは手放せないかな」

そう言って、私はぺらぺらとページをめくる。

「しっかり暗記しろよ。お前は呑み込みは早いのに記憶力が弱いのが弱点だ」

その言葉に、私は溜息と共にぱたんとノートを閉じる。

そう簡単に言わないで。馬と羊と生活している人間から見れば、スマホ生活に慣れた私なんて、様々な分野で劣っていること極まりないわけで。

気力、体力、視力、聴力、記憶力。足りない箇所を上げれば、きりがない。

気分はすっかりご老人。それに対してアーディルは、生まれながらの遊牧生活で鍛え上げられた、生粋《きっすい》の騎馬民族だ。

決して見た目だけではない、弓のようにしなやかで筋肉質な身体に、野性味を感じさせる精悍《せいかん》な顔立ち。褐色《かっしょく》の耳には医師であることを示すイヤーカフスが一つ光る。

それがただの粗野な男に見えないのは、髪と同じ黒曜石《こくようせき》の瞳が、少しの憂《うれ》いと知性を宿しているからかもしれない。

年こそ私よりもずっと若いけど、どこをどう見ても、年下だなんて思えない。こちらの世界の常識で言えば、本来なら子供がいてもおかしくない年齢の彼。落ち着きも、思慮深さも、責任の重さも何もかもが違う。

生きていくだけで途方もない労力を強《し》いられるこの世界で。何故か今——私は生きている。


「今日は何をしていた？」

食事を終えたアーディルが問いかけてくる。

「今日はレイリに機織《はたお》りを教わって失敗して。ナンナの手伝いで井戸に行ったけど水瓶を運べなくて……失敗して。スィンが糸を染めるのを手伝……、眺めてた」

「相変わらず、女の仕事は難しいか」

指を折って失敗を数えていると、小さく溜息をつかれる。

「……ごめんなさい」

アーディルは別に嫌味で言っているんじゃない。それは分かっている。

彼も集落の皆も優しく「異世界人だし病《や》み上がりなんだから無理しないで」と笑ってくれるし。

けれど食い扶持《ぶち》が一人増えるということは、狩りをするのも水を汲《く》むのも、全てが一人分追加で必要になるということだ。

特に今年はまぐさの伸びが悪かったそうで、一族が普段住んでいるエリエの街から離れたこの場所で、馬や家畜を放牧しているらしい。

ただ飯喰らいが、お荷物じゃないわけがないよね。

しかも体調はもう大分前に回復してたりするから、また問題で……

これでも元の世界では、運動部出身。体力には自信があったんだけどなぁ。

それでも私は水瓶一つ肩に載せて歩けないし、小さな子供ですら乗れる馬に跨《また》がることもできない。放牧に付き合えば方向が分からず、挙句の果てに迷子になる。

早い話。現代人の私には、たとえ体調が万全だったとしても、ここの暮らしについていけないのだ。

それが分かっているから、いたたまれなさで、今日もただ謝るしかできなかった。

「しかし……細かい作業は得意だな。薬学にも数字にも強い」

悄然《しょうぜん》とした私に、思案気な顔でアーディルが呟《つぶや》く。

「そりゃあ、これだけしっかり教えてもらえば、少しは手伝いだってできるようになるよ」

それに、私の実家、漢方薬局だったしね。

星の輝きも、風の匂いも、雨の音すら違うこの世界で、故郷を思い出せるものは、無骨なアーディルの手から生み出される薬の匂いだけ。

拾われた直後の寝たきりの時からずっとアーディルの手元を見ていたのは、作業を覚えようとしていたからじゃない。ただ単に、懐かしかったからだ。

「ねぇ、今日の帰りが遅れたの、もしかしてまたラキーブさんに何か言われたから?」

ラキーブさんというのは、この集落の長であり、無駄なものを全て削ぎ落としたような、鋭い目をしたオジサマだ。

仕事で失敗ばかりしている私は、彼に目をつけられているんだよね。

もしかしたらまた私のことで、何か注意を受けたのかもしれない。

こんなに遅くなるまで帰ってこなかったのも、いつもより煮え切らないアーディルの様子も、そう考えれば納得がいった。

「――酒が入ると長いからな、あの親父は」

軽く目を伏せたアーディルが、少し言いよどみながら頷《うなず》く。

うう〜。やっぱりかぁ。

もしかして、レイリの機織《はたお》りを手伝った時に、たくさんの糸を駄目にしてしまったことで注意を受けたんだろうか。それとも、染料の壷を倒してしまったこと？

仔ヤギを放す場所を間違えて、干し肉を作る作業の邪魔をしたのは昨日だっけ。

薪《たきぎ》の束を倒して雪崩《なだれ》を起こしてしまった件は、なんとか自分で元に戻したけど……

思い当たることがありすぎて、頭を抱えるしかない。

そう苦悩する私を、アーディルが「リィナ」と、こちらの人独特のイントネーションで呼んだ。

「嫌味と捉えず聞いてほしい。リィナは、今も王宮に保護してもらう気はないのか？　……正直ここの暮らしは、異世界人のお前には辛そうに見える」

お酒入りの金属のカップを水でも飲むかのように傾けながら、少し改まったアーディルに問われる。

けれど、いつだって私の答えは一緒。

「王宮で保護してもらった人達の中で、元の世界に帰った人はいないんでしょう？　それなら、『虹の雨』が降るまでここにいたいよ」

私が何でこの世界に来たのかは、分からない。いつ戻れるのかも分からない。

そんな私の深い絶望も、こちらの人からすれば、『珍しいけれども時折来る、不運な異世界人』程度の認識だ。

別世界の知識を持った異世界人は王宮に行きさえすれば手厚く保護されて、こうやって日々の生活に追われることもないと聞く。

それでも、私はどうしても元の世界に帰りたい。その唯一の希望が、この荒野にのみ降るという『虹の雨』だった。

「とはいえ、虹の雨に消えた異世界人の話は、伝承上でしかない。虹の雨自体、滅多に降るものではないぞ」

「でも、二つの世界が交わりし時、荒野に七色に輝く雨が降る。ともいわれてるんでしょう」

「確かに古くから残る一節だが、砂漠に浮かぶ蜃気楼《しんきろう》も、荒野に降る『虹の雨』も、どちらも神の領域。人が望んで得られるものではない」

アーディルの冷静な指摘に、私は黙り込む。

見えるのに触ることができない蜃気楼《しんきろう》のように、『虹の雨』もただの気象現象で、私を日本に帰す力なんて持っていないのかもしれない。

もしそうだとしたら、私が今荒野に留まるために努力していることは全部無意味なこと。それは分かっている。

けれども伝承上の『虹の雨』と、私がこの世界に来た時に見た、光り輝く虹色の雨が、あまりにも酷似していて諦めがつかない。

私がここに居続けるのは、皆のためにならないと分かっていても、元の世界に戻れる最後の希望を前に、ここから動けないのだ。

「望み薄だっていうのは分かってる。でも私は虹色の雨に包まれてこの世界に来たの——。伝承はきっと無関係じゃない。どうしてもこの荒野から離れたくないよ」

「……」

「迷惑かけてるとは思うけど……、ほんとにゴメン」

膝を抱えて小さく謝る私に、溜息と共に謝るなと返された。

「ラキーブの親父に、お前のことを言われたのは、確かだ」

両手で抱えていた薬草茶の水面が揺れるのを眺めていた私の横で、アーディルが棚に片づけた薬研《やげん》に手を伸ばす。他にもいくつかの薬草を取り出して、薬として必要のない部分を取り除き始める。

いつもお酒が入っている時には、薬を作らないのに珍しいな。そう思っていると——

「……お前達は、夫婦になる気が本当にあるのかと問い詰められた」

「え？」

しばらく黙ったあと、唐突に話し出したアーディルの言葉の意味が分からなくて、ぽかんとする。

思わず精悍《せいかん》な顔を見つめると、あまり表情を出さない彼にしては珍しく、なんと言うかばつが悪い顔つきをしている。

私は首を傾《かし》げながら問いかけた。

「だって、名目上は一応、結婚してるんでしょう？　私達」

そう。私達は現在、偽装結婚の末、仮面夫婦として暮らしている。

独身女性である私がアーディルと同じ幕屋に寝泊まりしているのは、私が寝たきりの頃ならともかく、こちらの常識ではありえない。

ただ元の世界とこちらでは、『結婚』の概念《がいねん》が大分違うんだ。

こちらでは、父親が娘の嫁ぎ先を決め、男女が同じ屋根の下で暮らして、女性が出産する。そうして初めて正式な『家族』とされるのが一般的なんだそう。

出産できなかった女性はどうするのだと、人権保護団体から盛大な抗議がきそうだけど、ここは元々、体力至上主義の遊牧民の世界。

女性側も、肉を狩り、時には狼の集団から女子供を守る男性を非常に尊敬してて、現状に不満を感じていないんだから、異世界人の私が口出しするのはお門違いだ。

だから子供のいない夫婦は、結婚していても仮の夫婦扱いになる。

王宮や街に連れていかれるのが嫌な私と、娘を売り込んでくる人達とのやり取りに疲れたアーディル。

いつしか、ただの患者と医師だった私達の利害は完全に一致。

偽装結婚の契約を交《か》わし、同じ幕屋で寝泊まりしている現在に至るのだ。

もちろん、肉体関係もないけれど、それは周りには秘密にしていた、はず……？

私は黙ったままの、『夫』の顔を見上げる。

「アーディル？」

重ねて問えば、諦めたような溜息ののち、とんでもない爆弾が落とされた。

「つまりだ。俺達の間で一度も夜の営《いとな》みがないなら、婚姻関係を解消してリィナは王宮へ。俺は嫁をもらいなおせということだな」

「はあっ!?　ちょ、ちょっと何で、それ！」

思わず立ち上がって叫びかけた私の口を、慌てたアーディルの大きな手が塞《ふさ》ぐ。

「静かにしろっ！」

むぐむぐっ！

ちょっと、アーディル！　殺す気⁉

こんな大きな手に口塞《ふさ》がれたら、息ができないよっ。

涙目になりながら彼の手を外し、ぜいぜいと息を吐く。そんな私を、指で手招きするアーディル。

何、内緒話をしないといけないわけ？　時計すらないこの世界に、盗聴器なんてないでしょうに。そう思いつつ膝でにじり寄る。

「どういうこと？」

「王宮に行くのが嫌なら、エリエの街にある一族の館でお前の面倒を見ても良いと言ってきている。一応断っておくが持参金泥棒をするつもりはないぞ」

「そんなことは、聞いてないぃ」

ひそひそと、でも思わず小声で叫ぶ。

ちなみに持参金と言うのは、女性が結婚する時に実家から持ってくるアレだ。

こちらの風習では、娘が生まれたらまず最初に考えるのが、持参金の積み立てについてというくらい、女性側の負担が大きくて、馬・ヤギ・絹地など様々な資産が動く。

私の場合は、身につけてたピアスの片方を売るだけで、驚くような値段になったから、自分で購《あがな》った形になるんだけどね。

そしてアーディルの属する一族は古くからこの地に住まう騎馬民族。拠点であるエリエの街ではジャラフィード一族と言えば、そこそこの有力者扱いだ。

だからもし一族の館でお世話になるなんてことになったら、大きな館から一歩も出れない「普通の女達の生活」が待っているわけで。

それって王宮に行くのと何が違うのさ。

「つまり、私達の関係が偽装結婚だってばれてるの？」

「一度も営《いとな》みの様子がないと、はっきり言い切られたからな。……様子を窺《うかが》っていたんだろう」

あーりーえーなーい～～っ！

何それ。普通、夫婦生活を覗《のぞ》き見するぅ⁉

思わずいきり立つ私に、アーディルは苛立《いらだ》たしげに舌打ちを一つ。

そのままぐいっと腕を引っ張られ、その勢いで私は床に座った彼の膝上に横乗りになってしまう。

「静かに話せないなら責任持たんぞ。お前が思っているより、皆ずっと耳が良いんだ」

右の耳朶《じだ》をくすぐるほど近くから聞こえたアーディルの声に、思わず無言でこくこくと頷《うなず》く。

「ええとつまり、ラキーブさんは覗《のぞ》き見をしていたわけじゃなく、逆にこっちの人からすると、夜の生活は漏《も》れ聞こえて当然なの？」

声を潜《ひそ》めているとはいえ、怒りと羞恥《しゅうち》は収まらない。

最大限の（？）小さな声で、猛烈に抗議をすれば、アーディルは平然と返してきた。

「ああ。別に聞き耳を立てているわけじゃないが、聞こえても不思議じゃないのも確かだな。――今まで特に気にしたこともないが」

うわぁ。最悪。デリカシーとか、プライバシーって単語はないのかい？

「つまり、今俺達がしている会話を聞かれたら、あとは何をどう取り繕《つくろ》っても言い訳にしかならない。偽装結婚がばれるのは、俺だって本意じゃないんだ」

間近できりりと睨まれて、不覚にもどきりとする。

馬に乗せてもらった時以外で、こんなに近くで話したことなんてない。

膝の上に抱えられて初めて、アーディルの力強さとか、腰に回された手の大きさとかを強く感じて、軽く動揺が走る。

「分かった。絶対、静かに話す。約束する！」

動揺も露《あら》わに小声で宣言すれば、で、どうする？　と問いかけられる。

「お前……。その、どのくらい演技力あるんだ？」

「それはもしかして、私にＡＶ女優のような声を上げろってこと？」

絶対、むりむりむりっ！

小学校の学芸会では、木の役とか花の役が関の山だった私にそんな究極な演技できるはずがない。

「えーぶいの意味は分からんが、言いたいことはなんとなく分かる」

「それに、私だって一度も皆のそんな雰囲気に気がつかなかったよ？」

近くの幕屋には他の若い夫婦もいるのにだ。そう説明するも、

「お前はいつも疲れて熟睡してるからな。あとは異世界人であるお前の動向が、それだけ注目されているってことだろう」

そう溜息と共に言われても、これっぽっちも嬉しくないよ。

「ここ最近は夜間に天窓を開けていたのも一因だろうな。営《いとな》みの声が聞こえないのを不審に思われたんだろう」

そういえばまだ体調が思わしくなかった時は、屋根は全部厚いフェルトで覆《おお》われていて、外気と音を遮断《しゃだん》してくれていたっけ。

寒暖の差が病《や》み上がりの身体に良くないって言ったアーディルに、体調も回復したし

時間の経過が分からないからって私が開け始めて……

——あ。もしかして今回の原因、私……？

今からでも閉めようかと、わたわたと天井を指差して伝える私に、何故かアーディルは緩《ゆる》く首を振り、明後日の方向を向きながらぼそりと呟《つぶや》く。

「……それに、声だけじゃないと思うぞ。判断材料は」

え……？　それはつまり、何ですか。

キスマークの一つでもつけろということですか？

喧嘩上等の長ランでも着込みたい気分でブツブツ呟《つぶや》く私に、殊更潜《ことさらひそ》められたアーディルの囁《ささや》きが、耳朶《じだ》をくすぐる。

「なぁ。ついでに聞くが……。お前、男性経験はあるのか？」

お互いいつもだったら、絶対しそうもない会話。

これに私の未来がかかっているというんだから、世も末だ。

アーディルが話す度に密着した身体で受ける振動を意識の隅に追いやり、無理やりおどけて答える。

「だって私、二十四歳だよ？」

「……お前それ、外では絶対隠しておけよ。皆に十五、六程度としか思われてないから、同年代の俺との結婚が許されたんだからな」

うぐぐぐ。分かってますってば！

アーディルもそんな嫌そうな顔しないでよ。年増で悪かったわね！

ああ。素面《しらふ》じゃ到底話し続けられそうにない。

「アーディル、私も飲みたい。素面《しらふ》じゃキツイ」

「お前、酒まで飲めるのか」

呆れたような声に、ちょっと意地悪な気持ちになって、問い返す。

「アーディルこそ、女性経験あるの？」

遊牧民らしい鍛え上げられた男の身体に、知的で切れ長の瞳。すっと通った鼻筋と形の良い唇。逞《たくま》しい首筋に視線を落とせば、呼吸と共に微かに上下する喉仏がいっそ艶《なま》めかしい。

女にガツガツしていないところと、少し物憂《ものう》げな雰囲気は、元の世界でもさぞかしモテるだろう。

これで十代なんて反則だ。

けれど、こちらの世界では、結婚前の男女が婚前交渉を結ぶのは難しい。

だから実は女性経験ないだろうと踏んでるんだけど――？

あ。でも、まさか。

「もしかして、医者の勉強で王都に行った時に、美女と遊んだりしたことがあるわけ？」

王都になら娼館もあるだろうし、遊牧生活よりは女性達の生活自由度も高そうだ。

『夜の生活を皆に監視されていた』という、あまりにいたたまれない状況に動揺して、まだお酒も飲んでないのに、いつもなら絶対言わないようなセリフが口をついて出る。

アーディルはそんな私をちらりと一瞥《いちべつ》すると、重い溜息を一つ。諦めたように顔を歪《ゆが》めて、銀色のコップに満たしたお酒を、私の手の中に落としてくれる。

おっとっと。危ないじゃない。

「――俺は別に、今まで異性経験がないとは言っていない」

喜び勇んで乳白色のお酒に口をつけた私は、その発言に思いっきりむせ返る。

「あ～……。そうなんだ」

動揺したことに自分で動揺して、右へ左へと目が泳ぎそうになるのを必死に食い止める。

そんな様子を間近にいるアーディルに見られたくなくて、思わずくっと一気にコップを傾けた。

「おい、お前。そんなに一気に」

慌てた声。一気に身体の中を巡った強いアルコールに一瞬くらりとして、アーディルに寄りかかる。

「結構強い。これ」

ぺろりと唇についたお酒を舐《な》めると、軽く頬をつねられた。い、痛い。

「当たり前だ。そんな無茶な飲み方して、二日酔いになっても薬は出さんぞ」

「けち」

小さく文句を言うと、今度はゆっくり、残ったお酒に口をつける。

「でも、本当……どうしようね」

背中をもたせかけたまま、独り言のように呟《つぶや》いた言葉に、アーディルからの返事はない。

ただ、器用にも片手で生薬《しょうやく》を作っていたアーディルが、薬包紙の上に無言でそれを広げる。

ざらりとした大きな手が細やかな作業を続けるのを、私はぼんやりと見ていた。

「それ、何作ってるの？」

「これか？　家庭平和の薬……になるのか」

「かていへいわの薬？」

意味が分からなくて問い返せば、さらりと「淫薬《いんやく》だな」と返される。

「つまり、夜のお薬?」

何故、今このタイミングで作っているのだ。

嫌な予感に、思わず背中を冷たいものが走る。

「え、何それ。まさか今から作るから、それを飲めとか言わないよね」

慌てて身体を起こして、慎重に問いかける。

「これは男用だからな。お前がそのまま飲んでも意味がない。……それとも、俺が飲んでみるか?」

いつもあまり感情を表に出さないアーディルが、少し声を低めてそう言った。

「いいいいい、いいえ! 結構です!」

ぶんぶんと小声ながらも全力で拒否すれば、喉の奥で、くくっと笑われる。

「冗談だ」

おのれ。からかったな。

いつもはこんな冗談絶対言わないのに!

睨みつける私に苦笑して、アーディルは更なる問題発言をさらりと返す。

「大体お前、月のものが終わったばかりだろう? そんな危険な状態の女なんて、子供を産ませる気じゃなきゃ押し倒せるか」

う、わあぁぁ～～！

酒の力も手伝って、かああっと耳まで赤くなる。恥ずかしさで、心臓はばくばく言いっぱなしだ。

「何で私の身体のリズム、分かってるのよっ」

「医者が患者の様子を診《み》ておかないで、どうするんだ」

思わず恨みを込めて小さい声で詰問すれば、少し眉を寄せて平然と返すアーディル。

相変わらず、ほんっっっきで、女性にプライバシーのない世界だなぁっ！

女のリズムを知ることにそっちが慣れていても、こっちが大丈夫じゃないんだい。

赤くなったり青くなったり、思わず手で顔をパタパタ扇いでいると、アーディルがふいに顔を上げ、真顔で聞いてきた。

「お前、淫薬《いんやく》の調合と作用の仕方。――知っているか？」

「知らない。そんなお薬、一生お世話になる気はないし」

きっぱり答える私はさすがにジト目だ。

「そうじゃない。今後も元の世界に戻る方法を探すなら、ある程度自活できる能力をつけておいた方が良い。特にお前は身体が弱い。俺が守ってやれるうちに、きちんとした薬学を身につけろ」

さっきとは違った、真面目で真剣な顔。

「いつまでこの状態でいられるか……、俺にだって分からないんだ」

その溜息は、先程のラキーブさんとの話し合いを思い出したからだろう。

確かにアーディルは成人男性で、ジャラフィード一族の中でも一目《いちもく》置かれている存在。

とはいえ、年長者の決定に勝手に逆らえるわけではない。

最悪、族長が強硬決定してしまえば、私は王都に行くしかなくて。

そう――。いつだってアーディルは、私の行く末を心配してくれる。

そう思えば少し神妙な気持ちになって、彼の膝の上でこくりと小さく頷《うなず》いた。

するとアーディルが少し改まって再び口を開く。

「こちらの世界で、子供ができる、できないは重要だ。だから淫薬《いんやく》は高値で売買されるし、覚えておいて損はない」

ふむふむ。突然始まった座学に、ノートを手元に寄せる。

「今俺が作っていたのが、最も流通数の多い淫薬《いんやく》だな。持ち運びしやすく、日持ちがして副作用も見られない」

「材料を揃《そろ》えるのや製法は難しい？」

「材料には少し特殊なものもあるが、製法自体は難しくないな。それも、男性用の作り方さえ覚えておけば、大丈夫だ」

そうなのか。腹筋が六つに割れているのが標準の、体力魔人の男性達に淫薬《いんやく》が必要だなんて、これっぽっちも感じないけどなぁ……

どこの世界も、子作りに関する悩みは同じってことかしら。

試しに聞いてみれば、血行を落ち着かせることで怒りや強すぎる性欲を抑える抑制薬もあるんだとか。淫薬《いんやく》とは真逆の薬だ。

それがあったら、猪突猛進《ちょとつもうしん》の私の性格も治るかなぁ。

そう聞けば、馬鹿なことを考えるなと一刀両断、呆れられた。

比較的安価な淫薬《いんやく》と違い、抑制薬の原材料であるベルゼの枝は、王侯貴族しか使わない金貨で取引されるんだって。それじゃあ短気が治る前に、破産だ。破産。

そんな軽口を叩きながらも、必死にペンを走らせる。

「今日の前で作ってた方法でいいなら、多分私作れるよ。調合手順も覚えたし」

「頼もしいな」

「でも、女性用のはどうするの？」

お酒のせいでぼうっとしてきた頭を、軽く左右に振って聞く。

アーディルは私に説明しながら片手で道具をしまい、薬包紙に包んだばかりの薬を、薬箱の中身の入っていない小さな引き出しの中に入れる。

「ああ。スミルの葉を濃い目に混ぜた軟膏《なんこう》に練り込むといいな。一般的には塗布が一番効き目があるとされているし、液体よりも保存が利くから売りやすい。……ただ、男性用の淫薬《いんやく》を作れば、客が自分達で女性用に転用するから、売れるのはもっぱら男性用だ」

「そうなの？」

「自分達でスミルの軟膏《なんこう》を作るのは難しいが、男性用の淫薬《いんやく》をスミル酒に混ぜれば女性に向けた使用にも問題はない。混ぜたらすぐに飲ませることにさえ注意すれば、それでも代用できる」

そうなのか。

「軟膏《なんこう》の作り方は言えるか？」

もちろん。スミルの葉入りの軟膏《なんこう》なら、何度も作った。

説明しようとして、自分の息が上がっていることに気がつく。

軽く暴れたし、久々のアルコールで、回りが早かったのかもしれない……

チェイサー（水）なしで、一気にあおったしね。

仕方なく、頷《うなず》くことで覚えていると意思表示する。

ちなみにスミル酒も、スミルの葉を使って作られる、緑がかった乳白色のお酒。ブランデーみたいに度数が結構強くて、少しクセがある。そう、今まさに私が飲んだような……

「――アーディル？」

何故だか嫌な予感がして、ぞくりと背中が震える。

この鳴りやまない鼓動は、本当にアルコールのせい……だよね？

ますます霞《かすみ》がかかるようにぼうっとしていく頭で、必死に考える。

鼓動の速さが、まるで危険を知らせるアラートのようだ。

何故だか上手く力が入らなくて、全体重を預けるようにアーディルにもたれかかってしまう。

「ね。今、作った薬。そこの引き出しにしまったよね」

腰に回されたアーディルの手を、私の肩に触れているアーディルの胸板を、何故私はこんなに意識してしまうの……

「……そうだな」

ぶるりと頭を振って意識を保とうとしても、触れ合うほど近くにいるアーディルの声が、何だかふわふわと遠くに聞こえる。

「アーディル、いつも、薬は絶対に切らさないように、してた、よね」

息が、上手くできない。

そういえば――

「私、帰ってくる前。薬箱、チェックして、たよ?」

「あぁ……」

息が、耳朶《じだ》にかかる。

「……ッ」

それが、どうしてこんなにも、辛い。

息が上がって耐え切れず、ぐったりとアーディルに身体を預ければ、その衝撃で硬い生地に擦《す》れた肌が悲鳴を上げた。

――まさか。まさか。まさか。

じわりと汗の浮いた腕を、自分自身で抱きしめる。

たった今作った淫薬《いんやく》を入れるまで空になっていた引き出し。飲んだばかりのスミル酒。ぐるぐると回る世界に、もう自分が何を言っているかも分からない。一際大きく世界が回って、アーディルの整った顔とその向こうに幕屋の色鮮やかな天井が見える。

「……酒と薬のせいにしてしまえ」

背中に当たる硬い床の感触と、しゅるりと解かれた首元の布。

最後までする気はないから安心しろ――

その一言と共に、私の上げた小さな悲鳴は彼の唇に吸い取られた。


周りの人間に声を聞かれているかもしれない。

そんな状況下で行為を楽しめるほど、セックスの経験なんて積んでいない。

そして、薬のせいで与えられる強い快楽にただ身をゆだねられるほど、全ての理性が飛んでいるわけでもなかった。

結果。薬がもたらす、これ以上ないほどの快楽と、強い羞恥《しゅうち》と困惑と。

そして声を出してはいけないという自制心がせめぎあい、ますます私の身体を高ぶらせる。

良すぎて苦しい。そんな快感があるだなんて、今まで考えたこともなかった。

「……んっ……ぁ！」

鎖骨《さこつ》の窪《くぼ》みから首筋にかけてを、キスで濡れたアーディルの唇が撫《な》で上げる。

ただそれだけの行為が、悲鳴を上げてしまいそうなくらい強い刺激に感じて、思わず身を捩《よじ》る。

「つ……っ！」

小刻みに震える儘《まま》ならない身体と、灼熱《しゃくねつ》のような熱い吐息。

下から上へ、外から内へ。素肌を這《は》う感覚から逃げようとしても、かえって大きくはだけた服の合わせから、胸元が剥《む》き出しになって事態は悪くなるばかり。

日に焼けた大きな掌《てのひら》と、その無骨な指の隙間から覗《のぞ》く白い肌。触られてもいない胸の頂《いただき》が、自己主張するように赤く色づいているのがよく見える。

「ほんと——、まって……っ！」

視覚的な淫靡《いんび》さと強い羞恥心《しゅうちしん》は混乱に拍車をかけ、私は荒く息を乱しながらも、なんとかアーディルの厚い胸板を押し返す。すると、その拍子に硬くなった桃色の先端が、アーディルの硬い毛織物の服に擦《こす》れて、甘く痺《しび》れるような感覚が走った。

「ひぅっ、……んッ！」

何、これ……っ

思わず漏《も》れ出た声に愕然《がくぜん》として、慌てて掌《てのひら》を口に押し当て意識を保つ。

なのに、そんな私の抵抗を嘲笑《あざわら》うかのように、彼の手は柔らかく形を変える膨らみを、ぐにぐにと弄《もてあそ》び始める。

強引なのに優しくて、性急なのに緩《ゆる》やかで。

時に右の、時に左の蕾《つぼみ》を爪弾《つまはじ》き、胸の中に押し込むように愛撫《あいぶ》する。

まるで甘いお菓子を食べるみたいに首筋を嬲《なぶ》られれば、濡れた音が一層いやらしい。

お願いだから、もうやめて。

そう拒絶しようとしても、口から漏《も》れ出るのは掠《かす》れた吐息が精一杯だ。

「は――、んんっ……っ！」

目尻に溜まった涙を優しく吸っていたアーディルの唇が、そのままくちゅりと耳朶《じだ》を食《は》む。元々弱い耳元への刺激に、腰の奥からぞくぞくとした感覚が突き上げる。

一生懸命、唇を噛み締めてこらえようとしても、次々与えられる刺激になす術《すべ》がない。

それでもなんとか抵抗の言葉を紡《つむ》ごうとした瞬間。まるで狙っていたかのように、恥ずかしいほど硬くなった胸の尖りを、きゅっ、と突然摘《つま》まれた。

「ん、あぁッ！」

その鋭い刺激に耐え切れずに出た声は、なんとか押し殺していた今までのものと違って、自分でもはっきりと分かるほど艶《つや》めいていて。

もう、本気でやばい、よ……っ！

これは偽装結婚で、こんなに歳の離れたアーディルの……十代の彼にさせていいことじゃない。現代女性としてのモラルと理性が、こんなことをさせては駄目だと、脳裏で最大級の警報を鳴らし続ける。

「お……ねがい。っ……アーディル」

焼けつくような快楽の合間。辛うじて残った理性と意識を必死でかき集めて、喘《あえ》ぐように言う。

薄紙が一瞬で燃え上がるような、異常な速さで溶けていく思考を抑え込み、息も絶え絶えに訴えても、涙で濁《にご》った視界ではアーディルがどんな顔をしてるか分からない。

でも、このまま進んで良いはずがない——

「……も、だめ、だっ……て」

食い込む爪が、ほんの一瞬、霧散《むさん》しそうな意識を留まらせる。

けれど。

「ね……っ？」

「……ッ！」

同意のための一言に返されたのは、小さな舌打ちと聞いたことのない余裕のない声で。

「最後まで冷静でいてほしいなら、お前も協力しろ……っ」

「ひゃうっ！」

突然彼の口に含まれた胸の頂《いただき》に、喉の奥から甲高い悲鳴が漏《も》れる。

硬くなった胸の先端を、アーディルは飴でも舐《な》めるように軽く転がし、時に力強く舌先で弾《はじ》いて、時に押し潰すように舐《な》め上げる。

快楽から必死に身を捩《よじ》って逃げ出そうとしても、鋼《はがね》の肉体はびくともしない。

緩急《かんきゅう》つけながらの胸元の愛撫《あいぶ》に背中はしなり、触られてもいない下腹部が重い疼《うず》きを生む。

それに流されまいと、抵抗するように口元の拳《こぶし》を握りしめたけれど、あられもない声を上げ続けるだけしかできない。

「や、やう。……ン！」

身体がとろけ落ちていきそうな快楽に、最後の理性で必死に拳《こぶし》を噛む。

がりりとした痛みが、最後の命綱《いのちづな》。それなのに――

「え――？」

呼吸を整える間もなく、うつ伏せに身体を返されると、しゅるりという衣擦《きぬず》れの音と共に、視界が塞《ふさ》がれた。

「ふぁ……？」

何が起きたか分からず、思考が空転する。

火照《ほて》ったうなじに落とされた熱い唇の感覚。

剥《む》き出しになった背中に感じる夜気《やき》の冷たささえも快感にしかならないのに、突如。

いきなり電流が走ったのかと錯覚するほど、強すぎる甘い刺激が身体を駆け抜ける。

「ひゃんっ！」

思考が鈍《にぶ》り、視界も塞《ふさ》がれた状態では、それが敷物に胸の先端を擦《こす》り付けられたせいだと気づける余裕もない。

ただその一際高い嬌声《きょうせい》に、アーディルは何を思ったのか。

うつ伏せにした背中に手を添えて、わざと私の身体を敷物に押し付けるように揺すり始めた。

「やあっ、あっ、っ！　……っ、ぅ、――んっ！」

何度も優しく毛織物の敷物に擦《こす》り付けられて、じくじくとした痛みと快感に、もう荒地の夜の冷たさなんて感じ取れない。

視界が塞《ふさ》がれれば、その他の感覚は否応《いやおう》なく増していく。

うつ伏せにされた身体が、いつの間にか腰だけ高く上げられても、そしてそんな卑猥《ひわい》な体勢になっていることに気づいていても、何もできない。

ただ火の塊《かたまり》のようなこの身体を、どうして良いか分からなくて。

「アー、ディ……ル――っ」

まるでそれが救いの呪文であるかのように、幾度も彼の名を呼ぶ。

――これ以上っ。これ以上刺激され続けたら、何か余計なことを口走ってしまいそうだよっ……

先の悦《よろこ》びを知っている身体がこれだけじゃ足りないと、もっともっとと貪欲《どんよく》に、熱く滴《したた》るような切なさを強請《ねだ》る。

振り払っても湧《わ》き上がる淫《みだ》らな思考を、唇を噛み締め止めるけれど、理性は焼き切れる寸前で。

けれど私の願いとは反対に。太股《ふともも》を撫《な》で上げていた彼の掌《てのひら》は容赦なく、焦《じ》らすようにゆっくりと内腿《うちもも》から臀部《でんぶ》へと回った。

「ふぁ……っ！」

柔らかな双丘《そうきゅう》を、指先で直接撫《な》でられる感触。その先を予感した身体が、びくびくと震える。

肉体労働とは無縁の白く柔らかい肌を楽しむように、強く、優しく――遊ぶように撫《な》で上げ続けられれば、まだ触られてもいない秘所が、待ち望むようにずくんと強く疼《うず》いてしまう。

「リィナ……」

無愛想とも言えるくらい無口なアーディルの、私を呼ぶ掠《かす》れた声。

自分の中で必死に抵抗していた何かが、その色香を含んだ声にふと緩《ゆる》む。すると、それを見計らっていたように、彼の長い指が蜜を湛《たた》えた秘所に、ゆっくりと潜《もぐ》り込んだ。

「ひあ、ぁぁんッ！」

耳に響く、蜜が溢《あふ》れるくちゃりとした淫《みだ》らな音と、身体を駆け抜けるびりびりとした甘い快感。

ただ指を入れられただけとは考えられないくらいの、強い衝撃が襲う。

まるで口を閉じることを許さないと言うように、アーディルの指先が歯列を割り、私の舌先まで弄《もてあそ》ぶ。ざらりとした指先の感触も、飲み下せない唾液が顎《あご》を伝う感覚すら、悦楽に変じていく。

「ふ、ぅ……っ、やぁ。ンんっ」

「声を殺すな。声を我慢――するな」

腰の窪《くぼ》みから背筋に沿って落とされた唇に、声に、身体がぶるりと震える。

薬の！　薬のせい――っ！

「……薬の、せいだ」

私の心を読んだかのような、腰に響く低いアーディルの声と、体内に潜《もぐ》り込んだ長い指先。

それがゆっくりと、最奥《さいおう》を引っかくように深く曲げられる。

それだけで。たったそれだけの仕草なのに。

「はあっ、あ――ッ!!」

男の指を待ち望んでいた身体は、呆気《あっけ》なく達してしまった。


――薬のせいだ……

こんなに呆気《あっけ》なく、しかも内で達したことなんて今までない。

荒い呼吸の合間。霞《かすみ》がかった、ぼんやりした思考でそう思う。

絶頂の余韻《よいん》と、薬のせいで更なる強い刺激を求めている、儘《まま》ならない身体と。

それでもこれで終わったのだと――ぐったりと力を抜く。

なのに、そこを狙ったように、今度は二本に増やされた指がぐぷりと一気に蜜壷に沈み込む。そうして内を押し広げるように、卑猥《ひわい》な音を立てながら、ばらばらに内壁をかき混ぜ始めた。

「え、あ、やっあッ、あん！」

こんなに性急に幾度も追い詰められたら、意識が、身体が、追いつかない。

なのに、いったばかりの秘所は、更なる愉楽《ゆらく》を求めて彼の指を喜び勇んで受け入れる。

「っ、ぁあ……っ！　まっ……てッ。ンんっ！」

いつの間にか視界を塞《ふさ》ぐ布もなく。ただ彼の動き一つに、あられもない声を上げ続けることしかできない。

何で。どうして、こうなったの……っ!!

気持ちも思考も置いてけぼりなのに、貪欲《どんよく》な身体が快感を集めようと彼の指を自然と締め付け、より一層濡れた音が部屋に響く。

弱いところを攻められて、腰がびくびく跳《は》ねるのを止められない。

どうして良いか分からなくて、無意識に彼の名を呼びながら脚を絡めて、幼子《おさなご》のように首を振り続ける。

耳朶《じだ》を掠《かす》る、不機嫌そうな唸《うな》り声と、小さな舌打ちの音。

後ろから抱えられるような体勢だったのに、がくがくと震える片足を唐突に取られて、アーディルの肩に乗せられる。

「まっ……て！　アーディ……。やっ、んんンっ！」

中に入れられた指が、ぐるりと内壁を擦《こす》り上げるのと同時に、涙で濁《にご》った視界が反転して、目尻に涙が流れる。

そうして大きく開いた足を折り曲げるように抱えられれば、もはや視界にすら逃げ場がなくて。

「っ――……！」

軽々足を押さえ込む腕も、ツンと自己主張している胸の頂《いただき》も、蜜に溢《あふ》れる花芯《かしん》に埋め込まれた長い指先も。二人の肌色のコントラストすら、全てが恥ずかしくて死にそうになる。

快感も羞恥《しゅうち》も、すぎれば拷問《ごうもん》にすら近しい毒だよ――!!

もうどうして良いのか分からない。けれど潤《うる》んだ瞳で弱く首を振れば、さっきまで伏せていたアーディルの黒い瞳と目が合った。

「アーディ……ル――」

お願いだから勘弁して……そう言おうとして、逡巡《しゅんじゅん》しながら彼の名を呼ぶ。

でもどうしても、こんな近くで快楽に染まった顔を見られることに耐えられなくて――

結局。真っ赤に染まった顔を自分の肩にうずめるように顔を背け、ギュッと目をつぶって無理やり視線を外した。

「リィナ。お前――」

微かに耳朶《じだ》を打つ、こくりと喉が鳴る小さな音。しばらくの沈黙と、苛立《いらだ》たしげな溜息。

「……分かってないな」

その瞳に情欲が灯《とも》っているかも分からないまま、それでもその声に、少しだけ呆れたような色が乗っていたのが記憶に残る。

名前を呼ばれるのは好きだ。薬草の匂いが染みついたアーディルの匂いも。

でも――っ。

「リィナ」

再び名を呼ばれ、背けた顔の顎先《あごさき》を捕らえられれば、彼の眼差しは今や触れ合うほどに近い。

その姿勢のまま、深く合わせられた口づけに、もう何も考えられなくなる。

くたりと力の抜けた舌先を絡め取られ、何度も擦《こす》り合わせながら、歯列をなぞるように舐《な》められて、喉の奥から吐息が漏《も》れる。

口腔《こうこう》を嬲《なぶ》る湿った音と、焼けつくような吐息が甘く響く。

「はぁっ……ふッ」

そうして、ようやっと離れた二人の間にかかる小さな銀の橋。

キスの合間にいつしか再開された、ゆっくりとしたアーディルの指の動きも、私の声に合わせるように次第に激しさを増していく。部屋中に響くほどの濡れた音が、くちゅくちゃと淫猥《いんわい》に響き渡り続けた。

「ああっ、あッ、もぉ、お願っ……！　とめ、てぇ――っ！　ああっんっ‼」

「良い声だ――。聞かせてやるのが、少し……惜しいな」

硬くなった胸の先端を口に含まれ、時折、気ままに花芯《かしん》を強く弾《はじ》かれれば、理性も思考ももはや欠片《かけら》も残らない。

甘い痙攣《けいれん》を抑え切れなくなり、無意識にアーディルの背に回した腕が、服越しに薄《うっす》らと彼の汗を感じ取って……それが何故だか嬉しくて。

彼が何を言っているかも分からないまま、チカチカと視界が点滅し、意識が遠のき始める。

「ほら。――もう一度」

「きゃうっ、――ッ！　ああっ、やっ、んんっ……！」

いきなり速められた動きに、さらに悦楽が深くなり、高まりと共に光の渦《うず》が押し寄せる。

　高く抱え上げられたままのつま先がきゅっと強く丸まり、ふるふると震え出せばもう――……っ！

「あっあ、ぁああ――っ!!」

　迫りくる絶頂の予感に、胎内がきゅううっと彼を締め付ける。

　最後、唐突に増やされた三本の指が、一気に最奥《さいおう》の弱いところを押し上げて、ついに私の意識は光の彼方《かなた》へと飛んだ。

　そうしてその後も、夜が白み始めるまで何度も攻め立てられて、幾度も気を失った。

　結局、彼の繊細《せんさい》で力強い指先と唇は、余すところなく私の身体を知ったけれど、約束通り私が『彼』を知ることはなかった。


　程なくして、私達は周りに正式に『夫婦』であると認められた。

　胸元に散る無数の紅《あか》い華と、数日間使い物にならなかった足腰と、何よりもあの声によって。

「二人が夫婦になってないの、皆気がついてたよ？　大体ね、こ～～んな華奢《きゃしゃ》なリィナが、アーディルを受け入れた翌日に歩けるわけないって！」

一番仲のいいレイリに、「当然よ」と艶《あで》やかに微笑まれて、私は異世界の常識に撃沈《げきちん》する。

こうして偽装夫婦であり、定期的な偽《にせ》の営《いとな》みすらある私達の——後戻りできない、不器用な関係が、始まってしまった。

第2章　薬草採取

「リィナー。見つけたよ〜〜、これでしょ？」

「「でしょー？」」

「ずるいよ、レイリ！　あたし達がリィナに見つけてあげたかったのにー！」

ぜいぜいと荒い息の合間に、頭上の岩山から数々の声が降ってくる。

「右足、こっち！　左手は、そこの木を持って！」

そこの木って、どこの木⁉

アドバイス通りにへろへろの腕を伸ばしても、草ばっかりで届く木なんてない。

足元の小石で滑《すべ》りつつ、開《ひら》けた岩棚の上になんとか腰を下ろす。

「ほんっとごめん。もう無理だ～～」

するとその声に誘われるように、岩山の上からぴょこぴょこと様々な年齢の少女達が顔を出した。

「リィナ。大丈夫ー？」

「ここが一番、登りやすいのに『ね～～～～』」

一部の声が重なって聞こえるのは、疲れによる幻聴――ではなくて、双子のマタルとラタルの声。

人の語尾を真似るのが大好きなお年頃の、可愛い幼少組だ。

その横で、長い髪が美しいスィンが、はらはらしたような顔でこちらを覗《のぞ》き込んでいる。

『自分達ができることは、年長者も皆できるはず！』

そう無邪気に思っている双子と違って、私がいかに何もできないかを知っているスィンは、これ以上登ってこないようにと必死に声をかけてくれるけど――、大丈夫！

登れって言われても、もう無理！

汗を拭《ぬぐ》った首筋に吹きつける風が気持ちよくて、胸元のボタンも外す。

あーー。気持ちいい。

「……で、どう？　上にはたくさん生えてる？」

その姿のまま声をかけると、それを見ていたスィンが、ちょっと恥ずかしそうに頷《うなず》いた。

今私達がいるのは、集落から程近くにある岩山だ。

ひょいひょいと無造作に小石を置いたように、いくつもの岩山が並んでいる。

その中で、私が果敢に登っているのは四階建てくらいの高さの山。

見た目、そんなに酷《ひど》い絶壁でもない。

ジャングルジムみたいに登るチビっ子達を見て、私も途中までついてきたんだけど……これ以上は駄目だ。無理しない方がいい。

山頂へのルートを仰ぎ見て、早々に諦めた。

「ここしばらくは雨が続いてたし、珍しい薬草があったらラッキーだと思ったんだけどなぁ……」

涼しい風に吹かれながら、思わず独りごちる。

在庫の少ない薬草がこの岩山に群生してると聞いたから、折角のチャンスだったのに。

どうやら今回は……、いや、今回も。自分で見に行くのは諦めた方が良いみたい。

毎度のことながら、ちょっとへこむ。

街にいる時はほとんど館から出ない彼女達も、一旦、遊牧に出れば幕屋の中に篭《こも》りっぱなしというわけにはいかない。

水場での洗濯はもちろんのこと、水を汲《く》んだり、木の実を採《と》りに行ったり、時にはヒツジやヤギの放牧も担当する。

幼少組の子達ですら、自分達だけで朝の水汲《く》みや家畜の乳搾《ちちしぼ》り、羊毛を洗ったりする紡績《ぼうせき》のお手伝いができるのよ。

そんなお手伝いもろくにできない私は、ずっと幕屋の中で薬草と格闘しているけど、そろそろ現物と見比べないと違いが分からない。

自生している状態の薬草や樹皮・塊根《かいこん》を自分の目で見ることはとても大切。

だから最近は、なるべくレイリ達に付き合って自分で採取するように心がけていたんだけど……

ちびっ子達でも行ける場所にすら行けないんだもんなぁ。さすがにへこむよね。

溜息をついてから、ふと顔を上げて周りを見渡した。すると視界に入ってきた景色に目を見張る。

それは、ずっと平地にいた私が見ていた景色とは違う、色鮮やかな世界で。

「すごい……」

濃淡のついた緑の草原と、遠くに見える赤茶の荒野。

揺れる草木はきらきらと波打ち、水を湛《たた》えた湖は、地上に落ちた月のよう。

岩山の傍《そば》には、しなやかな四足の黒い影が小さな群れを作り、孤を描く大地をどこまでも澄み切った美しい青空が優しく包む。

神の箱庭のような美しい景色に、一瞬落ち込みかけた気分があっさりと浮上する。

雄大な景色を見るために登ってきた。今日はそれで良いじゃないか。

うん、そう思おう。

うじうじ悩んでいても仕方ない！

そう勝手に自己満足に浸《ひた》っていると、小鹿のようにしなやかなレイリが、薬草を背負った状態で軽々と私のもとまで下りてきた。

「ほら、だから無理せず下で待ってててって言ったのよ」

「ごめん。でもさ。ほら、マタルもラタルも登れてたし、最近、筋肉ついてきたから私も登れるかもって思っちゃったんだよ」

「も～～～。頑張るのは良いことだけど、怪我でもされたら、私アーディルに殺されちゃうわ。『薬師《やくし》』は本来男の仕事なんだから、無理しないでよ？」

そう言って、レイリは採取した草木を私の目の前に広げてくれる。

赤い実、尖った枝、棘《とげ》のついた小さな花。こっちの木の実は何だろう。それからカムンの枝も。それから──

「どう？　リィナ。使えそうなの、ある？」

「うん、ドリスの実の在庫が少なくなってたから助かる。それから──」

私にできる仕事は多くない。

女の仕事の中でも、力のいらない作業を重点的に、何度もなんっども、練習した。けれど、比較的簡単だと言われた機織《はたお》りの仕事ですら全《まっと》うできなかったのは、記憶に新しい。

横糸はこんがらがり、縦糸は何故か切れたし、糸を紡《つむ》げばでき上がったのは通常の三倍の太さ。

最後は酷《ひど》い肩こりによる頭痛勃発《ぼっぱつ》。その後半日寝込んで、色んな意味で最悪だった。

でも……情けないとは分かっているけど、こうして目的の植物を摘《つ》んできてもらったあとは私の出番。

「こっちの果皮はまだ少し青いかな。生薬《しょうやく》にするにはあと二日くらい待たないと成分が薄いかも。それからこの樹皮は白い方が使える。茶色はもう傷《いた》んでて駄目。あと……」

二人に簡単に説明しながら、生薬《しょうやく》になるものとならないものを、慎重に地面に分別していく。

集落の女性が一家の母となった時に扱う『薬』は香辛料まで。だから、料理として口にしない生薬《しょうやく》は、彼女達は全くもって分からない。

異世界人だからということで大目に見てもらってても、やはり『妻』となれば、それなりに立場や役割がある。

アーディルや周りの皆が優しくても、街の人間から「ただの役立たずの嫁なんて王宮へ連れていけ！」と言われる危険性は今後もついて回る。

だから必死にアーディルの手伝いをして、ようやっと今、街の人間にもなんとか『見習い薬師《やくし》』と認めてもらえる程度にはなってきた。

こちらの世界に女薬師《やくし》はいないけど、アーディルがいない時に風邪薬なんかをすぐに調合できるようになれば、私もただのお荷物ではなくなる。

男の人には話しにくくて、症状を悪化させやすい婦人科の薬は、特に意識して覚えたりもした。

――ここに残るために、やれることは全部やっておかないと。

男女の仕事が明確に分けられているこの国で、本当の薬師《やくし》になれるかは分からない。

でも。

橋田梨奈。二十四歳、元ＯＬ。

現代人のプライドにかけて、現在、薬師《やくし》の猛勉強中です。

＊＊＊

「とうちゃーーーく！」

選別した草木を持って、なんとか岩山を下りる。すると、背の低い木の足元からひっそりと私を見つめる小さな影が、うるうるとした目で待っていた。

「おまたせ、ハニー。寂しかった？」

顔を両手で持って目を見てから、その小さな身体をうぎゅーと抱きしめる。

ん～～。可愛い！

私の可愛い『ハニー』の正体。それは馬に乗れない私に貸してもらった、こげ茶色のロバ！

身体が小さくて役に立たないと、名前さえもらえなかった仔だけど、私の大事な大事な相棒だ。

馬で走るのを見るのは、とても好き。

こちらの世界に来て初めて、馬がこんなに大きく、そして綺麗なものだと知ったよ。

とはいえ一人で馬に乗るどころか、ブラシをかけることすらできない私としましては、皆の遊牧に徒歩でついていくわけにもいかない。

相乗りはレイリなんかと時々させてもらうけど、いきなり走り出されたりすると、ほんっとに怖い。

人間の頭一つ分くらいの高さを、簡単に上下するんだよ⁉

しかも、もんのすごい筋肉痛があとから襲ってくる。

結果、ちーーさな子供達が、練習で乗るロバを借りているんだ。

持ってきた薬草を二つに分けて、ハニーの横にしっかりとくくりつける。

馬と違ってそんなに速くは走れないけど、とてとてとした小走りぐらいが私にはちょうど良いし、何より力持ちだから、私が使う程度の荷物ならしっかり運んでくれる。

スリムで力強い馬の横を、小さな身体の割に大きな顔の、幼児体系のロバがチマチマ歩いているのは、本当に可愛いよ。

そんな可愛いハニーに、岩山の途中で採《と》ってきた未熟成の小さな果実をご褒美《ほうび》でいくつかあげていると、レイリが「それ、どうするの？」と、聞いてきた。

「どうするって？」

「その実、完熟するの明日か明後日くらいだよね。また採《と》りに来るなら、他の準備もしておくよ?」

言いながら、レイリは馬の荷袋から兎取り用の小さな罠を取り出した。

もし近日中に再訪するなら、兎や砂穴熊を狙って仕掛けるつもりみたいだ。

「あ〜〜…」

どうしようかな。

「うん。確かに欲しいんだけどさ。完熟した実は、鳥にとっても食べ頃だし、次に来る時はきっともうなくなってるよね?」

本来もっと高い岩山の上に生えてるはずの実が、ここに群生していたのは、鳥達のおかげ。

よそで食べた果実の種が、鳥の糞《ふん》などを経由して運ばれたからだ。

逆を言えば、鳥達の縄張りであるこの山に採《と》りに来た時には、もう全部なくなってましたってこともありえるのよね。

「じゃあ、リィナのスカーフ薄いから、これを上にかけておいたら? それなら鳥も食べないだろうし、完熟したのを見計らって私が採《と》ってきてあげる。完全に赤くなれば良いのね?」

そのまま、首に引っかけていたスカーフを外される。

確かにこのスカーフはかなり薄い生地だし、色も濁《にご》った茶色で鮮やかじゃないから、鳥達に狙われにくいかも。そう思案していると、

「リィナは来ないでしょう？　当日は無理せず、集落で待っててね」

当たり前のように優しく笑うレイリ達。……んん？

「何で？　私ももちろん一緒に行くよ？」

すると、スカーフを持ってもう一度岩山に駆け上ろうとしていたレイリとスィンの二人が、顔を見合わせた。で、さらりと爆弾を投下。

「だってリィナ。今夜アーディルと仲良しでしょ？」

「そうだよ。無理しないで、リィナ」

ちょ、ちょっとまって!!

何で『そのこと』を知ってるのかと軽くパニックになる私に、二人がきょとんと小首を傾《かし》げる。

「え。だって間隔的に、そろそろでしょう？」

「――っ……!?」

パフォーマンスのための行為は、いまだに続いている。

だからアーディルと、その……いたしていると、知られてることはおかしくない。

でも何で、二人でこっそり決めた周期までばれてるの！

赤くなって、口をパクパクする私に、二人はできの悪い子供を諭《さと》す顔になった。

「翌朝のリィナは大抵動けないし、その日は一日ぼうっとしてるでしょう？　すぐ分かるよ」

「それにこの間はリィナ、月のものでアーディルと仲良しできなかったし、旦那様にそこまでの我慢をさせてはいけないわ」

可憐《かれん》なスィンまでがふるふると首を横に振るのを見て、あえなく撃沈《げきちん》。

思わず顔を赤くして、ハニーの横にしゃがみ込む。

確かに集落の一日は、男も女もしっかりとスケジュールが決まっているから、そこから外れがちなアーディルと私の動きはすごく目立つ。

例えば朝は、日の出と共に起き出して家畜のミルクを搾《しぼ》るところから始まる。朝食後には、男達が家畜を牧草地へ連れていき、合間に狩りをしながら、時には市場に買い出しに行く。

その間に女達は紡績《ぼうせき》、機織《はたお》り、木の実の採取。水場が遠い時は、子供と一緒に水汲《く》みに出かけることもある。

日暮れ前には男達が戻るから、それまでに夕飯準備が始まって、最後に一同揃《そろ》って夕食をとりながら報告会が行われ一日が終了する。

――ハイ。そうです。

急患や薬草採取に朝から出かけるアーディルはともかく、こんな生活の中で、昼近くまで動けない私が目立たないわけがない。

「リィナが来る前のアーディルは、遠方の薬草採取や診察で何日も帰ってこないことも珍しくなかったのに、今は絶対早く帰ってくるでしょ？　仲良しする日は、特に早く帰ってくるから、リィナも頑張らなきゃ」

そう言って、慈愛《じあい》の笑みを浮かべる二人。

さすがにこれは、いたたまれない。慌てて弁解を試《こころ》みる。

すると双子の妹達の相手をしていた、おしゃまでお転婆《てんば》娘のお姉ちゃん・クィッタまでもが、

「あたしも薬草取りのお手伝いするから、リィナはアーディルのお世話しなきゃ駄目！」

と、口を挟んできた。

いやいやいやいや！　ちょっとこれは子供に聞かせて良い話じゃないよ⁉

「大人の話だからね！　あっちで、ラタルとマタルと遊んでてね」

慌ててクィッタの背中を押してごまかそうとする。

「分かってるよ！　リィナはアーディルと赤ちゃん作らなきゃいけないんでしょ？」

頼む。ちょっと待ってくれ。

特大の爆弾におたおたする私に、クィッタは腰に手を当てたおしゃまな格好で顎《あご》を上げる。

「リィナ。あたしもう十歳のお姉さんよ？　子供扱いしないで！」

「えと、あのね……。うん、確かに私は、アーディルのお世話してるよ？　大丈夫。大丈夫」

多分『お世話』の意味するところが分かってないのだろう。

赤ちゃん＝《イコール》コウノトリくらいの発想のはずの年齢のクィッタに、冷や汗をかきながら必死の弁明。でも――

「もしかしてリィナは異世界人だから、動物のと一緒じゃないの？　馬や羊の交尾と何か違うの？」

年端《としは》もいかない子供から直接的な発言が出て、もう言葉もない。

ぶすぶすと煙を上げる頭を抱え込む。

「さ。クィッタ。帰る支度をするから、マタルとラタルと一緒に馬にお水をあげてちょうだい？」

私の様子を見かねたスィンが苦笑いし、子供達の背を押して向こうに連れていってくれる。

助かったけど、それにしても――

「ありえないでしょ……ぉ」

出てきたのは我ながら疲れ切った声だった。

「まぁまぁ。クィッタはリィナのことが大好きなのよ。だから、あの子なりに心配してるの」

心配？　何で？

すると、レイリはいつもの明るい華やかな表情を、ちょっと困ったものに変えて言う。

「子供ができなかったら、リィナが一族から出ていっちゃうんじゃないかって」

「あぁ……」

確かに子供ができなければ、結婚生活は三年で解消される。

私達の場合、子供なんてできるわけないから、クィッタの読みは正しい。

子供にしか見えない何かって、やっぱりあるのかもしれないな。

思わず黙り込む私に、レイリが取り成すように明るく笑う。

「大丈夫だって！　寒くなれば家に閉じ篭《こも》る日が多くなるし。アーディルだってきっともっと可愛がってくれるよ。確かにあの子が心配するくらい、回数少ないでしょう?」

「あはははは……」

えっと。そうですか。一週間に一～二回のペースって、少ないですか。

男だけじゃない。お淑《しと》やかで男の後ろから決して出ないような女達も、また体力魔人のこの世界。現代人の私が敵《かな》うわけがない。

でも、これ以上増やしたら、私。

虹の雨を見る前に、三途の川でも見れそうです。

＊＊＊

「ふぁ、ぅ……っ」

溢《あふ》れた吐息が、ひっそりと夜の空気を震わせる。

ひくひくと震える背中をゆっくりと撫《な》で上げる、無骨なアーディルの手。

剥《む》き出しになった首筋に感じる、少し熱い吐息。

首筋に顔をうずめていた彼の髪に、そっと両手を差し込むと、アーディルがちりりと首に刻印をきざんでから顔を上げる。

これが『お前のキスを強請《ねだ》る仕草』だと指摘されたのは、どれくらい前の夜だろう。

「んっ……う」

言葉にする必要もなく、キスで柔らかくなった私の唇を、熱い舌先がこじ開けるように進入し、力の抜けた私の舌を柔らかく絡め取る。

先程達したばかりの甘い余韻《よいん》に浸《ひた》る身体には、キスが一番気持ち良い。

「ふっ……んんぅ」

幕屋に響く、濡れた音。

絡み合うほどに、力が抜けてくたりとなった口腔《こうこう》から、飲み込めなかった唾液が溢《あふ》れる。

私は上体を起こしたアーディルの上に向き合って座ったまま、幾度も口づけを繰り返す。

壁のタペストリーにはそんな二人の姿が、チラチラと揺れる炎に照らされて、淡く大きく映し出されていた。

「リィナ」

「ん――……」

キスの合間に名を呼ばれ、柔らかくゆっくりと乳房《ちぶさ》を揉《も》まれる。性急な快楽で私を追い上げる時と、熾《お》き火《び》のような緩《ゆる》やかな愛撫《あいぶ》を施《ほどこ》す時の緩急《かんきゅう》が、アーディルは本当に上手い。

やっぱり人を「みる」のが仕事だからかな……

後頭部に回された手にくったりと身体を預けて、ゆっくりとキスを堪能《たんのう》する。

唾液に甘さなんてないはずなのに、何故だかアーディルとのキスは、本当に甘い感じがするから不思議だ。

甘くて、熱くて、優しくて。

普段のアーディルからは、全然想像ができないよ。

そんな彼の熱さを受け止めながらも――、ざらりとした感触に、ふいに小さく眉が寄る。

ごわごわと感じる彼の毛織物の服の感覚は、嫌いだ。

何だかとろけ切った身体に、冷たい隙間風を差し込まれたような気持ちになる。

それを振り払うように、彼の首にしっかりと両腕を回すと、さらにざらりとした感触が肌の上を滑《すべ》って、面白くない。

――ああ、もう！

モヤモヤした気持ちを忘れたくて、もっともっとキスを強請《ねだ》る。

すると、腕の中からぼそりと一言。アーディルが呟《つぶや》いた。

「お前……、本当にキスが好きだな」

指摘されたことが面白くなくて、今度は自分から舌を絡ませる。

そんな私の貪欲《どんよく》さにちょっと呆れたように、アーディルが喉の奥で小さく笑う。

「ふ、はぁ……っ」

強請《ねだ》った以上の執拗《しつよう》なキスから解放され、思わず甘い溜息が漏《も》れる。

キスだけで、こんなにくらくらするなんて。

心地よい酩酊感《めいていかん》の合間に、滑《すべ》るように肩口に唇を落とされれば、再びチリリとした紅《あか》い華の痛み。肩口から首筋に上がって、そのまま胸元にまで――

まるで「今日もノルマを達成しました」と言わんばかりに、周りに知らしめるためにつけるキスマークを邪魔するわけにはいかない。

それでも、いつつ、むっつと増えるキスマークに、くすぐったさもついに限界。

もう良いだろうと、彼の耳元で小さく声をかけた。

「ね。今日は、もうそろそろ終わろ。アーディル」

まだ、いつもよりずっと早い時間。普段と変わらない様子のアーディルが、視線で問いかける。

「……終わっていいのか？」

「うん」

今日は岩山に登ったから疲れているんだ。

そう説明しようとして、今日は遠方へ行ったこと、アーディルも知っているかと思い直す。

クイッタ達が、西の岩山にもリィナ登れなかったんだよ～！　と騒いでいたのは記憶に新しい。

「今夜は言い訳が立つから……、無理して朝まで演じる必要、ないよ？」

彼の肩口にぽてりと顎《あご》を乗せたまま説明する。

だって、いつだって気持ち良いのは私だけ。

キス以上を求めないアーディルは、この偽《いつわ》りの日課にメリットなんてない。

ただ偽装結婚を維持するための、定期的な作業。

だから気を遣ってそう言ったのに――

「本当に？」

「ひゃっ！」

ふいにアーディルの長い指が胎内に浅く潜《もぐ》り込み、赤く色づいたままの胸の先も軽く摘《つま》まれる。

「まだ中では一度しか達していない。ここでやめて良いのか？」

ちょっ、やっ！　いきなりすぎるよっ！

抗議の声を上げる間もなく。わざと濡れた音を立てるように、くちゃりと中をかき混ぜられる。

それと同時に蜜を掬《すく》い取った親指が、前の尖りを柔らかくなぞり、その形を露《あら》わにしていく。

「アーディっ——あっあっ、あんっ……ゃああっ！」

剥《む》き出しになった敏感すぎる尖りは、まるで磨き上げるような指の動きにますます硬くなって、腰が跳《は》ねる。

突然に動かされた指先に、淫《みだ》らな身体は貪欲《どんよく》に反応を返し、ふるふると浅ましく快楽を求めて太股《ふともも》が震え出す。

足を閉じようとしても、アーディルの上に跨《また》がるようなこの体勢じゃ、彼の行動を制限できない。

まだ足りないだろう?

そう言わんばかりに、いいところを擦《こす》られ、指を二本に増やされる。

ずんっと甘く切ない感覚に、目の前がちかちかして、急速に理性の箍《たが》が外れ始める。

そのままなし崩しに快楽に囚《とら》われる――、その瞬間。

突然アーディルがぴたりと手を止めた。

「え、あ……?」

きゅうっっと締め上げる胎内と、強請《ねだ》るように溢《あふ》れ出す蜜。

彼の肩口に顔をうずめていた私は、どうして良いか分からなくて顔を上げる。

「なぁ……。本当にやめていいのか?」

緻密《ちみつ》に性急に、人を快楽の高みへと押し上げるくせに、アーディルはいつもの涼しい顔のままだ。

そこには、色も熱もない。

――分かり切ってるはずなのに、何でこんな時だけ私の意見を聞くの。

少しだけ拗《す》ねた気持ちになって……でも結局いつもと同じ。アーディルが与えてくれる麻薬のような快楽には逆らえない。

ふるふると小さく首を振って、こつんと額《ひたい》を彼の額《ひたい》に当てる。

「やだ。気持ち良い……から、やめないで――」

「知っている」

その一言と、こんな時に私にしか見せない意地悪そうな微笑。

表情をあまり変えないアーディルが、わずかに上げた口角に、どきりと胸が高鳴る。

こんな間近で、そんな顔を見せられたら――ほんと、ずるい。

いつだって翻弄《ほんろう》されるのは私だけ。それが本当に、悔しくて。

「これ、やだ。熱い。取ってよ」

服も身体も表情も、何一つ乱さない彼に焦《じ》れて、せめて前をはだけさせようと手を伸ばす。

なのに――

「ああっ、んぁっ！　んんっ、ひゃ、ああんっ‼」

ごまかすように再開された指の動きに、そんな感情も一気に快楽に押し流され、彼方《かなた》へと消え去る。

自分自身すらどこかに飛んでいってしまいそうで、必死に彼の首に縋《すが》りつくけど、アーディルの手は緩《ゆる》まない。

「んっ、ああっ――‼」

ぐちゅりといきなり最奥《さいおう》まで、指が入り込み、耳朶《じだ》を食《は》まれる。

「リィナ。お前、どっちが気持ち良いんだ？」

「ひ、あんんっ！」

「こうやって中でばらばらにかき混ぜられるのと、……こう、ゆっくり抜き差しされるのと――」

「あっあっ、――ふあっ、んん……!!」

そんなこと聞かれたって、ひくひくいってる弱いところを重点的に攻め立てられたら、答えなんて返せるわけもないよっ！

「あぁ。それとも――こちらか？」

「や！、あぁっ!!」

ピンと張りつめた花芯《かしん》を、硬い爪先で軽く弾《はじ》かれる。ビクビクと背中がしなり、腰から脳天まで甘い稲妻が駆け抜ける。

それだけでもたまらないのに、今度は反対の手で胸の尖りを同じように弾《はじ》かれた。

「きゃっぅうん！」

「ここも好きだよな」

ゆっくりと交互に弾《はじ》かれて、どちらが良いのか問われるけれど、もう快楽の源がどこからのものかなんて判断がつかない。

「あっ！　はっ、ぁあっ！　あ、ぅうン!!」

「ほら、答えないと分からない。ここか——こちらか」

不釣り合いなほど泰然とした声の合間。グチュグチュと濡れた音を響かせて、やがて内も外も同時に責められる。

「やああッ！　——これっ、も、だめぇっ!!」

何を口走っているかも分からず、光がハレーションを起こす。どこかに飛んでいきそうな恐怖。でも彼の手は止まらない。

「ほら、言えるまで終わらないぞ」

「だめ、だめっ、イっちゃ……ぅっ！」

掌底を押し付けるように、ぐっと全体を押し上げる。ぴんとつま先が丸まり、苦痛にも近い快楽の高みへと上り詰める。

「ンーー!!」

淫薬《いんやく》を使われなくても、日常化した快楽には抗《あらが》えない——

抱きしめられてキスをされればそれだけで下腹部が甘く疼《うず》くし、彼の片手だけで幾度も高みに上る。

最初に薬で達することを、強制的に教え込まれたせいなのか。以前よりもずっと簡単に高みに上ることを覚えた身体は、こうして幾度も達しながら、一段一段、戻れない階段を上らされる。

そうして夜毎《よごと》、意識をなくすほどの高みから、一気に落とされるのだ。

皆はとっても良くしてくれる。

けど、異世界に連れてこられた厳しいストレスは隠しようがなくて。

たとえ恋愛感情じゃなくても、あの荒野で初めて会った日から、惹《ひ》かれていた。

そんな男に組み敷かれ、快楽を与えられ、優しく名を呼ばれれば——理性の箍《たが》が外れるのは簡単で。

気づけばアーディルとの……こうした行為に溺《おぼ》れていた。

＊＊＊

ふ、わわわぁ——。……あぁ。

仔ヤギ達の甘えた鳴き声で、ようやっと目が覚める。

しばらくぼうっと微睡《まどろ》んで、そのまま大きく伸びを一度。
気だるい身体を起こして辺りを見回すと、幕屋の隙間から入り込む陽光が、絨毯《じゅうたん》の
あちこちに木漏《こも》れ日のような光と影を投げかけている。
うん、やっぱり……誰もいない。
右を見ても左を見ても無人の幕屋の入り口に、ちょこんと鈍《にぶ》く光る小さなお盆が置い
てあるだけ。
中身はナンに似た平べったいパンとソーセージ。あと、お芋の煮たのが少しとヤギ
の乳。
いつも皆でわいわい食べている朝食だ。
これが置いてあるってことは、もう大分、日が高いのかな。
ありがたくお盆を受け取りながら、入り口の棚を見る。
出かける時は必ず持っていく剣だけじゃなくて、弓も矢筒《やづつ》もない。
薬草採取か遠方の市場に行ったのかな?
重い身体に逆らわず、お盆を手元に寄せて硬い寝台に、ぽふりと倒れ込む。
最近のアーディルは、偽装行為の翌朝は、何故か大抵出かけている。
おかげで起きても気まずいってことはないんだけど、やっぱり理由は気になってし

まう。

以前は毎回いないとか、そんなことなかった気がするんだけどな……

『随分こちらの生活にも慣れてきたし、私一人でも大丈夫って信頼してくれるんだ！』と思えれば嬉しい気持ちになるし、逆に『避けられているのかも……』と不安になれば溜息をつくしかないよ。

「あーぁ……」

半分斜めになったまま朝食を平らげ、クッションの合間に寝転がる。

自堕落《じだらく》だとは思うけど、結局昨日も明け方までだったし、手、足、腰が重いんだもん！

八つ当たり半分でそう思っていると、ふいに微かに彼の匂いを感じて動きが止まる。

身についた生薬《しょうやく》の匂いのせいか少しスパイシーな、彼の独特な匂い。

「……？」

ええと、こっちじゃなくて……、あ、多分これだ。

いくつも並ぶクッションの中。彼の匂いを感じる枕を見つけ出し、胸に抱えて大きく息を吸う。

より一層強くなった匂いに、昨日を含めた数々の夜を思い出して顔が赤くなる。

そこまでしてから我に返り、人に見られたら言い訳できない感じの、自分の怪し〜い所業にがっくりと肩を落とした。

「……これじゃ変態だよ、私」

もしくは犬か。

ほんと、こんなので夫婦だっていうんだから世も末だ。

そもそも一緒に寝起きしているのに、私は彼の寝顔を見たことすらほとんどない。

だから彼が寝ていることは知っていても、私の隣で横になっているのか、わざわざ別の場所で寝てるかも知らないわけで。

「でも、まぁ……彼の自由なんだけど、さ」

本来、彼がどこに行こうと問題はない。けれども、ここは遊牧の世界で、幕屋はひと夫婦に一つ。周囲に不審がられないで、彼が行ける場所は多くない。

手の動きも、キスの癖《くせ》も知っているのに、こんな簡単なことも知らないってどうなのよ。

我知らず、溜息が出る。それと同時に、偽装行為中の彼を思い出し、溜息はますます深くなった。

年下にこんな行為を強《し》いているという罪悪感は、回を重ねる度に強くなる。

いくらアーディルが大人にしか見えないって言っても、実際、彼はまだ十代。

性欲がないなんてありえない年なのに、彼は絶対、自分の快楽を追おうとしない。

いつだって冷静な瞳のままだ。

……いっそ最後まで求めてくれれば良いのに――

少し暗い気持ちでそう思う。

何度も意識を飛ばすほどの激しい快楽の海に突き落とされても、一度も服を乱さないアーディルに、日々情けなさと虚《むな》しさが募《つの》る。

どれだけ甘いキスをしても、肌に手を這《は》わせても、偽装は偽装。

決して感情も服も乱さないアーディルから感じるのは、徹底した偽装結婚への合理性だけだ。

セックスの周期も、時間も、全て計算の上。

気持ちが良いのも、不可解な気持ちに翻弄《ほんろう》されてるのも私だけ。

「私、元の世界なら、未成年を誑《たぶら》かす淫乱《いんらん》ＯＬって感じかな～……」

クッションを胸に抱いたまま改めて口に出すと、ほとほと情けなくなる。

彼を愛しているとか、恋愛的に好きだとか、それは正直ありえない。

迷惑をかけ通しの二人の関係に、恋愛特有の甘さは皆無。

それに私自身も、「恋愛対象は年上。年下なんて絶対ない！」そう昔から公言してたくらい全然タイプも違う。

歴代彼氏は柔らかな雰囲気の社交的な人ばかりで、鋭い目を持つ精悍《せいかん》なアーディルとは似ても似つかない。

でも――そんな彼らには感じなかったほど、アーディルには強く惹《ひ》かれているんだよね……

そう考えてから、コレが刷《す》り込み現象かもしれないと思い至って苦笑する。

ずっと年は下でも、アーディルのことは尊敬しているし、人柄も好きだ。

知識豊富な彼とは話していても楽しいし、外見だって男らしくて文句のつけようがない。

そんな彼に命を救ってもらい、生活全般面倒見てもらっているから、疑似恋愛のような吊り橋効果が起きてるんだろうな。――我ながら単純で呆れてしまう。

『結婚にも女にも、辟易《へきえき》している』

偽装結婚前。患者としてアーディルに看病してもらっていた頃によく聞いた、彼の深い深い溜息。

集落にまで押しかけてきた親戚の、街の、見知らぬ男達。

アーディルが物憂《ものう》げな目で、本当に結婚を嫌がっているのを、臥《ふ》した寝台からずっと見ていた。

きっと私がアーディルに惹《ひ》かれているって知られたら、彼は私との結婚を解消する。

それどころか、もしかしたら問答無用で王宮に連れていかれるかもしれない。

帰郷するための『虹の雨』も、アーディルも、両方失うことになったら耐えられないよ……

だから元に戻りたいと乞《こ》い願い、行為は嫌じゃないと言い続ける。

胸のうちに巣食う、小さなモヤモヤの正体なんて暴《あば》きたくない。

実際、アーディルにしてもらうのは気持ち良い。

偽装のはずなのに、快楽を追い求める淫乱《いんらん》な奴だと、はしたない女と思われても構わない。

そうして不安も、虚《むな》しさも、寂しさも全部——

全部、快楽へ呑み込まれてしまえば良いんだ。

間章　アーディルの葛藤《かっとう》

無防備な身体を抱え込んだ腕の中。

すうすうとあどけない寝息と共に、弧を描いた柔らかな背中が、月明かりを淡く跳《は》ね返して緩《ゆる》やかに上下する。

――初めて西の岩山に登って疲れていたはずなのに、無理をさせすぎたか。

いつもよりも疲労の色の濃い顔に、荒れた指先。

貴族のような生活しか知らないはずなのに、それでも朗《ほが》らかに毎日を過ごすリィナへの愛しさは日々募る。

珊瑚《さんご》のような爪《つの》と、細い手首。最後に乱れた髪を梳《す》いて白い肩先に唇を寄せると、露《あら》わになった首筋にいくつもの鬱血《うっけつ》の痕跡を認め、俺は小さく眉を寄せる。

「ッ……」

そろそろタイムリミットか……

一切の穢《けが》れを知らぬ幼子《おさなご》のような白い肌と、そこに悩ましげに咲き誇る所有の紅《あか》い華。

その艶《つや》めいたアンバランスさに、感じないはずの熱をじわりと感じた俺は、リィナの汗ばんだ身体を拭き清めてやり、薄い長衣で身なりを整える。

『今夜は言い訳が立つから、無理して演じる必要はないよ？』

そんないじらしくも見当違いな言葉に簡単に煽《あお》られ、予定より長くリィナを啼《な》かせてしまったが、どうやら密かに服用していた性欲抑制剤が切れ始めたらしい。

さすがに完全に薬が切れた状態でリィナの添い寝をする自信はない。

いつものように寝床に横たえて、合間に小さな衝立《ついたて》を立てる。

すると突然離れた人肌が恋しいのか、「ん……」と、小さく鼻を鳴らして何かを探す仕草を見せるリィナの指先。

まるで愛しい恋人を探すみたいなその姿から引き剥《は》がすように視線をそらし、俺は今度こそ彼女に背を向ける。

「――おやすみ、リィナ」

狼が目覚める前に。

こんな夜をあと幾夜過ごせるのだろうかと天を仰ぎ、俺はゆっくりと目を閉じた。

俺が決して自分のものにならない異世界人――リィナに抱《いだ》いた感情を自覚したのは、

いつの頃か。

それは気が遠くなるほど昔のようで、その実、三月《みつき》という月日にすら満たない。

今でこそ屈託《くったく》なく笑い、厳しい遊牧生活に立ち向かう彼女も、初めからその笑顔を見せていたわけではない。見も知らぬ男と世界に混乱し、高熱に浮かされながら小さく涙を流して、それでも傍《そば》にいてほしいと幼子《おさなご》のように強請《ねだ》る姿は痛々しかった。

力の入らない身体を腕に抱えて宵闇《よいやみ》の中。幾度薬湯《やくとう》を飲ませただろう。

柔らかな唇に口に含んだ薬湯《やくとう》を押し当て、雛《ひな》にするように流し込めば、あえかな吐息が漏《も》れた。

普段なら高度医療従事者として、こんな危険な経口《けいこう》摂取法は行わない。

この国に限らず、この世界では医学を学べる人間はほんの一握り。

医者本人は感染しないよう心がけ、自分の学んだ知識を後世に伝えるために細心の注意を払う。

しかしあの頃の俺は、荒れ狂う感情を押し殺して王宮を辞《じ》し、一族の拠点の街があるこの地に帰郷したばかりだった。

拾った異世界人の高熱は衰弱が主《おも》な原因で、強い感染症ではないと診断しながらも、もしこれが原因で自分が死に至る病《やまい》に罹患《りかん》するなら、それでも構わないと思っていた。

医者として正しくない判断と知っていたが、それくらいには荒《すさ》んでいた自覚があった。

『王都バルラーンに蔓延《まんえん》していた死の病《やまい》。その治療薬を発見した我が国の英雄、医師アーディル！』

それが今の俺の王都での評価だ。

安価な治療薬を作る研究に明け暮れ、多くの命を救うことができたのは、医師としては僥倖《ぎょうこう》だ。しかし、その研究室に篭《こも》っている合間に悲劇は起きた。

縁深い小さな村が集団罹患《りかん》していることに、俺は全く気がつけなかったのだ。

駆けつけた時には、谷間の小さな村はほぼ壊滅。医学の道に導いてくれた人も、慕ってくれていた多くの患者も失い、俺は死者と絶望だけが眠る村の中央で、獣のような咆《ほう》哮《こう》を上げた。

疫病《えきびょう》の蔓延《まんえん》を防ぐために封鎖されていた街道が、彼らからの悲痛な救いの手紙をも封鎖してしまったのだ！

『誰も悪くない。貴殿は良くやった』『救った命の数を数えれば、仕方のないこと』『これ以上、どうしようもなかったろう』――そんな言葉など、幼い子供の字で書かれた『せんせい、たすけて』の文字の前で何の意味がある。

恩師の机の上にあった集団感染の末路の記録と、『お前の仕事を全《まっと》うせよ』との遺書に、数々の栄誉なんて一体何の価値があるのだ！

結局、王都のどこにいても称賛の声は鳴りやまず。

荒れ狂う自分の気持ちと折り合いをつけることができずに、俺は王宮を出た。

リィナを見つけたのは、その頃のことだ。

今思えば、俺はあの時期、衰弱したリィナの命を救いながらも、必死でこの世界を受け入れようと葛藤《かっとう》を続ける彼女の姿に、救われていたのだろう。

『国の英雄として、相応《ふさわ》しい栄誉と地位を！』

どんな賛美にも心を動かされず、何も感じず何も欲さない。そんな心が凍りついたままの俺が、雨の岩山で自分を認め、ふわりと笑ったあの顔をもう一度見たいと願った。

そうして悄然《しょうぜん》としていた少女が、その朗《ほが》らかな性格を見せ始めたのは、ある明け方。

回復しかけていた身体に毛布を巻きつけ、腕に抱えて、初めて幕屋の外に出た。

切欠《きっかけ》は景色を見てみたいと乞《こ》われたからだが、何故だか自分も彼女にこの世界を見せたいと思ったのを覚えている。

柔らかな色が幾重《いくえ》にも広がる、夜明けの空。

緑の草原に佇《たたず》む白い幕屋と家畜達。

『綺麗……』

腕の中で放心したように世界を見つめていた異世界人の彼女は、そう呟《つぶや》くと一筋だけ涙を零《こぼ》した。

あの時、リィナは何を思い、何を決意したのだろう。

やがて他の幕屋から出てきた人間に、リィナはあの岩山で見た笑顔で、ふわりと笑った。

あの一筋の涙に、全ての絶望を込めたのか。その後、リィナの涙を見た者はいない。

そうして今日も彼女は笑う――

何にでも興味を持ち、弾《はじ》けるように笑う姿は無邪気な子供そのものだ。

それは決して分別《ふんべつ》のある女性の姿ではなかったが、時として誰よりも輝いて集落の人々をも魅了していった。

だからあの絶望の色に染まったリィナを知る者はない。誰も知らないままで良い。

もう二度と、あんなに傷ついた彼女を見たくない。

そうして絶望の淵《ふち》から一人這《は》い上がり、朗《ほが》らかに笑うリィナの横に俺は立つ。

刻々《こくこく》と迫りくる、別れの時まで――

＊＊＊

「まずは、ジャラフィード一族アーディル殿に厚く御礼申し上げよう。医師アーディルと言えば、王都で知らぬ者はいぬ、我が国の英雄。お会いできて嬉しく思う」

一族の拠点の街エリエの館で今、俺は王都からの使者と相対《あいたい》している。

客人は二人。身なりと態度から軍部の上層部と、追従《ついじゅう》の部下か。

二人はこちらに向かって礼を一つ。

一族の主立《おもだ》った男が、緊張した面持ちで見守る中で、彼らはこの国の紋章入りの書簡を並べ、さっそく本題に入り始めた。

「王都に蔓延《まんえん》していた『死の病《やまい》』を撥《は》ね除《の》けた貴殿が、此度《こたび》は異世界人の命を救って保護していると聞いてやってきた。さっそくお引き渡し願いたいが……。して、アーディル殿。異世界人の少女は、今どちらに」

白々《しらじら》しくも素知らぬ顔で問いかける使者に、俺は王宮式の礼ではなくジャラフィード一族としての正式な礼を返す。

ゆっくりと頭を上げ、今日もまた一つの戦いが始まるのだと、胸の内で気を引き締めた。

「御使者殿には王都バルラーンより遠路お運びいただき、誠にありがたく。ジャラフィード一族がアーディル、心より御礼申し上げる」

人目に触れないよう集落で生活していたとはいえ、リィナは壮絶に目立つ女だ。その存在を隠し切れはしない。

本来、異世界人の身柄も、知識も、その存在全てが国王陛下に献上されるもの。既《すで》にここ一月《ひとつき》の間に、王都とは書面で幾度かやり取りをしているが、内容は一貫して同じ。

『保護下している異世界人を今すぐ王都へ連れてこい』という書簡と、それに対する『否《いな》』の短い返信だ。

業《ごう》を煮やして使者が来ることは想定済みだったが、まさかここまで早いとは思わなかった。

「事前の報告の通り、異世界人リィナ＝ハシィダは、雨の荒野にて倒れているところを発見いたしました。命の危険性があったため、そのまま最も近い一族の集落で看病。今現在、妻の容態は安定しております」

「妻……？　まさかアーディル殿！　貴殿は異世界人を王都に連れてこないばかりか、

婚姻関係を結んだと申すか！」

一瞬の空白と、唸《うな》るような怒鳴り声にびりびりと部屋の空気が震える。

女子供がいたら卒倒しそうな怒号《どごう》だが、この場にいる男達で、この程度に動揺する人間はいない。

怒り狂う使者に、視線は外さぬまま両方の拳《こぶし》を床についてゆっくりと頭《こうべ》を垂れ、謝意を示す。

「元よりお叱りは覚悟の上。国境視察をされている陛下が、王都に戻られました時には、真っ先に奏上《そうじょう》申し上げる次第です」

「アーディル殿！　聡明なはずの貴殿が、何故このような勝手をした‼　いくら国王陛下の覚えめでたいとはいえ、これは陛下への反逆と見做《みな》すが良いか！」

やはり軍部としては、すぐに異世界人を手元に置きたいのだろう。

だが、俺が通り一遍《いっぺん》の脅《おど》しでは動じないと見ると、態度が一転した。今すぐ彼女の身柄を渡すなら、この不祥事を内々に収めても良いと、宥《なだ》めすかし始める。

この程度で動じる人間だと思われているなら、俺も随分と侮《あなど》られたものだ。

「では使者殿に問う」

「む？」

「我が妻リィナ＝ハシィダは記録にある異世界人と同じく、いっそ脆弱《ぜいじゃく》と言っても良いほどの体力の持ち主。その上で、彼女は雨の荒野で行き倒れていた。王都から遠く離れたこの地で、一体、自分以外の誰が彼女の命を救えたのか。お教え願おう」

リィナを見つけてからの詳細な闘病記録を、二人の前にずらりと並べる。

軍人とはいえ、使者に抜擢《ばってき》されるくらいだ。さすがに文字は読めるだろうと踏んでいたが、どうやら一人は、軍医かそれに近しい存在らしい。書面を手に取ると、金貨でやり取りされる高価な薬草の名に驚きを示し、そっと上官に耳打ちをする。

「貴殿の医師としての名声は重々承知しておる。闘病生活を送っていることも、どうやら本当のようだ。……しかし！　それだけなら、この館で少女を看病すれば良いだけのこと。集落に住まわせ、婚姻関係を結ぶ必要がどこにあるというのだ！」

「流行《はや》り病《やまい》が蔓延《まんえん》しているこのエリエの街に、重篤《じゅうとく》な患者をわざわざ連れていく必要はありますまい。それよりも必要な薬を採《と》りに行ける集落に暮らし、専属で看病した方が彼女のためになると考えるが、使者殿のお考えはいかに」

「ぐぬうっ！」

異世界人の知識が全て有用だとは限らない。それでもユグベルク大国を治める国王陛下は、存在自体が貴重な異世界人に無理をさせ、あたら命を散らさせることを良しとしないはずだ。

「ここから王都バルラーンまで馬でも七日。これから厳しい冬がくる。王都に馬車で連れていけるほど体力を回復させるのに、最低半年は必要でしょう。――街には街の、一族には一族の古来よりの掟《おきて》が存在する。その半年間、妻にすること以外で、リィナ＝ハシィダ殿の名誉をどのように守る方法があったのか」

王都に連れていくまで最低半年との言葉に、二人の使者が小さくボソボソと話し込む。

現在、王都で保護している異世界人の中に少女はいない。

ましてや、その中で行き倒れて発見された人間もいなかったはずだ。

自分とて異世界人の知識を多く持っているわけではないが、それでも所属していた王宮の薬草園では、彼らの健康管理も行っていたから、最低限のことは知っていた。

「……」

やがて二人は、苦虫を噛み潰したような表情で先の答えを出した。

「つまりは、陛下に隠し立てするつもりはなく。異世界人の少女の看病を優先するため集落に住み、婚姻関係を結んだのは少女の名誉を守るためと――そう貴殿は申すのだな」

年若い女性が子をなせず、婚姻関係を解消されて次の男に嫁ぐことは、名誉なことではないが、よく聞く話だ。

しかし、婚姻関係にない女性が男の家に半年間住んでいたというのは、不名誉どころではない。

異世界人という彼女の立場を考慮しても、今後この世界で暮らしていく彼女の立場は悪くなる。

『少女の命と名誉を守るために、最も良策と思われる選択をした』

――そう結論づけて本当に良いのか悩む二人の前に、駄目押しとして、最高位の医者の立場を示すイヤーカフスを外して書簡の上に置く。

すると使者はもちろん、一族の長老をはじめとする男達からもざわめきが聞こえた。

「決して陛下に対する二心《ふたごころ》はなく。時がくれば、私の手で必ず陛下の御前にリィナ＝ハシィダ殿をお連れいたす所存。しかしそれは今ではない」

騒然とした空気は、その一言で、水を打ったような静けさに戻る。

言葉というのは残酷だ。

こうして自分自身で発した声ですら、鋭い刃となって我が身をえぐる。

弾《はじ》けるような笑顔も、夜の闇に浮かび上がる柔肌《やわはだ》も手に取るように思い出せるのに、リィナは決して自分のものにならないのだ。

どこか遠くから己の感情を見るような、妙に凪《な》いだ気持ちで待つ俺に、やがて使者の答えが出た。

「アーディル殿のお気持ちは分かった。異世界人の少女は今しばらく貴殿に預けよう」

＊＊＊

使者の帰還後。一族の中に少しだけ違う空気が生まれた。

今まで邪魔に思っていた少女が、わざわざ王宮から迎えに来るほど価値のある存在だと知って、俺の名声をさらに上げられる可能性があると思い直したらしい。

今、奴らは喧々囂々《けんけんごうごう》と議論を交《か》わし、すぐに俺達を離縁させ、それぞれに新たな相手を宛《あて》がって一族内で権力を分散させろという人間と、異世界人の嫁が女薬師《やくし》になるまで面倒を見て、一族全体の名声を高めるべきだという人間とが、自分勝手な妄想を繰り広げているはずだ。

聞くに耐えずに広間から退席し、館の自室に引き上げたが、イラつく気持ちは収まらない。

馬鹿馬鹿しい――!!

投げ出した足がぶつかり、がしゃんと机の上の器具が跳《は》ねる。

誇り高きジャラフィード一族として、名誉は大切だ。

だがそれは、騎馬民族としての誇りであるはずだ。

医師としての自分の名声が一族を高めると考えているなら、勘違いも甚《はなは》だしい。

ジャラフィードは王都で貴族となった他の一族を、騎馬民族の名誉を汚《けが》したと見下したのだ。

ならば俺個人の名声に頼る考えは矛盾《むじゅん》している。

「……」

イライラした気持ちを持て余し、引き出しの中の小さな缶から葉を出して噛みちぎる。

強い清涼感のある香りに、苦味の中に感じるほのかな甘味。

薬の原材料だが、こうして煮詰まった時にも使うそれは、リィナに手渡したら、めんと一るという自国の嗜好品《しこう》に似ていると言い、涙目になり赤い舌をちらりと見せた。

異世界の落とし物である彼女が、自分のもとに来て早数ヶ月。

無邪気に信頼を寄せる彼女に、想いと罪悪感は日々募《つの》る。

王都に連れていけるほど体力が回復していないというのは本当だ。

真冬の移動を避ければ、半年かかるという見立ても、大きくは外れていないだろう。

——それでも様々な理由は、後付けだ。

エリエの街に流行《はや》り病《やまい》が蔓延《まんえん》していたせいで、集落から動くのを危険と判断した。『虹の雨』にこだわったリィナが、自《みずか》ら「見合い避《よ》けくらいにはなるから、このまま傍《そば》に置いてほしい」と頭を下げ、そして俺は彼女を守るために偽装結婚に踏み込んだ。

それらは嘘ではないが、事実を正しく述べてもいない。

真実はもっと醜悪《しゅうあく》で、傲慢《ごうまん》なくらいに単純だ。

ただ俺が、彼女の傍《そば》にいたかった。それだけだ——

もし俺が本当に相手のことを思うなら、あの夜、リィナに偽装行為をしてまでここに残りたいのかと、選択肢を与えられたろう。

しかし自分はそれを「本当に王都に行きたくないのか」と尋ね、言質《げんち》を取って論理のすり替えを行った。卑怯にも彼女の郷愁《きょうしゅう》の念を利用し、その唇を奪ったのだ。

偽装行為に踏み込む前のことを、ふと思い出す。

まだ薪《まき》を使うのに慣れていないリィナのために、湯を沸《わ》かし沐浴《もくよく》の準備をしてやるのが日課だった。

衝立《ついたて》の向こうに消えた彼女の影が、ランプに照らされタペストリーに映し出される。

身体が全て入るほどの大きな浴槽に湯を入れ、それに全身を沈めるのが風呂というものだという彼女にとっては、金盥《かなだらい》に張った湯で身体を拭く沐浴《もくよく》は、所作が分からず難しいらしい。

随分と贅沢《ぜいたく》なことだと言うと、いつか川辺に石を並べ浴槽を作り、その中に焼いた石を入れてお風呂に入ってやる！　と笑顔を見せていた。

そんな彼女が服を脱ぎ、ゆっくりと髪を上げる仕草が、薄く壁に映し出される。

俺達よりもずっと視力の弱い彼女は、その影に気がついていないのだろう。

腕を上げて肩から胸元まで布を滑《すべ》らす仕草に、ちゃぷりと耳に直《じか》に響く盥《たらい》の水音。

匂い立つ色香にくらりとする。

ここまでくるともはや甘美な毒だ。彼女に気がつかれないよう溜息を押し殺す。

影が映らないようにランプをもう一段階暗くしたこともあったが、その時に湯の入った器《うつわ》でリィナが火傷《やけど》をした。

それ以来、何かあったら怖いから沐浴《もくよく》時は傍《そば》にいてほしいと言う彼女に、俺は逃げる口実を失った。

――彼女を尊重するなら、見なければ良いだけだ。

診察でいちいち女性の身体に煽《あお》られていては医師は務まらない。

それでも、首筋から背中にかけてのまろやかな稜線《りょうせん》が薄闇に映し出されれば、脳内でその肌の白さが鮮やかに蘇《よみがえ》り、その影から目を離せるはずもない。

薬を含ませた柔らかな唇の感覚や、腕に抱えた時の華奢《きゃしゃ》な身体つきを知っているだけに、込み上げる衝動は強かった。

彼女はいつか必ず自分のもとを去る人間だ。

それが元の世界なのか、陛下のもとでベール越しにしか話せない関係になるかは分からないが、どちらにせよ、長く荒野で生きていける女でないことは知っていた。

そうして確実に迫りくる別れの時を前に、俺は偽装行為の誘惑に負けた。

ほんの一瞬でも良い。もう一度あの肌に触れられるならと、自覚する想いを隠して禁断の果実をもいだのだ。

「……チッ」

結局、軽い鎮静薬《ちんせい》代わりの薬では鬱屈《うっくつ》した想いは晴れず。薬棚から取った小さな薬を折り、煙管《きせる》に入れて軽くふかす。

……これ以上、リィナを俺のものにしては駄目だ。

快楽に染まり理性を手放したリィナに最後まで強請《ねだ》られようとも、決して応じるわけにはいかない。

最後まで抱かないことが、自分が示せる唯一の誠意であり、医者として微かに残った理性だ。

あらゆる欲求を抑え込むほどの、強い鎮静《ちんせい》作用があるベルゼの枝は、ささくれだった気持ちを一呼吸ごとに楽にしてくれる。

『ねぇねぇ。アーディルが好きなタイプの女の子って、どんなの？　やっぱり〜、ボンッキュッボンの美女？　それともスィンみたいな、楚々《そそ》としたお嬢様？　お姉さんに教えなさいよ〜』

腕の中に入り込んで、あっという間に男の酒を奪い、小憎たらしい顔でこちらを見上げるリィナは――悪戯《いたずら》好きの小さな砂ネズミのように、どこにでも行きたがり何にでも興味を持った。

何事にも果敢に挑戦して、失敗して。

それでも挫《くじ》けず、いつだって弾《はじ》けるような笑顔を見せた。

軽率《けいそつ》なことをするな。そんな小言を言いながらもその姿は好ましく、喜怒哀楽《きどあいらく》を失わない、しなやかさに目を奪われた。

『ここって、女の婚前交渉は厳禁で、男は人生経験の一つ――って考えなんでしょ？　じゃ、どうやって初めての相手を調達するの？』

『アーディルもやっぱ、本職のお姉さんのところとかに行ったの？　それとも案外、年上の未亡人とか？』

そして時に奔放《ほんぽう》な発言をして、俺の反応を楽しむそぶりさえ見せたあいつは……、自分がどれだけ愚かで危険な行為をしているか、何故気がつかない。

幾多の男と経験があると豪語するなら、どうして思い至らないのだ。

無邪気に白い肌を見せ、無意識に挑発している相手が、薬を使って自制しているだけの──危険な飢《う》えた獣だと。

肌を合わせた夜明けに、腕の中で眠るリィナを何度そのまま襲おうと思ったか、焼けつくような気持ちで傍《そば》を離れたか、あいつは想像したことすらないはずだ。

一度でも欲望のままに腕に抱けば、もはや自分を止める自信はない。

必ずリィナを泣かせる羽目になる。

月の光のような肌で誘惑しながらも、彼女は男を受け入れる身体を持たない。偽装行為ですら翌日にろくに動けなくなるほどだと、痛いほど自分に言い聞かせ、自制していた。

それでも降り積もる感情と共に、薬の効く時間は短くなり──情事の余韻《よいん》を残して眠るあどけない寝姿に、どうしようもないほど煽《あお》られた。

「……」

肺いっぱいに広がった薬をゆっくりと吐き出すと、くゆる煙はやがて天窓の鈍《にぶ》い光を受け、静かに淡く消え去る。

愛しているなど伝える資格は俺にはない。

ただ一日でも長くリィナの傍《そば》にいられることを乞《こ》い願い、今宵《こよい》も腕の中で眠る彼女を抱きしめる。

別れの時を覚悟しながら――

第3章　ラノーグの市場

「リィナ。ごめん、起きてる？」

服を着替え終わって薬簞笥《くすりだんす》の前に座っていると、馬の嘶《いなな》きとガヤガヤとした人の話し声、そしてちょっと躊躇《ためら》ったようなレイリの声が、幕屋の入り口から聞こえた。

珍しいな。どうしたんだろ。

「うん、大丈夫だよ～」

そう言いながら胸元のキスマークを隠すためにスカーフを手早く結ぶと、なだれ込むように入ってくるレイリ達。なんか慌ててる風にも見えて首を傾《かし》げる。

んん？　何事？

「突然ごめんね。アーディル、今日帰ってくるの大分遅いかな？」

「アーディル？　上手くすれば夕刻に帰ってくるけど、ちょっと分からないなぁ」

のんびり答えた私に、少女達がそわそわと相談し始める。どうやらアーディルじゃないといけない要件みたいだ。

「困りごと？」

床に座ったままそう問いかけると、少女達はダムが決壊したかの如く話し出した。

「うん。隣の集落で急患が出たみたいで」

「知ってる子。妊婦さんなの！」

「街に行ったのがいけないんだよ」

「赤ちゃんが熱でね……」

待って、待って！　一斉に話しかけられてもよく分からないよ！

――で。そんな彼女達の話を纏《まと》めると、どうやら近くの集落で急患が出たらしい。

原因は一族の拠点があるエリエの街での流行《はや》り病《やまい》。

熱はそんなに出ないけれど、咳《せき》が酷《ひど》く長引く風邪で、お年寄りとかに伝染《うつ》ると結構危ないと聞く。

「ああ。なるほど。街での流行《はや》り病《やまい》をそれぞれ集落に持ち帰っちゃったんだ。でもお医者様の手配は、もうしたのね？」

「うん」

……？　じゃあアーディルに見てほしいことって何？

視線で問いかけると、それを受けたレイリとスィンが頷《うなず》いた。

「その流行《はや》り病《やまい》のせいで、お医者様があちこちに行ってしまってね。常備薬が切れてしまったみたいなの。それでアーディルに、以前と同じ薬を手配してもらえないかって」

これなんだけど、リィナ分かる？　そう言いながら、レイリが私にとって見慣れた薬袋を手渡す。

袋の中を見れば、微かに残った薬の残骸《ざんがい》。確かにこれ、アーディルが処方した薬袋だ。

「その薬を飲み続けていないと皮膚が爛《ただ》れてきて、母乳を飲んでる赤ちゃんも具合があまり良くないみたいなの」

「母乳の出も悪くて、なんとかしてあげたいんだけど……」

どうやら年長組のレイリとスィンの友人でもあるみたいで、二人とも心配そうな顔をしてる。

でも、待って。これってどこかで見たことあるような……？

「ね。これをアーディルが薬として出したの？」

「うん」

その言葉に思わず、残った薬の残骸《ざんがい》を指で掬《すく》って口に含む。

あ、うん。やっぱりこれ、薬っていうか、お茶だ。お茶。

しかもものすご～～く渋くて酸《す》っぱいヤツ。

故郷で言えば、ローズヒップやレモンなどの柑橘系《かんきつけい》のドライフルーツを細かく砕いたモノに近い。

で、相手が授乳中の妊婦……？

ってことは、もしかしてその病気。ビタミンとか何かの微量栄養素不足なんじゃないかな。

遊牧民の食事は、日本人の私から見れば、極端に偏《かたよ》ってる。

肉、乳製品が食事のほとんどで、季節の果物がそこに入る程度。卵は贅沢品《ぜいたくひん》で、魚やレタスみたいな瑞々《みずみず》しいサラダとかにいたっては、夢のまた夢だ。

う～～～ん。どうしよう。

「アーディルが何を処方したのかなんとなく分かったけど……。でも、彼が戻ってきても全く同じ薬は今ここで作れないよ？」

なんせ材料が足りない。市場に行ったりして買い付けてこないと無理だ。

薬箱の小さな引き出しを開けながら、そう皆に説明していると。不意にこの場にそぐわぬ落ち着いた低い声が響いた。

「つまり市場にさえ行けば、その場で似たものを手配できるのか？」

ううっ！　もしかしてこの声は……

「ラキーブさん」

何でここに。

現集落の長。年齢不詳の眼光鋭い美形オジサマ。――追記、私の苦手な相手。

けれども、そんなことは言ってられない。慌てて佇《たたず》まいを直して力強く頷《うなず》く。

「はい。できます」

〝多分〟と付け加えたい気持ちは、この際、無理やり呑み込む。

だって、どう考えても試されているよね。これ。

気分はまるで抜き打ちテスト。そういうのは、ほんっと勘弁してほしい！

でも、ここで彼を納得させられれば、アーディルの妻として集落に長く残ることを許されるかもしれない。

そう思ったら、やるしかない。

『うりこ。ウリ坊。ウリ娘』。子供の時から楽天的だの、猪突猛進《ちょとつもうしん》だのと言われていた性格のまま、薬師《やくし》としてラキーブさんに認めてもらいたいと、必死に薬の内容を考える。

白のエルマ。ケイリヴの葉。ゾーミグの実。

少なくとも今私が考えている調合で、妊婦・経産婦《けいさんぷ》に飲ませて毒になるものではないのは、絶対だ。それよりも症状も見ないで、勝手に強い生薬《しょうやく》を処方する方が、ずっと怖い。

そして薬のもととなる薬草を、自分の目で判断しないのも。

残った薬の残骸《ざんがい》を見せて、手元にある生薬《しょうやく》を手早く並べながら、どの材料が足りてないか、そしてその代わりに何を入れるつもりなのかを、ラキーブさんに簡単に説明する。

「もちろん、お医者様が処方するのが一番良いと思います。でもその繋《つな》ぎにする分くらいなら、今の私でも似たものを作れると思います」

「……」

「ただできたら、材料を買うところに立ち合わせてください。市場で間違った薬草を買われてしまうと、トラブルのもとになりますし……」

さすがに駄目かな？

今までアーディルがいない時に、集落を遠く離れたことなんてない。

軽率《けいそつ》なことをするな。女達から離れるな。大人しくしていろと、いつものアーディルの小言が、ほんの一瞬脳裏に浮かぶ。

けれどもそれも、次の一言で呆気《あっけ》なく思考の隅に追いやられる。

「薬を欲しているのは、族長の娘。隣の集落の人間には随分世話になっている。……市場までついてこれるか」

「行きます!!」

やったぁ！

＊＊＊

揺れる。ぶれる。世界がぐわんぐわんと、回っている……

歩くことも儘《まま》ならず、下ろされた大地にへたり込む。

そのまま崩れ落ちるように寝そべらなかった私を、誰か褒《ほ》めてぇぇぇ。

実は私、今までアーディルとレイリ以外の馬に乗ったことはほとんどない。

でも今回は「急ぐから他の女は置いていく」との判断により、ラキーブさんの馬に相乗りすることになったわけだけど、一気に走った馬上で、上下左右に揺すられ無言の阿《あ》鼻叫喚《びきょうかん》。

腹筋はぶるぶる震えるし、固い鞍に擦《こす》られた太股《ふともも》は、絶対真っ赤になってるよっ！

それでもこの買い物と調合には、私の将来がかかっているわけで。

既《すで》に同行の少年達は、それぞれ別の買い物をしに市場の雑踏《ざっとう》へ向かったし、私も早く頑張らないと。

そうして根性で市場の中を巡り、目的の薬草達をいくつかゲット。あと必要な生薬《しょうやく》は、ゾーミグの実だけ！　なんだけど……

「銅貨二十」

「十三」

「銅貨二十！」

「十三！」

「二十ってんだろ？　にーじゅーうー！」

「じゅうさん、です！」

地面に胡坐《あぐら》をかいて座り込み、ゾーミグの実の前で店主とむむむと睨み合う。

ここは市場と言っても、小さなテントが立ち並ぶ青空市場とは違って、何にもない荒野の一角。

ちょっと変わった形の岩場を目印に、皆が家畜を持ち寄って、好き勝手集まっている場所だ。

近くに水場があるから、本当の意味では何もないわけじゃないんだろうけど、動物の鳴き声と砂埃《すなぼこり》で、雑然としていることこの上ない。

メェメェ、ギャーギャー、ヒヒーンでブルルよ。

海外旅行に行った時に見たような市場を想像してたんだけど、甘かった。

小屋とかテントとか一切なしってことは、もちろん日陰もなし。看板などの目印もないから、客と商人の区別もできない。

さらには人々の間を家畜が行ったりきたりで、地面にはうっかりすると動物の落とし物。

夜には人っ子一人いなくなるんだから、迷子は危険。超危険。

そんな市の中で、唯一、生のゾーミグを持っていたのは、市場の外れにいたロバと馬売りのハッサン。こちらでは珍しい、背の低い豆タンクみたいなプチマッチョなオジサンだ。

で。馬とロバとラキーブさんと。

何故か段々増えるギャラリーを背に、さっきから値引き交渉してるわけですよ。

「おい小娘。知らねぇなら教えてやる。この時期、ゾーミグの実は遠方の山の麓《ふもと》でしか採《と》れねぇ。銅貨十三で売る馬鹿がどこにいる。ゾーミグ五個で銅貨二十‼　二十出せねぇんなら出直しな」

昼日中の光を燦然《さんぜん》と跳《は》ね返すハゲ頭。

眉や髭《ひげ》の濃さと、頭髪は関連がないのはどこの世界も一緒なのかと、ちょっと感心しながらも、こっちだって負けてられない。生の実を持っているのは彼だけだ。

厳しい就職活動を乗り越えた現代人。こんなことじゃめげませ〜ん。

「チャン・グレンの山脈でしょう。あそこで採取したなら、ここまで持ってくるには五日は経《た》ってますよね？　ところどころ、傷《いた》んできてますもん」

手早く目の前にあるゾーミグの実の、傷《いた》んだ部分を前に出す。

「つまりこれを生で売れるのは、あと一日ってところですよね？　もちろんゾーミグは乾燥させても売れますけど、値段は下がって半額程度。乾燥させる時間も手間もかかりますし、あと一日でこれだけの量を欲しがる客って、他にいないと思いません？」

この実、乾燥させるの結構時間がかかるんだよね。

むむうと唸《うな》るも、まだまだ素直に頷《うなず》いてはくれなさそうなハッサンに、こちらもさっき買った材料を見せながら、もう一度手持ちの小銭を見せる。

「こっちの手持ちは残り銅貨四十で、薬を作るのに必要なのがゾーミグの実、十五個」

「……」

「だからゾーミグの実五個を銅貨二十で売られたら、材料が足りなくて薬が作れない。――それなら時間もないし、向こうで売ってた乾燥ゾーミグ十五個を銅貨三十で買った方が良い」

話しながら小枝で地面に数字を書き書き。

「でも銅貨十三にしてくれたら、銅貨三十九でこの傷《いた》みかけたゾーミグの実十五個全部買い取れます。そちらの在庫もなくなるし、悪い話じゃないと思うんだけどな」

今度はちゃりちゃりと、ゾーミグの実の前に、分かりやすく銅貨を並べる。

唸《うな》りながらも無言でこちらの世界のソロバンを弾《はじ》くハッサンと、その合間にも増え続けるギャラリー達。

ん～～～っ！　説得まで、あともう一歩ってところなんだけどなぁ。

女に値引き交渉を受けているっていう時点で、心理的にマイナスみたい。

「しっかし、女がこんなところまで出張ってくるなんて、普通じゃありえねぇな。しかもなんだ、あれ暗算してんのか？」

「ジャラフィードんところのアーディルの嫁だってよ」

「はぁーっ！　すごいな。アーディルって、若《わ》けぇのに凄腕《すごうで》医師のアーディル殿か」

「計算できる女なんているのか……？」

「ふん。女に学があるとろくなことにならんぞ！　子供産む気はあるのか、あの娘っ子は」

「その前に値切ってること自体が俺には信じられねぇや」

「異世界人ともなると、女だてらに薬師《やくし》なんてのもできるのかもな」

おんな、女って、うるさーい！

姦《かしま》しいギャラリーと、腕を組み少し遠くから無言でこちらの様子を見つめるラキーブさん。炎天下に加えて人ごみの熱気に、頭がくらくらしてくる。

「これ、族長さんの娘さんの薬に使う予定だし、赤ちゃんもいるって聞いてるから、できたらきちんと作ってあげたいんです。乾燥より生の実の方が成分が強いのは、さっき話した通りです。どうしても駄目ですかね？」

中天を過ぎた太陽に、日よけのケープを握りしめて最後の交渉に入る。

けど、「銅貨三十九でなんて、売れやしねぇよ！」とのハッサンの一言にがっくりくる。

あ〜、もう駄目だ。もう交渉している時間がない。これ以上は調合の時間がなくなるし、それじゃ本末転倒だもんね。

あと少しだと思ったんだけど、駄目だったかぁ……

より良いものを作って認めてほしいけど、今回の最低ラインは時間までに調剤を済ませること。

それを忘れちゃ駄目だ。

気持ちしょんぼりしながら小銭をポーチに戻して、日よけのケープを深く被り直す。

やっぱり女には無理だったなと騒ぐ外野は無視だ、無視。

ハッサンに時間を取らせたことを謝って、立ち去ろうとする――と。

「生のゾーミグの実十五個で、銅貨四十だ！　……それ以上はまけられねぇな」

ハッサンのぶっきらぼうで吐き捨てたような発言に、ぽかんとしたままの私より先に周囲が盛大に沸《わ》き上がる。

「やりやがった！」

「おい！　ねーちゃん！　あんたやるなぁ!!」

「値切りきったぜ、こいつ！」

ふわわ⁉

やんややんやと騒ぎ出すギャラリーに馬とロバが驚き、もう何が何だか！

ちょっ、こんなに砂埃《すなぼこり》が立ったら本気で喉も目も痛いよ！

「ほら、小娘。持ってきな」

バンバンと背中を叩かれ倒れそうになりながらも、折角仕入れた生の果実を潰しちゃいけないと、両手でしっかり胸に抱きしめる。と同時に、私の横で覗《のぞ》き込んでいた野次馬が、その数の多さにバランスを崩してドミノ状に倒れ始めた。

『いいか、リィナ。馬は気高く、繊細《せんさい》な生き物だ。驚かせないようにして、決して後ろに立つな。何かあったらすぐに距離を取れ。リィナがあの巨体の下敷きになれば、怪我だけではすまないぞ！』

アーディルが幾度となく忠告してきた言葉が、脳裏に木霊《こだま》する。

雪崩《なだれ》を起こした男達に突き飛ばされ、後ろに転倒するハッサン。その腕が興奮していた馬にぶつかって、二頭の馬が大きく嘶《いなな》く。

人々の悲鳴と、遮《さえぎ》られた太陽の光。

馬と私の間にいた男達は背中を見せ、まろぶように走り去る。

巻き上がる砂埃《すなぼこり》の中、腰が抜けたまま動けない私はそれを呆然と見上げるしかできない。

ぶつかり合った二頭の馬が目に怒りを溜め、私に向かって高く足を上げるのがスローモーションのようで――

「嬢ちゃん逃げろ！」

「動けないのか⁉　あの娘死ぬぞ‼」

逃げなきゃ――。そう思っても身体は動かない。

駄目だ、間に合わない。このまま踏み潰される？　本当に？

こんなところで、私……死ぬの？

『助けて。――アーディル‼』

「……っ！」

ぎゅっと目を閉じて衝撃を覚悟した私に、一陣《いちじん》の風が駆け抜けた。

咄嗟《とっさ》に差し出された手に掬《すく》い上げられ、ぐんっ、と感じた浮遊感。そして衝撃。

重い金属音と割れた木の音と共に、バラバラと木片が頭上から降り注ぐ。

取り巻いていたいくつもの悲鳴が、そのまま大きな歓声に変わっていく。

「よくやった！」

「おい、姉ちゃん！　大丈夫か」

「助かったぞ‼」

やんややんやのざわめきも、心臓が耳元にあるみたいで上手く聞こえない。けれど――

「君、大丈夫？」

頬を撫《な》でた清涼な風と、間近で聞こえた柔らかなテノールの声に、こわごわと目を開ける。

さっきまで私を取り囲んでいた人と砂塵《さじん》が消えて、少し近くなった空の青さが眩《まぶ》しい。

混乱しつつも、まず最初に腕の中にゾーミグの実がしっかりあるのを確認して「良かったぁぁぁ」と、安堵《あんど》の声を漏《も》らした私がおかしかったのか。

声の主《ぬし》は一瞬驚いたように息を詰め、その後くすくすと笑い出した。

――どうやら馬に蹴られそうだったところを、この人が助けてくれたみたい。

お礼を言おうと顔を上げかけて。そこでようやく気がついた。

縋《すが》りついた相手が身に纏《まと》う、女物ではない濃紺《のうこん》の布地。盾《たて》代わりにした砕けた木箱の蓋《ふた》を持つ大きな手。ラキーブさんとも全く違う、女性ではありえない柔らかな笑い声。

当然、アーディルの声ではない。

ってことは、つまり……？

喉が痛む砂塵《さじん》が消え、野次馬と馬達がびっくりしたように見上げているこの状況って、もしかして。

私、今。アーディルでも、ラキーブさんでもない人に抱き上げられたりしてるの⁉

あまりのことに、ざあっと血の気が引く。

正確にいえば担《かつ》ぎ上げられているのだけど、「早く離れなきゃ！」と軽くパニックしながら視線を上げた少し遠方に、こちらを睨むラキーブさんを認め、完全に思考が停止する。

脳裏に浮かぶアーディルの忠告の声。

『リィナの世界と違って、ここは不貞《ふてい》行為の概念《がいねん》は非常に厳しい。既婚女性ともなれば、普通は一族以外の男と話すことすらないしな』

『夫以外の手でも握れば、それだけで不貞《ふてい》行為にあたり、問答無用で離縁を言い渡される。――理由のいかんは関係ない。ただでさえ色々疑われているんだ。難癖《なんくせ》つけられないようにしておけよ』

緊張でごくりと喉が鳴る。

ええと、そこで目を細めているラキーブさん。私。これ、不貞行為《ふてい》……でしょうか？

「……」

鷹のように鋭い目をしたラキーブさんが、ゆっくりとこちらに歩いてくる――

さっさと男性に下ろしてもらえば良かったのに、あまりの事態に硬直化してしまう。

――いや、ほんとに冗談抜きで怖いんですけど！

こちらの世界に来て、こんなに怖かったことはない。

そんな現状に気がついているのか、いないのか。

「少し砂が落ち着いてきたみたいだね」

私を助けてくれた柔らかな声の持ち主は、ハッサンのお店の外れに移動して、そっと私を小さな岩の上に下ろす。

その仕草の優しいこと！　優雅なこと！

レディファーストなんて夢のまた夢のような世界で、まるで大切な宝物のような扱いをされて、ようやっと硬直解除。

その先にあったのは、光に透《す》けるアッシュ系の黒髪に、優しい光を湛《たた》えたアーモンドの瞳。

きゅっと上がった口角も、シャープすぎない柔らかな頬の稜線《りょうせん》も、少年みたいに瑞々《みずみず》しくて甘やかな顔に良く似合う。

そんな顔だけでも絶品男なのに、遊牧の民に相応《ふさわ》しく引き締まった体躯《たいく》が、目の前の青年をただの優男《やさおとこ》で終わらせない――隠し切れない男の色香をほんのりと纏《まと》う、絶妙な甘辛ミックス男に仕立て上げているのよ。

思わずポカンと口を開けると、そんな私を見た彼が耐え切れずに破顔《はがん》する。

「はじめまして、アーディルのラティーニャ」

弾《はじ》ける笑顔と優しい声。先程までの恐怖心は、その衝撃で空の彼方《かなた》へ一瞬で消え去った。

この世界に来てから出会った男達は、美醜《びしゅう》や年齢の差はあれど、皆野生的な肉食系男子。

猛禽類《もうきんるい》系、熊系、狼系、etc《エトセトラ》。

アーディルはその中では、若いせいもあって、すっきりとした魅力の持ち主だったけど、でも目の前の青年はなんていうか――今まで見てきた男達と根底から違う。

やや甘めのマスクには、薄《うっす》ら浮いた髭《ひげ》も、無造作に巻きつけたターバンすら、お洒落《しゃれ》に見えるから不思議だ。

「どうしたの？　大丈夫？」

喉を強く痛めた？　と、重ねて心配してくれる青年に、完っ全に見惚れていた私は、慌てて「大丈夫です！」と声をかけようとして——スッと日差しが遮《さえぎ》られる。

「久しぶりだな。ニダフィム」

うわぁ……。恐怖の大魔王、見参《けんざん》。

ラキーブさんの声が怖いのは、気のせいではない。

後ろを振り向く勇気もなく、真っ青になったり、真っ白になったりと忙しい私の前で、ニダフィムと呼ばれた青年は全く臆《おく》さずラキーブさんに挨拶を返す。

「お久しぶりです、ラキーブさん」

「こちらで見かけるのは久しぶりだが、息災《そくさい》で何よりだ。——だが久方振りすぎて、お前は掟《おきて》を忘れたのか。その女はジャラフィード一族の女であり、人妻でもある。衆人環視の中で行われた不貞《ふてい》行為に対して、見逃すわけにはいくまい」

ざわめく野次馬。

ラキーブさんの淡々《たんたん》と話す低い声に、強いショックを受ける。

不貞《ふてい》行為決定。断罪決定。

これで王宮へ追放かと、あまりの事態に愕然《がくぜん》とする。

けれども青年はラキーブさんの射殺《いころ》しそうな眼光を気にした風もなく。

邪気のない微笑みを返して、小さく同意の首肯《しゅこう》を返す。

「おっしゃる通り、不貞《ふてい》行為は断罪されるべきです。――しかしラキーブさん。私にも同じく立場があります。貴重な異世界人の少女があのまま、大怪我をするのを見逃すわけにはいきません」

無口なアーディルからは聞いたことのない長口上《ながこうじょう》が、穏やかな口調で流れるように紡《つむ》がれる。

「そして医療関係者が医療行為として患者と接触することは、不貞《ふてい》行為とは見做《みな》さない。それは、古来より神が定めている法則。……何より、妹の薬を調合しようとしている薬《やく》師《し》を助けることは、兄として当然のことです」

決して強い口調じゃないのに、その声は耳に心地よく、いつの間にか事態を見守っていた先程の野次馬達の心にも響いたらしい。

「まぁ、あれは仕方がないんじゃないか」

「何だ。族長の娘の薬ってのは、ニダフィムんとこの妹か」

「ラキーブ。今回は見逃してやれ。ニダフィムもアーディルも医術を扱う人間だ。断罪すべきではないじゃろう」

そんな外野の即席裁判を無言で聞いていたラキーブさん。最後に最年長の老人の言を待ってから、仕方がないと、静かに審判を下す。

「特例だ。リィナ。今回のことは特別に、医療行為に準ずると認めよう」

た、助かったあぁぁぁぁああ。

首の皮一枚で繋《つな》がった事態に、もうその場にへたり込んで、誰彼構わず拝《おが》み倒したい気分になる。

「まったく……。お前はジャラフィード一族の女として軽率《けいそつ》すぎるぞ。反省しろ」

ラキーブさんのお小言すら、ありがたく聞こえます。

ほんっと気をつけます、すみません。

いい加減に商売の邪魔だと、野次馬を蹴散らすハッサンの店の横。先程下ろされた岩の上で、ラキーブさんに向かって深々と三つ指をつく。

あともちろん、助けてくれた美青年にも。

こちらに正座に三つ指の文化なんてないけど、まぁ誠意は伝わったらしい。

「あ～～もう、おい！　小娘!!　お前が帰らねぇと、物好きな奴らが何時まで経《た》っても散らねぇ。さっさとソレ持って帰んな！」

野次馬達に辟易《へきえき》としたハッサンが、うちの商品は馬とロバだ！　薬屋じゃねぇ！　と、真っ赤にして騒ぐ。どうやら随分顔見知り達にからかわれたらしい。

すると。

「何だ。お前は薬売りではないのか」

岩の上に正座したままの私と、それを見上げる茹《ゆ》でダコ状態のハッサンが、唐突に聞こえた重々しい声に同時に振り返った。

うわぉ。これはこれは……

「綺麗な馬〜」

振り返れば、見たこともないほど綺麗な馬に乗った男性が、一、二、三人。

皆同じ服。髭《ひげ》の形。毛皮の帽子、馬についている武具まで一緒。

そして何より、馬達の毛並みが光ってる。つやっつや。

何この人達？

けれども岩の上にいる奇妙な女のことなど気にもせず、ハッサンに先頭の男が語りかける。

「馬売りのハッサンとは、お前か」との声に、今度は水をかけられたように真っ青になるハッサン。

「王宮では新たな馬を欲している。お前のところの馬はこの場にいるのが全てか」

「へい。左様でございます。旦那様方がお探しの馬は、どのような馬で」

揉《も》み手をする商人って初めて見たわ。

突然始まった商談を尻目に、ラキーブさんの手を借りて、岩の上から四苦八苦して降りる。

ん。木の実、無事。その他の薬草も無事——と、市場で仕入れた材料の最終チェックをする。

その合間に「妹の調合のことで少し話がしたい」と、ラキーブさんの許可を得たニダフィムさんの馬に、一緒に相乗りすることが決定した。

その横で尊大な声が続く。

「王宮で欲しているのは、象と同じように、前後の肢が同方向に動かせる馬だ」

「随分変わった馬をお探しで。曲芸でも仕込まれるんですかい?」

「ああ。白の御方がお気に入りでな……。とにかく数を集めている。しかし王宮に連れていく以上、あまりにも貧相な馬では困る。最低限、長距離を走れる程度の体力と、人前に出しても怖気《おじけ》づかない性格が欲しい」

「なるほど、なるほど。色や毛並みは気にされないんで?」

「ああ」

帰る前にハッサンにお礼を言おうかと思ったけど、お偉いさんの接客に夢中みたいだし。そろそろこちらも帰らないと調合の時間がなくなってしまう。

乗せてもらった馬の上。ハッサンの様子を窺《うかが》う私の後ろに、今度はひらりとニダフィムさんが乗り、手綱《たづな》を取る。

うっ。やっぱり距離が近いよ！

落ち着かない気持ちになって、少し焦りながら適当に話を振る。

「王宮の人も馬は市場に買いに来るんですね」

「そうだね。まぁ、珍しいけど」

ううっ、至近距離のイケメン笑顔にクラクラする。

駄目だ、ラキーブさんとは別の意味で緊張する。

「右前足と右後ろ足を同時に前に動かせる馬って変わった注文ですよね。……そういう動きのできる馬は上下動が少ないって聞くから、王宮で軍馬でも集めてるんですかね？」

確かブレも減るから、馬上で弓とか鉄砲とか撃つ時も的に当てやすいんでしたっけ。

適当に言った軽口に、すごい勢いで振り返る三人の男達。

えっと？　なんか私、また不味《まず》いこと言った？

オロオロとラキーブさんを振り返る。けど！

「ハッ！」

説明もなく、いきなり無言で走り出したラキーブさんと、それに続くニダフィムさんの馬の上。そんな疑問は私の声なき悲鳴と共に、一瞬で景色の彼方《かなた》に消えていった。

＊＊＊

「大丈夫？」

だいじょうぶ？　なわけがない。

行きの全力疾走では感じなかったけど、体力の限界だったのか。

市場から走り出した馬についていけず、ある程度走ったところでギブアップ。一度下ろしてもらって、岩場の陰でゲーゲー吐いた。

馬でも乗り物酔いってあるのね……

背中をさすられて水を渡してもらって、ここまでくるともう羞恥心《しゅうちしん》もありゃしない。

震える指で落としてしまった水袋も、それを補充しにラキーブさんが迂回《うかい》して近くの水場に馬を走らせに行ったのも、ぼんやりとした記憶の彼方《かなた》。

今はラキーブさんを待つ意味もあって、ゆっくりと移動する馬上で、私はニダフィムさんの腕にぐでっと身体を預けていた。

「馬は移動手段にないって知ってたんだったら、お手柔らかにお願いしますよぉぉ」

市場に置いてきてしまった他の皆は大丈夫かしら。

あまりの醜態《しゅうたい》に緊張は突き抜けたのか、ヘロヘロになりながらもニダフィムさんに文句を言う。

「ごめんね。職業柄、異世界人の話は結構聞いたけど、まさかここまで乗れないとは思わなかったんだよ」

王都に住むニダフィムさんは、アーディルと同じ研究機関で勉強した――早い話が、医療系大学の同級生らしい。薬草学のスペシャリストである彼は、王宮からの指示で異国の薬や薬草の研究をしている超絶エリート！

他の人が持っていない視野を持っているみたいで、驚くほど優しい。

こちらに来てから日常的に聞く「女のくせに」とか「これすらできないのか」といった驚愕《きょうがく》や苦言ではなく「自分の配慮が足りなかった」と言ってくれる――

そう、思いやりの気持ちを感じるのよ。レディファースト的な！

しかも「ニダフィムって呼び名は堅苦しいから、リィナにはアーディルと同じようにニーノって呼んでほしいな」と、少し照れたように笑った笑顔なんて！

いや、ほんとに眼福《がんぷく》。ありがとうございます。

こちらの世界に合わせているつもりとはいえ、毎日当たり前のように耳にする男尊女卑《だんそんじょひ》。もしくは体力至上主義のやり取りに、疲れ切っていた私には、ニダフィムさんことニーノの姿かたちも声も言葉も、心地よかった。

「でも馬は移動手段にないと言いながら、すごい詳しいのは何で？」

少し悪戯《いたずら》っぽい表情で、上から覗《のぞ》き込むような形で問いかけられる。

「あ〜。書物で読んだことがあるんですよ」

この恋人的な距離でその笑顔。元気だったら絶対死んでたわと思いつつ、ぐったりと答える。

実際は、クイズ番組のチンギス・ハーン特集かなんかで見たんだけどね、本当は。

長距離を走るためにいくつも馬持ってた〜とか、馬の歩き方を工夫して疲労も弓鉄砲のブレも少なく！　みたいな話だった気がする……確か。

「だからこっち来るまで、馬もロバも乗ったことなかったんですよ」

そもそも、馬はともかく日本でロバに乗れるところってあるのかな？

「そっか。それなら馬の移動は疲れたね。妹のために本当にごめんね」

何か僕にできるお礼はある？　との申し訳なさそうな顔に、渡りに船とばかりに思わず真顔で頷《うなず》く。

「じゃぁ、ラキーブさんが戻ってきたら、一緒に謝ってください」

「謝る？」

「水袋を落としてしまったこと。水は命と一緒だってあんなに言われたのに！」

少しずつ体調が回復してきたせいか、ラキーブさんの前で水袋を落としたという大失態の恐怖がようやっと込み上がる。

ほんっと、無言の一瞥《いちべつ》があんなに怖い人なんて他に知らないですよ！

乗り物酔いからだけじゃなく、今度は死刑執行を待ってる気分でぐったりする。

「そんなことで良いなら。でも君はラキーブさんに随分気に入られているんだね。正直驚いたよ」

快諾《かいだく》したあと、くすくすと笑い声が聞こえそうな声で、ニーノはとんでもないことを言い出す。

「はいぃ？」

朝に小言を頂戴し、昼に溜息、夜には無言で目を細められる。

そんな風に、一体私が今までどれだけラキーブさんに怒られてきたことか！

それはありえないと力説する私に、ニーノは面白そうに笑って声を潜《ひそ》め、内緒話みたいに耳元に唇を近づける。

「彼がさっき、皆の集まる前で不貞《ふてい》行為云々《うんぬん》の話をしたのは、わざとだよ。あの場で今回はやむなしという流れを作ることで、君を守った。……相当気に入られてると思うけどな？」

無邪気に話す声が、最後の一言でほんの少し語調を変える。

それだけで人好きのする甘やかな雰囲気の中に、ぐっと男の色気が増すんだから、質《たち》が悪い。

「や、でも。その流れ、作ってくれたのはニーノですよね！」

ドギマギしながらも動揺を隠してなんとか言い返す。

冷静かつ毅然《きぜん》と。

そう己を叱咤《しった》して身体を離そうとすると、何故だか手綱《たづな》を持つ彼の右腕にきゅっと力が入って、私の身体が不自然に引き寄せられる。

「ちょ……っ！」

おいおいおいおい！　ちょっと、ニーノさん⁉

慌てて離れようとしても、馬上で取れる距離なんかたかが知れてる。ぐったりとした身体を離そうとしないニーノに、色んな意味で動揺が激しくなる。

いつ戻ってくるかも分からないラキーブさんや、私達を捜しに来たアーディルにでも見つかったら、今度こそ大問題。

それはニーノだって分かってるはずなのに。

「ラキーブさんからのあんなに分かりやすいサインを見逃すほど、僕は話の分からない奴じゃないよ？」

「っ……！」

耳朶《じだ》に息がかかるくらいの不自然な近さは、アーディルとの甘い夜を彷彿《ほうふつ》とさせ、背中にゾワゾワとしたものが走る。

そのまま身を捩《よじ》って逃げようとした私を、面白がるように追い詰めたニーノは、耳の後ろの柔らかな部分に唇を押し当て、一言、こう言った。

「それに本当は君が、アーディルよりもずっと年上なんじゃないかなっていうのもね」

くすりと甘く笑った言葉に、一気に背筋が凍った。

いきなり落とされた爆弾に、今度こそ平静を保つこともできずに目が泳ぐ。

「……っ」

「あ、やっぱりそうなんだ」

ほんの一瞬見せた、獲物を一気に追い詰めるような雰囲気は霧散《むさん》して、ニーノはまたあの邪気のない笑顔でにっこりと笑う。

「黒目黒髪の女性は、すごく若く見えるって何かの本に書いてあったんだ。驚かしちゃってごめんね。結婚する気がないって言ってたアーディルがあっさり結婚したから不思議に思ってたけど、偽装だったたなら納得かな」

つまり知っててからかったの⁉

悪戯《いたずら》っぽい顔で、もちろん誰にも言う気はないよ？　とウィンクされてもねぇ！なんと返していいか分からず、無意味に口を開け閉めしてしまう。だけど、ここで舐《な》められたら女が廃《すた》る。

「実際の年齢とか聞いたら、怒りますよ？」

思わず小さく拳《こぶし》を握って、体を離したニーノをきりりと睨み上げる。

アーディルと同じく、ど〜やっても十代には見えない落ち着きと、鍛え上げられた俊敏な身体は、私が睨みつけたくらいじゃビクともしない。

けれど、偽装結婚がバレたことよりも前に、なんかすっごい悔しくて！

そんな私を目を丸くして見たニーノは、「女の人に怒るぞって脅《おど》されたのはさすがに初めてだ」と、半分唖然《あぜん》。ややあって何故だか、なるほどねぇと笑い出した。

ニコリともしない男性も珍しくないのに、ニーノは笑いながらも何度も頷《うなず》いて「神に誓って誰にも言わない」と小さく手を上げ宣言する。

その邪気のない笑顔に、何だか怒りと力が抜けてしまう。

「でも、リィナはさ。どうして王宮に行きたくないの？」

「え？」

「多分、遊牧生活している異世界人は――君の他にいないんじゃないかな。王宮が嫌で王都に住んでいた話なら聞いたことあるけど、荒野に出ているのは……うん。聞いたこと、ないな」

あぁ。以前アーディルにも聞いたことあるけど――本当にそうなんだ。

「しかもこの先も遊牧生活を続けられるようにって、アーディルも君に薬学を教えているんでしょ？　それってすごいことと思うよ。僕はね」

ちょっと不貞腐《ふてくさ》れた気持ちで馬に揺られる私を、甘やかなアーモンドアイが覗《のぞ》き込み、優しく微笑みかける。

「リィナが過酷な遊牧生活を続けるのは、やっぱりアーディルが好きだから？」

耳に優しい、核心をつく問い。

そよりと吹く風と柔らかな馬の振動に、思わず素直な本音が出た。

「……実際、どうなんでしょうね」

ずっと隠していた秘密を知られたせいか、取り繕《つくろ》わない本当の気持ちが口からぽろぽろ零《こぼ》れる。

レイリ達ともおしゃべりはよくするけど、乙女ワールド全開の彼女達に、二十をとうに過ぎた私の愚痴は聞かせられない。

彼女達は寡婦《かふ》にでもならない限り、夫に処女と生涯を捧《ささ》げて生きていく人達だ。自分もその一族になったのだから、本当は文句なんて言ってはいけないのだろうけど、偽装行為の翌朝、必ずいなくなっているアーディルに、私は思ったよりもショックを受けていて――

隠す必要がないニーノを相手に、胸の内のモヤモヤを吐き出してしまいたかった。

「アーディルのことは尊敬しているけど、男性としては全然好みじゃない。なのに、こんなに惹《ひ》かれるって――吊り橋効果なのかなって」

「好みじゃないの？」

「うん。無口だし強引だし、色々スパルタだし。その上すごい年下で、本来異性としてはこれっぽっちも好みのタイプじゃない」

つい漏《も》らした重い本音に、ニーノは一瞬きょとんとした表情を見せてから、思いっきり大爆笑。思わず彼の愛馬の歩みも止まった。

いる。

「ちょ、ニーノ⁉」

すごい。こっちに来てから初めて爆笑する男の人を見たよ。目尻に涙まで浮かんで
いる。

「ごめんごめん。アーディル、僕と違ってモテるからさ」

まだ、くすくすと肩を震わせて笑うニーノ。

どちらかというとニーノの方が、王子様顔の正統派イケメン。ニーノが女性にモテな
いわけがない。

でも……それでもやっぱり、アーディルに惹《ひ》かれるのは何でだろう。

「いやでもそれ、すごい惚気《のろけ》だよね」

「え？」

「好みじゃないのに離れたくないくらい惹《ひ》かれているって、本当に好きってことじゃな
いのかな」

その言葉に、ぽかんとニーノの顔を見上げる。

「アーディルも本来、女性に自分の時間を割《さ》く奴じゃないよ？」

「そうなの？」

表情には出さないだけで、普段から面倒見が良い人なんだと思ってた。

そこで私は自分が考えているよりずっと、彼のことを知らないんだと気がつく。

「だから僕からすると、全く好みじゃない男と結婚してこんな荒野で頑張ってる異世界人のリィナも、無駄なことをしない女嫌いのアーディルが手とり足とり色々教えてるのも、すっごく新鮮で面白い」

好みじゃないのに惹《ひ》かれているのは、吊り橋効果ではなく、私がアーディルに惚れているから？

そしてアーディルも少しは私のことを思ってくれている？

考えたこともなかった意見に、思わず一瞬考え込む。

けれど、合理性に基づく偽装行為と、熱のない淡々《たんたん》とした眼差しは本物だ。女嫌いのアーディルが私に想いを向けるなんて、想像すらできない。

「嫌われているとまでは思ってないけど、でも……たまたま利害が一致しただけの関係だよ？」

「あいつも色々あったしね。逆に言えば、君ぐらい素《す》っ頓狂《とんきょう》な経歴の女の子じゃないと、傍《そば》に置かなかったのかもね」

素《す》っ頓狂《とんきょう》って——またすごい単語だ。

そう言うとまた朗《ほが》らかに笑うニーノに、気持ちがすっと軽くなる。

執着《しゅうちゃく》、刷《す》り込み、思慕、尊敬。

人が人に惹《ひ》かれる理由なんて恋愛以外にも山ほどある。

もしかしたら今の私は、余計なことに気を取られすぎていて、色々大切なことが見えなくなっているのかもしれないな。

いつの間にか柔らかな声で歌い出したニーノの腕の中、異国情緒溢《あふ》れる優しい歌声に、自然と肩から力が抜ける。

そうしてラキーブさんが戻ってきた頃には、体力も気力も大分回復して、結局岩場の陰で二人に見守られながら薬を調合した。

でき上がった品物を見てニーノは上出来だと褒《ほ》めてくれ、あのラキーブさんですら、怒りを収めて「少しお前の評価を見直す必要があるな」と言葉をくれた。

――やったよ、アーディル！

これでしばらくは時間が稼《かせ》げるはず。

足腰はふらふら、砂で痛めた喉も痛い。

それでも久々に自分の感性全開でおしゃべりをしたのもあって、充実した気持ちでラキーブさんの馬に乗り、自分達の集落へと向かう。

「薬は自分が妹の集落に届けるから」と、握手をして別れたニーノには、いつかお礼をきちんと言える日がくると良いな。

暢気《のんき》にそんなことを思いつつ——集落では見たこともないほど静かに怒りを湛《たた》えたアーディルが待っているとも知らず。

胸いっぱいの充足感と共に、馬に揺られながら帰路についた。

第4章　草原の風

ようやく集落が見えてきたのは、空の片隅に太陽が落ちる頃。

たどり着いた時には、砂袋のように重い身体をラキーブさんの腕に預け、うつらうつらしていた。

もう思考回路は完全ストップ。一言も口を開く元気がない。

それでも入り口に立っている人影が、夕日を背にしたアーディルだと気がついて少し嬉しくなる。

逆光のせいで表情は見えないけど、どうやら待っててくれたみたい。

なんとか彼にだけは今日の輝かしい戦果を報告しないと。そう思って四苦八苦して馬から下りる。そうしてアーディルに駆け寄ろうとして。不意に、強く背中を引かれた。

え……？

地面に尻餅《しりもち》をついた私の目の前で、鈍《にぶ》い金属の音が草原に響き渡る。

それが無言の剣戟《けんげき》を始めたアーディルとラキーブさんのせいだとは気がつけるはずもない。ただ絶句して激しい二人の動きを見上げる。

ちょっと、何？　一体、何が起きてるの⁉

けれども、そんな二人に驚いたのは私だけで。

私達を遠巻きに見守る集落の皆は、まるで予想していたかのように何も言わない。

「待って。何、なんなの？　お願い。――ねえっ。アーディル！」

ようやく距離を取った二人の間に入り込み、わけも分からず声を上げる。すると、そんな私を一瞥《いちべつ》したアーディルが吐き捨てるように言った。

「不貞《ふてい》相手の腕に抱かれてのご帰還か」

その一言に疲れも忘れ、頭に血が上る。

「ちょっと、何それ！」

アーディルは元々、女である私に薬師《やくし》の勉強を教えちゃうくらいリベラルな男。なのに何でいきなり「他の男と二人きりになるのは不貞《ふてい》行為」とか、慣習どっぷりのことを

言い出すの？

困惑と怒りでクラクラする。

一瞬、夫としてパフォーマンスで怒っているのかとも思ったけど、それも違う。だって無言のアーディルの目に映るのは、私に対する怒りと軽蔑《けいべつ》の色だ。

「ちょっと待ってよ。確かに私は異世界人だし、皆とは違う行動ばかりしてるけど、それにしたって『不貞《ふてい》行為』ってどういうこと？」

だって医療行為で出かけたんだよ？

しかも行きは複数人で、帰りだって途中まではニーノを含めて三人いた。別にラキーブさんとずっと二人っきりだったわけじゃない。

必死にそう説明するけど、まるで関係ないと言わんばかりの態度にカチンとする。

……ちょっとアーディル。

あれだけ『何かあった時のためにも、自立できるようにしておけ』と言っておきながら、結局自分も『女は男の所有物』という男尊女卑《だんそんじょひ》な考えが本心なの？

困惑は吹き飛び、今まで感じたことがない滾《たぎ》るような憤《いきどお》りだけが残る。

けれどもそんな私と対照的に、剣を収めたアーディルは怖いくらいに無表情。その冷たい瞳にますます怒りが募《つの》った。

「俺は『女達から離れるな』と何度も言ったよな」

「……っ。そうだけど！　でも、医者として見習い薬師《やくし》が勝手したって怒るなら、まだ少しは分かるけど、不貞《ふてい》行為まで疑われるのは納得がいかない！」

今までの疲れでハイになっていたのか、それとも浮かれた気持ちで帰ってきてどん底に落とされたからなのか。

妻として取り繕《つくろ》うこともできず、アーディルに向かって感情のまま怒鳴る。

あとから考えれば、この時の私は、これっぽっちも冷静じゃなかった。

ドロドロに疲れてたし、一言も謝罪をしてないことすら気がつかなかった。

この世界でここまで男に啖呵《たんか》を切ったら、周りの男達だって黙ってはいられない。

でも、アーディルだけは分かってくれていると、そう思い込んでいた私にとっては、手酷《てひど》い裏切りを受けた気分で——

「大体、本当に不貞《ふてい》行為だったなら、出かける時に皆が止めるはずでしょう！　二人きりで出かけたわけじゃないし、何でそんなこと言うの！」

「ならば何故、同行者を撒《ま》いて帰った。しかも相乗りだけでなく、男の腕に身体を預けて」

何その穿《うが》った見方！

冷徹とも言える静かな怒気《どき》を纏《まと》った視線に、怒りが渦《うず》巻く。

もはや男二人の打ち合いではなく。私と彼の、この世界に来て初めての――喧嘩と言うには行き過ぎた怒鳴り合いを、男達は眉を顰《ひそ》め、女子供は固唾《かたず》を呑んで見守っている。

それに待ったをかけたのは、後ろから伸びた大きな腕だった。

「落ち着け。馬鹿者」

突然後ろから頭の上に手を置かれたと思うと、加熱しすぎた私を諫《いさ》めるかのように、ラキーブさん自身の背後にぐいっと押しやられる。

「アーディル、お前もだ。仮にも医師なら、まずは妻の体調を診察しろ」

「……随分とリィナの肩を持つな、伯父貴殿。それほどリィナの抱き心地は良かったか」

「フン。馬に乗せたという意味でなら最悪だな。お前はリィナに馬に負担のかからない乗り方も教えていないのか。――しかも揺れに酔った挙句、水袋を落としたせいで水場へ迂回《うかい》する羽目になった」

「なら、そもそも市場になど連れていかなければいい！　何故俺の許可なくリィナを連れ出した」

「勘違いするな、アーディル。足手纏《まと》いになるのを覚悟で同行させたのは、お前がリィナを女薬師《やくし》にと推《お》したからだ。女に薬師《やくし》は無理だというのを、無理やり押し通したのは誰だ、アーディル」

「……」

「俺は薬師《やくし》なら当然の仕事を与えたまで。それに市場への同行は、リィナが強く望んだこと。女薬師《やくし》としての仕事を優先させるのか、妻として外出を禁じるのかは、お前の裁量だ。——俺にあたるな」

淡々《たんたん》と答えるラキーブさんにアーディルは、らしくない舌打ちを一つ。不愉快そうに眉を寄せる。

元々の鋭い眼光に加え、なまじ上背があって顔が整っている分、ほんの少しの表情の変化でも、アーディルからの威圧感はものすごく増す。

それでもひたりと戻された視線に「謝らないよ」という言葉が口をついて出た。

「不貞《ふてい》行為はしていないし、同行した皆とだって好き好んで別れたわけじゃない。薬師《やくし》として受けられると思ったからついていった。実際、頼まれた仕事は完遂《かんすい》できたもの。判断は間違ってないよ！」

「うるさい。それは別問題だとまだ分からないのか」

吐き捨てるような言い方に、カチンとくる。

「なら私だって言わせてもらうけど！　正当な理由で外に出たのにここまで怒るなんて、横暴すぎる。アーディルの行動の方が、夫として異常なんじゃないの!?」

受けた数々の衝撃を怒りに変えて、何も考えずに口に乗せる。

いけない。そう思った時には遅かった。

言い過ぎたと後悔するより前に、アーディルの目が剣呑《けんのん》な光を宿して眇《すが》められる。

本能的に逃げようと身を引いた私の腕を一瞬で掴み取ると、薬草の束みたいに一気に肩に担《かつ》ぎ上げられた。

ちょっ！　くるし――っ。

「アーディル！」

じたばたともがいても逃げられるわけがなく。

「話は明朝――誰も入ってくるな」

アーディルは皆にそう言い捨てると、私達の幕屋に入っていく。

そのまま部屋の隅に高く重ねてあった寝具の上へ、私は荷物のように投げ出された。

＊＊＊

「ちょっ！　アーディル!!」

どさりと投げ出された床の上、数々のクッションが小さく跳《は》ねる。

直接絨毯《じゅうたん》の上に投げ出されるよりはマシだけど、下手したら痣《あざ》になってるよ！

きっと睨み上げると、剣帯を外して床に投げ出したアーディルが、冷たい瞳のまま言い放つ。

「お前がここまで馬鹿だとは思わなかった」

「……っ！　それを言うなら、私もここまでアーディルが横暴だとは思わなかった！」

悔しくて、情けなくて。

上半身だけ起こした姿のまま、手近にあった小型のクッションを投げつける。

「お前は男の馬に一人で乗るというのがどういうことか、まるで分かってない」

何よ、その『男の車に乗った女が悪い』的な発言は。

「ラキーブさんの馬に乗って何が悪いの？　皆だって普通に送り出してくれたし、ラキーブさんだってニーノの馬に乗るのを反対しなかった。一人で騒いでるの、アーディルだけじゃない！」

「ニーノとも会った上に、あいつの馬にまで乗ったのか」

一切の感情をなくしたアーディルの声が、また一つ。冷たく下がる。

「……っ」

その静かな怒りの声に威圧され、無意識に喉がひゅっと鳴る。

ニーノの話はしなければ良かったと、ほんの少し後悔が走るけど、そんな自分がまた悔しくて。

積み重なった寝具の前で座り込み、これ以上、気圧《けお》されてたまるかと顔を背けて俯《うつむ》く。

「俺は軽率《けいそつ》なことをするなと、何度も忠告したよな」

私の顔の横に手をつき、耳元に落とされたアーディルの声は、逃げ出したくなるくらいに冷たい。

けれども私にだって、ここまで必死にやってきた意地がある。

――絶対に、無意味な謝罪はしない。

昏《くら》い決意を胸にきゅっと唇を噛むと、不快そうな舌打ちが耳朶《じだ》を打つ。

やがて「好きな方を選べ」と、俯《うつむ》いたままの私に、静かな声が降った。

「異世界人特権として今すぐ王宮に保護されるか、偽装結婚の契約通りに、妻としての責め苦を味わうか――リィナ、お前が選べ」

「責め苦って、何よ……」

その意味が分からず、小さく眉根が寄る。

「リィナの常識がどうであろうが関係ない。ここでは他の男の馬に乗り、他者の目の届かないところに行った妻に仕置きをしない夫はいない。子供が産まれれば、誰の胤《たね》か分かったものじゃないからな。そうだろう？」

そりゃ……、言いたいことは少しは分かるよ。こちらの世界ではＤＮＡ鑑定なんてないし、不貞《ふてい》行為を罰するのは夫の務めだ。

でも何度も言うけど女薬師《やくし》としての外出なのに。どうしてもそこが納得いかないよ！

「だからリィナ。お前が選べ。王宮に行くか、ここで周りに納得されるぐらいの仕置きを、俺にされるか――だ」

「なっ」

積み重ねた寝具を背にしているせいで、彼が膝を割り込ませれば、それだけで私の動きは制限される。顎先《あごさき》を掬《すく》い上げた褐色《かっしょく》の親指が、くっと私の口に押し入り、舌先をざらりと撫《な》でる。

それが何を指しているか分かって、ざあっと血の気が引いた。

だってもう日は落ちたとはいえ、さすがに皆起きている時間だ。

大人だけじゃない。子供もまだ起きている。

そして、あれだけの大立ち回りをして、皆がこちらの様子を窺《うかが》ってないわけがないのに——

青くなった私に、アーディルは今更何を、という顔で言い捨てる。

「偽装は突き詰めてこそ意味がある。ここで偽《いつわ》りの嫁として責め苦を受けるか、契約を解除して王宮に保護してもらうかは、お前が決めろ」

「……………！」

「契約をなしにするって言うなら解放してやる。ただし——代わりにもう二度と俺に関わるな!!」

最後。それまでの冷徹さをかなぐり捨てて、唸《うな》るように放たれた言葉に、胸をえぐられる。

彼の瞳に宿る怒りの色は、見たこともないほど色鮮やかで激しく、そして美しくて。

いつもは冷静沈着である彼もまた、荒ぶる魂《たましい》を持った男なのだと痛いほど感じた。

——怖い。

今更込み上げてきた恐怖心に指先が震えて喉がこくりと鳴る。

一瞬でも視線をそらせば、この瞳は全ての慈愛《じあい》と容赦をかなぐり捨てて、私を喰らいつくすだろう。

けれど、分かる。

仕置きを受ければ、私達の安穏《あんのん》とした共犯関係は崩れ去り、今までのような温かな関係には戻れない。かといって拒絶すれば、待つのは王宮での生活だ。

その未来に彼はいない。

——もしかしたら破綻《はたん》は遅いか早いかだけの違いなのかもしれない。

それでも私の答えなんて、ただ一つで……

「して……、ください」

今のアーディルに、その一言を告げるのは勇気がいった。

けれども、ようやっと絞り出した私の声に、容赦のない言葉が返る。

「何をだ。きちんと言え」

怒りを湛《たた》えた褐色《かっしょく》の獣に、自分の首を差し出すような恐怖感。くらりと世界が回る。

それでも——理屈じゃない。どうしても離れたくない。

「……仕置き——してください」

その一言に、アーディルは初めて自分の襟元《えりもと》の金具を弾《はじ》いて外した。

鼻につく獣油の匂いと、カチャンと響く金属音。

ズボンを脱がされた太股《ふともも》にゆらりとした熱を感じて、彼がランプを近くに寄せたのだと知る。

後ろ手に縛られ腰だけを高く上げた姿は、さぞかし滑稽《こっけい》で卑猥《ひわい》なことだろう。

羞恥《しゅうち》のあまり小さく身を捩《よじ》ったけれど、そんな私の微かな抗議は鼻で軽くあしらわれる。

「酷《ひど》いな……。鞍ずれするほど急いで走ったのか？　それとも他の男を受け入れたから、こうなったのか」

「ひっ……！」

太股《ふともも》に走った鋭い痛みと、遅れてプンと鼻についた強い消毒薬の匂い。仕置きを覚悟していた私の脚に、

「破傷風《はしょうふう》予防だ」

と、アルコール綿が乱暴に押し当てられる。

こちらの世界では破傷風《はしょうふう》は死に至る病《やまい》。入念な消毒と早期治療が基本だけど、淫猥《いんわい》な体勢とわざとじゃないかと思うくらいの執拗《しつよう》なケアに、我知らず小さく声が漏《も》れる。

「う……、ゃぁ」

チリチリとした痛みが、傷口の痛みなのか心の痛みなのかは、もう区別がつかない。足の付け根から、太股《ふともも》の内側。痣《あざ》になった臀部《でんぶ》まで――

幾度も往復する指先に感じる、打ち身特有の感覚と擦《す》り傷の刺すような痛み。それらをただただ額《ひたい》を床に押し付けて、なんとか痛みをごまかす。なのに――

「すごいな。まだ何もしていないのにここまで濡れるのか」

「……っ！」

最も指摘されたくないことを冷静に指摘されて、かあっと頭に血が上った。

卑猥《ひわい》な体勢とはいえ、アーディルはただ傷口を消毒しているだけだ。それなのに、彼と過ごした夜は、私をこんなにも浅ましく変えてしまったんだ……

一旦自覚してしまえば打ち消すことなんてできなくて。羞恥《しゅうち》と情けなさで涙が滲《にじ》む。

身の置きどころなく身体を捩《よじ》った私の背から、敏感《びんかん》になった傷口に、いきなりぬるりと温かな何かが塗り広げられた。

「ひゃう……ッ！」

「それともこれは先程の行為の名残《なごり》か？」

地を這《は》うような声と同時に、塗り込められた何かがつうっ……と脚を伝う。

それはどうやらランプで温められた軟膏《なんこう》で、とろりと液体のように柔らかく、まるで私から溢《あふ》れた蜜のようだ。

その淫靡《いんび》な感覚に、羞恥《しゅうち》と混乱で必死に違うのだと首を振り続ける。

「違っ——、して、ない……っ。こっち、来てからっ、ア、ディル……だけっ」

息も絶え絶えに乞《こ》われるまま、アーディルだけだ、誰にも触らせてないと繰り返し言葉を重ねる。

「うあぅ……っ、はッ……ん。——んんっ」

幕屋に響き渡る、傷薬を塗り広げる濡れた音と、荒い吐息。掠《かす》れた懇願《こんがん》の声。

痛みなのか羞恥《しゅうち》なのか、いっそ快楽なのか。

ぐちゃぐちゃになった頭では、この湧《わ》き上がる感情がなんなのかもう区別がつかない。

それでも必死に、アーディルの名を呼び、慈悲を乞《こ》う。

「アーディルっ。アーディ、ル……っ！」

きっと太股《ふともも》から膝下まで、ランプに照らされた下肢はてらてらと濡れて光っているのだろう。

その光景を思えば、羞恥《しゅうち》といたたまれなさで視界が歪《ゆが》む。

……分からない。あなたの傍《そば》にいるには、どうすれば良かったのか。

もう、分からないよ――っ。

部屋に響く、すすり泣きのような掠《かす》れた声。

でもお願いだから傍《そば》にいさせて。捨てないで。――次々と湧《わ》き上がる想いは、自覚することもなく泡のように消え去る。

傷口の微かな痛みと、内腿《うちもも》を掠《かす》った指先の感覚に、耐え切れずに顎《あご》が上がって滲《にじ》んだ涙が宙に舞う。

「リィナ、お前……お前は――。こんな仕置きを選んでまで、元の世界に戻りたいのかっ……!!」

唸《うな》るような、激情を孕《はら》んだ低い声が耳朶《じだ》を打つ。

それが暗く切ない自虐を含んだように感じたのは幻聴だろうか。

「こんな扱いを受けても、そこまでお前は――っ」

ぐちゅりと響く濡れた音。突如胎内に沈み込んだ長い指先に思考は分散し、今度こそ耐え切れず甘やかな声が上がる。

さんざん焦《じ》らされたあとの直接的な刺激に、背中がのけぞって眦《まなじり》から涙が零《こぼ》れる。

『こんな扱いを受けても、ここにいたいのか』

アーディル自身、その問いかけに深い意味などなかったのかもしれない。

けれども、その言葉は快楽に濁《にご》った私の奥深くにまっすぐに入り込み、息が上手くできない。

ここまでされても、こんな扱いを受けてもここにいたい。その理由は――……？

「ぁ……っ、あぁ――ッ」

こんな扱い受けてでも、アーディルの傍《そば》にいたい本当の気持ちなんて――一つしかない。

一つしかないじゃない！

「……！」

ついにごまかし切れなくなった彼への想いが、暴力的な荒々しさで私の中を走り抜ける。

それは恋に落ちた瞬間の甘い衝動ではなく、絶望にも似た衝撃で私を奈落《ならく》へと突き落とす。

「ふっ……、くっ――ぅ」

「相変わらず淫《みだ》らな身体だな。お前から溢《あふ》れ続ける蜜のせいで薬の意味がなくなりそうだ」

彼の指が動く度に、太股《ふともも》に幾筋も伝うとろりとした感覚。

浅ましい身体と卑怯な自分の心に、我知らず涙が流れる。

そんな私をどう思ったのか。アーディルがいきなり噛みつくように首筋に顔をうずめ、耳朶《じだ》の下にキツイ吸い痕と噛み痕を残し始めた。

「んあっ、んン――ッ」

幾度も名を呼び、私を求める様子だけ見れば、まるで恋人に送る情熱的で荒々しい首筋へのキス。

いつもの淡々《たんたん》とした偽装行為と違う、初めて感じる彼の情欲に肌が総毛立つ。たとえそれが怒りでも構わない。彼の名を甘く呼びたい。

彼の熱情を切望していた身体と脳が溶ける。けれどその衝動と共に、この感情を悟られたら終わりだと、せり上がった悲鳴を必死で喉に込める。

駄目だ――。この感情を悟られたら駄目。

だってこれは偽装結婚という名の契約。恋愛感情を持ってしまったと知られたら、もう二度と会えない。

虹の雨のために、集落に残りたいと思っていた。

けれども、いつの間にか彼へ気持ちはこんなにも育ってしまったんだ。

自分自身を欺《あざむ》けないくらいに……っ。

「ふぁ、あんっ！　あぁ……っ‼」

心を引き裂かれる痛みと快楽に、がくがくと脚が震える。

アーディルに裏切られたんじゃない。裏切り者は――私だ。

「――ッ！」

自責の念にかられ、苦しそうに耐える私を見たアーディルが、苛立《いらだ》ったように私を殊《こと》更《さら》激しく追い立てる。

どんな男の痕跡も許さないと、長い指先が最奥《さいおう》の限界までグッと深く沈み込む。

「俺から逃げずに、仕置きを受けると決めたのは……、お前だ」

彼の歪《ゆが》んだ表情に胸が疼《うず》いた気がしたけれど、甘やかに激しく追い立てられ、その考えすら真っ白に染まり消えていく。

「あっ、あっ、ああン。も、やあっ……っ‼」

アーディルっ――！

私は呆気《あっけ》ないほど簡単に、押し上げられた高みから快楽の海へと突き落とされた。

「……は、ぁっ――」

身体に電気が駆け抜けたみたいに、一気に押し上げられ、いかされて。

後ろ手に縛られたそのままの姿勢で、ぐったりと横へと倒れ込む。

達したばかりの敏感《びんかん》な身体と、真っ白で何も考えられない愚鈍な頭じゃ、荒く息をつくことしかできない。

なんとか身体の中の嵐をやり過ごそうとしていると、後ろ手に回された紐《ひも》が外され、一気に肩が自由になった。

「今夜は随分と呆気《あっけ》ないな」

――しかた、ないじゃんっ。

消毒は終わりだと、淡々《たんたん》と言ったアーディルに返事一つできない。息を弾ませながら、ごろりと上を向いて額《ひたい》に浮いた汗を腕で拭《ぬぐ》う。

身体の中を駆け抜けた快楽の残滓《ざんし》が、チリチリと身体の中で小さく幾多も弾《はじ》けて消えていく。

そうして潤《うる》んだ視界で、ゆるゆると視線をやって……そこに見た男の姿に思わず言葉を失った。

上半身の一切の着衣装飾を脱ぎ捨て、褐色《かっしょく》の肌を夜の闇に晒《さら》しているのは――、そして床に伏した私を見下ろしながら、妖しく濡れた手先を見せつけるように舐《な》め取ったのは、一体、誰。

「……っ」

そこにいたのは、幾度も夜を共にしながらも、淡々《たんたん》と偽装行為を続けていた『医師アーディル』ではなく、色鮮やかな怒りと情欲を纏《まと》った、一匹の美しい獣。

厚い胸板にくっきりと割れた腹筋。彫刻のような筋肉質な身体に走る、狩猟でできたのであろういくつもの小さな傷跡。

顔は私の知ってるアーディルで、表情の変化だって少ないままなのに。まぎれもなく怒りと欲に彩《いろど》られた姿に、オロオロと目が泳ぐ。

こちらを見下ろしたまま、くっと親指で濡れた唇を拭《ぬぐ》う仕草が、どうしようもなくエロティックで正視できない。

「どうした。お前もまさかこれだけで済むとは、思っていないだろう？」

「……っ、思ってない。――思ってない、けど……っ！」

まるで、同じ顔の、性格が正反対な双子を相手にしているような気分に泣きたくなる。もうここまでくると、詐欺《さぎ》レベルだよ！

私の困惑をよそに、アーディルの軽く伸ばした指先が、慣れた感じで私の民族衣装の留め具を外す。はらりと緩《ゆる》んだ襟元《えりもと》に、思わず肘で身体を起こして後ろに下がろうとしたけど、生憎《あいにく》後ろに下がれる場所はない。

無意識に逃げ場を探した私に、より一層不機嫌そうになったアーディルが覆《おお》いかぶさり、密着度が高まる。

その拍子に、露《あら》わになった素足が感じた熱に、何だか狂気めいたものを感じて視線を下げ……今度こそ、声なき悲鳴が上がった。

——何、これ……。嘘でしょ？

ふるふると、無言で緩《ゆる》く首を振る。

確かに私は思ってた。決して服を乱さない彼の、年相応に欲情する姿や、感情を剥《む》き出しにして自分の内側をさらけ出す姿を、本当はずっと望んでた。

一人乱れる自分が情けなくて、虚《むな》しくて。いっそ最後まで求めてほしいとまで思ってた。

でも、無理だ。

だって服の上からでも分かる。

艶《つや》やかで鍛えられた褐色《かっしょく》の上半身に遜色《そんしょく》ないであろう、その、起立している彼のものは——明らかに、見知った日本人のものとサイズが違う。

こんなの絶対、無理！　今目の前にいる彼の相手は、私には絶対務まらないよ！

未知のものに対する恐怖で、床に倒れ伏したまま。完全に視線が固定した私に、彼は少し訝《いぶか》しげな顔をして——やがてその意味に気がついたのか。微かに溜息交じりの、憮《ぶ》然《ぜん》としたような声で言い放つ。

「何だ。今更。初めて見るわけでもあるまいし」

もし外の人達に聞かれても良いように言葉を濁《にご》しつつ、でも言外に、お前は幾多の異性経験があるんだろうと示唆《しさ》する。

「え、あ——。違っ……待って」

実際。私は今まで行為の時は、かなり積極的だった。それは否定しない。

いつも決して服を脱がないアーディルのことが悔しくて、二十代の経験豊富なＯＬだと、意味のない無駄な見栄を張ったのも事実だ。

時には呆れられるほど乱れてキスを強請《ねだ》り、もっといかせてと、あれやこれやと強《ね》請《だ》ったこともある。……でも！　こちらの世界でどうであれ、元の世界の価値観で言えば、さすがにそこまで性的に奔放《ほんぽう》じゃなかったわけで！

さっきまで感じていた強い怒りや恐怖は、同じ強さの焦りと困惑に取って代わる。

「アーディル——！」

見下ろされた体勢のまま、泣きたい気分で懇願《こんがん》した。

「こんなの……、無理だよ」

「何がだ」

「っ……できない――無理」

きつく寄せられた形の良い眉。

俺とは嫌なのか。そう続けられた低く不機嫌な返答に、ますます気が焦る。

そういうことじゃない。そうじゃなくて……っ。

ああっ、もう！　なんて言えばいいの？

「だって、こんなの知らないし――」

目尻に涙が浮かぶ。焦って上手く言葉が出てこなくて――結局。

彼のズボン越しの熱に手を当てて、至極簡潔な説明をするしかなかった。

「壊れちゃうよ……」

おろおろとする私を間近で見ていたアーディルの超絶不機嫌な顔が――私のその一言に、虚《きょ》を突かれたかのように固まった。

「……リィナ、お前」

粗《あら》いザラッとしたコットンの感触と、その向こう。

布越しに感じる圧倒的な量感の熱に、私もピシリと固まったままで――

「お前――この期に及んで、それはないだろ」

ぼそりと呟《つぶや》かれた言葉に、情けなく上目でアーディルの様子を窺《うかが》えば、殊更《ことさら》大きな溜息をつかれて、視線を外される。

けど、くっと硬さが増したのは気のせいじゃない。

無意識に掌《てのひら》をその形に合わせれば、その大きさが自分の手首ほどもあると知って目眩《めまい》がしそう。

薄い綿生地の上から、ゆるゆると手を上下に動かすと、手の中の熱はさらに量感を増していく。

日本人とは全く違った骨格の男達しかいない世界で、どうしてココだけは見知ったサイズであると私は思い込んでいたのか。

「お前は欲望の神ヤンドゥーラの化身か、それとも清水《しみず》を湧《わ》き出させる希望の精霊シュアートか？」

「きゃあっ！」

「極上の白い素肌を晒《さら》し、幼い娘でも言わないような恥じらいを見せながらも、後宮に上がる女達だけが覚えるという手技で、男への愛撫《あいぶ》を自《みずか》ら行うか」

「ひぁ……んン、ん――ッ！」

無意識に手を這《は》わせたのが、思ったよりも大分NG行為だったらしい。

いきなり体勢が上下に入れ替わる。服の合間、赤くなった胸の先端を強く摘《つま》まれ、思わず悲鳴が上がる。

「ふあっ、んっ、ふっ――ンッ」

今日初めて交《か》わした口づけは、余裕のない荒々しさで口腔《こうこう》を嬲《なぶ》り、私を翻弄《ほんろう》する。

皆に声を聞かせないと意味がないのに、アーディルの熱い舌先が無理やり私の唇をこじ開ける。悲鳴を吸い取る勢いで舌を絡め、食《は》み、味わうように吸い上げてきた。

「ふぁ……アあ、あ。んぅ……っ」

「貞淑《ていしゅく》なのか淫乱《いんらん》なのか、あどけないのか狡猾《こうかつ》なのか」

呼吸まで吸い取られた濃密なキスから解放された舌先は甘く痺《しび》れて、まるで感覚がない。

喘《あえ》ぐように息を吸えば、彼独特のスパイシーな匂いが鼻についてくらくらする。

でも――何でそれが、いつの間にかランプから上がった一条《いちじょう》の煙からもするの？

疑問に思っても、答えは出ない。

すると彼は私を上に乗せた姿勢のまま、しっかりと腰を掴んで、その間に沈み込むように下がる。

今までされたことのない動きに、戸惑いが隠せない。

やがて、まるで彼の顔に乗り上げるような姿勢に、強い羞恥《しゅうち》を感じて逃げようとして――同時に、彼の意図に気がついた。

「え、うそ、――、やだぁ！」

逃げ出す間もなく、ぐいとアーディルの顔の上に騎乗させられ、太股《ふともも》に熱い息がかかる。

体を引こうとしても、腰に回った彼の左腕ががっしりと拒み、右の指先が熱い秘所を大きく開き込んだ。

たっぷりと蜜を湛《たた》えた花芯《かしん》がアーディルの眼下に晒《さら》されている――あまりの事態に彼の髪に指を差し入れて強く押し返そうとするけれど、逆にその動きを利用するかのように、熱を持った淫《みだ》らな花芯《かしん》に彼の唇が寄せられる。

そしてそのまま、秘裂を大きく舐《な》め上げられた。

「あ、あぁあ――!!」

腰から脳天に走った衝撃。

子猫がミルクを舐《な》めるような音を立て、色鮮やかに染まった濃桃色に尖りを、最初は舌全体で優しく、次第に固くした舌先で何度も跳《は》ねるように舐《な》め上げられる。

「ひあっ、あっ、あっ、あぁ！」

時に吸い上げ、時に指先まで使って花芯《かしん》を宝玉のように愛でられる。

その刺激にもう逃げる力もなくて、いつの間にか彼の頭を抱き込み、喘《あえ》ぐことしかできない。

跳《は》ねる腰から背中を優しく撫《な》で上げられ、一方で、これ以上ないほど硬くなった尖りを口唇で食《は》み、容赦なく舐《な》め上げられる。

「やっ、やっ、だめっ……!! や、ぁあっ」

「ほら、もう一度このままイけ」

「ひゃうぅ、うん!!」

背中が大きくしなる。全ての快楽神経が集まる花芯《かしん》に、小さくカリと歯を立てたのだと分かるはずもなく。

声なくのけぞって、魚のようにビクビクと震えた。

「あ、あ……、ぅ」

やがて大きく弓形になった背から力が抜け、そのまま絨毯《じゅうたん》の上に崩れ落ちる。

ようやく閉じることを許された太股《ふともも》を擦《こす》り合わせれば、快楽の残滓《ざんし》を求めてきゅうぅっと蠕動《ぜんどう》し、体内が甘く疼《うず》き続ける。

羞恥《しゅうち》と暴力的な快楽で焼き切れた頭とは裏腹に、こんなにも強く達した身体は、まだ足りないとばかりに蜜を溢《あふ》れさせせた。

するとアーディルは、私を再び上に乗せて向き合い、何故かさっきまで私の手を縛っていた柔らかな紐《ひも》を手繰《たぐ》り寄せ、私に見せつけ始める。

「お前にコレは見せたことはなかったな。クランザーの蔦《つた》だ」

蔦《つた》と言っても加工してあるのだろう。生成《きな》り色の木綿束にも見える紐《ひも》を利用して、彼は素早く太い三つ編みのようなものを編んだ。そしてその後に、少し複雑な編み込みをその周囲に巡らせて、短い綱《つな》のようなものを手早く編み上げる。

「一旦作ってしまえば、日持ちがし、強度があって、水を含ませれば適度な弾力も得られる。殺菌消毒作用を持っているから、平たく編み、そこに薬を含ませ包帯代わりにすることもできる」

「……………？」

「高価な上、医療用具として非常に重宝《ちょうほう》されているが――。こんな使い方もできる」

「やああっ、あんンっ！」

アーディルはそうして作ったものを、いきなり私の秘所に宛《あて》がうと、既《すで》に充分潤《うるお》っていたそこにゆっくりと沈め始めた。

まさかこんなことされるとは思っていなくて。必死にアーディルの肩を押すけれど、私の腰に腕が回り、それ以上は逃がさないと言うように、角度を変え奥までぐっと押し込んでくる。

「ひッ、ああ――っ！」

幾夜も共に過ごしただけのことはあり、アーディルは明らかに私の弱いところを狙ってナカを擦《こす》り上げ、親指で最も敏感《びんかん》な部分をも同時に追い立てる。

「やっ、やあッ、だめぇ……！」

「男を受け入れられない細腰の割に、ここは随分と貪欲《どんよく》に男を欲しがっているみたいだな」

そう言いながら、ぐちゅりと中をかき混ぜられれば、あまりの強い快楽に、声なき悲鳴が漏《も》れる。

「こうして細めに作っても、女の蜜を吸い上げる度に、ゆっくりと太く硬くなり――未熟な女の身体を傷つけることなく、やがては男を受け入れられる身体にさせる。後宮で使われる秘技の一つだな」

「ひぁっ、あッ、ああっ！　だめっ、もぉ、やぁ……っ！」

偽装行為と似ているようで全く違う性急な行為に、頭の中が白くなっていくのが分かる。

自立できずに縋《すが》りついた私を受け止める、毛織物の服と違う汗ばんだ素肌。

少ない変化の中で、いつもよりずっと欲という感情を剥《む》き出しにしている彼の表情。熱い高まり。

無意識に彼自身に手を伸ばし、熱い塊《かたまり》を手で擦《こす》り上げれば、「これ以上、無責任に煽《あお》るな！」とぐいっと身体を起こされて、噛みつくようなキスを受けた。

「俺が医者でなければ――、お前とは絶対に結婚していない！」

盛大な舌打ちと、耳元で掠《かす》れるような小声で吐き出された、その言葉の意味はもう考えられない。

ただ快楽に震え、彼への想いを必死に押し隠すことだけが、思考の残滓《ざんし》として残る。

強く吸われた胸の先端と、両足を深く折り曲げるような体勢に入れ替えられて、最奥《さいおう》まで沈められた淫具《いんぐ》。

「ンあ、ぁ――……ッ」

甘い悲鳴と共に、最後に呼んだのは誰の名だったのか。

再び大きく達した私が意識を失う寸前に受けたキスは、今まで一番甘いキスだった。

＊＊＊

誰もいない薄暗い幕屋に差し込む昼の光。

一人目覚めたばかりの身体は砂のように重く、気持ちも重い。

横になったまま、光の帯の中でキラキラと舞う埃《ほこり》の粒子《りゅうし》を、ただぼんやりと見渡す。

素朴な絨毯《じゅうたん》に落ちる木漏《こも》れ日のような穏やかな光。外から聞こえる動物達の長閑《のどか》な鳴き声。

生きていくことが過酷なこの世界は、反面、こんなにも単純明快で明るい。

今の私とはまるで正反対だ――

そんなことを思いながら小さな緑色の旗を指でつついて転がし、気をそらす。

この旗は、いつもなら幕屋の入り口に差しておく「調合中」の印。

これが出てないのに女達の仕事に出てこないってことは、具合が悪くて寝てるか、サボってるかのどちらかで――

今からでも差してこようかと思ったけれど、もう女薬師《やくし》としての仕事を続けて良いのかも分からないや。

両腕を上げてしげしげと眺めてみれば、服に隠れる場所にも幾多のキスマークと、ほんの微かに残る手首の擦《す》り傷。

冷静沈着なアーディルが、傍若無人《ぼうじゃくぶじん》なモラハラ男にも、嫉妬に狂った愛しい恋人のようにも見えた夜。

初めて触れ合った素肌と、獣のように怒気《どき》を孕《はら》んだ情欲まみれのキス。垣間《かいま》見た男の表情。

何よりも気がついてしまった、自分の気持ち――

色んな記憶が脳裏をぐるぐると駆け巡るけど、その度に胸が締め付けられて苦しい。

庇護下から出たことを激怒したアーディルと、私のために薬草学を身につけさせようとしたアーディル。

一体、どっちが本当の彼なの？

それが分かるまでは、私だって何も考えたくないよ。

そんな感じでグダグダしていると、朝の羊達のお世話を終えたレイリとスィンが、馬具片手に入ってきた。

「リィナ？　先日の薬草を採取しに行こうと思うんだけど……。一緒に行かない？」

「昨日は陽気が良かったから、きっと完熟した頃だと思うんだ。ね。出かけよ！」

鈴を転がしたような声のスィンと、ちょっとワザとらしいほど元気なレイリの声。

アーディルにまた怒られるから、行かない。

自堕落《じだらく》に寝転がったまま、そう答えようとした口を素早く塞《ふさ》がれる。

「そっか、じゃぁ今からすぐに行こう！　ハニーも幕屋の前に連れてきたんだ！」

口を塞《ふさ》がれ、むぐむぐっとしてる私にテキパキと外出用具を装着していく少女達。

「ほら。日差しが強いから、しっかりケープもつけてかなきゃね！」

ちょ、ちょっと！　スィン？　レイリ!?

いつになく強引な二人に急《せ》き立てられて——私は半ば無理やり集落をあとにさせられた。

＊＊＊

「街中で私の不貞《ふてい》行為の噂が回ってる？　——何それ！」

おチビ達は羊の放牧場所に置いてきて、女三人で向き合う馬の上。

二人の発言に裏返った声が上がる。

「分からない。でもだから昨夜はあんなにも、集落に男達が来てたんだよ」

岩場の陰で絶句した私に、二人は、少し焦ったように昨日の話を教えてくれる。

「だって、確かに一悶着《ひともんちゃく》あったけど……。それはその場で問題ないことになったはずだし、ええ？」

青天の霹靂《へきれき》どころじゃない。

けれど、二人の顔は真顔そのもの。

エリエの街で噂になるって、どれだけ情報回るの速いのよ。しかも何故か滅茶苦茶、歪《ゆが》んでるし。

「私達もよく分からないの。リィナが出かけてから程なくしてアーディルが慌ただしく帰ってきて……。ちょっとした騒ぎになったところに、叔父様達まで続々と集まっていらしたの」

「スィンの叔父様――ってことは、副長まで来てたの⁉」

「うん」

ジャラフィード一族は規模が大きい。

族長が一族の君主であり最高裁判官であるなら、副長は警察のトップそのものといったところ。

今回の問題に次期族長でもある副長が出てきたってことは、一族の揉《も》めごととしては最大級の扱いだ。事の大きさに、さすがに唖然《あぜん》とする。

「真偽を確かめるために、とにかくリィナを捜せって話になったんだけど、二人は見つからないし、日は暮れてくるしで……。ほんっと皆ピリピリしてて、すごかったんだから！」

『異世界人だから仕方ない』

『何か軽はずみな行動を取ったのだろう』

そう擁護《ようご》する集落側と、実際に一族の稼《かせ》ぎ頭《がしら》でもあり、誉《ほま》れでもあるアーディルの顔に泥を塗った！　と怒りの冷めやらぬ街側で、小さな諍《いさか》いまで起き始めた。

……ここまで聞けば、この世界の常識に疎い私にだって分かる。

そんな一触即発《いっしょくそくはつ》の状況下で浮かれて帰ってきた挙句、アーディルが夫として異常だの何だのと、やらかしたわけか、私は。

セクハラ上司相手に短慮した時と、何も変わってない自分に頭を抱えながらも——彼のあの冷たい眼差しを思い出すと、腹の奥にまた消化し切れない重い感情がゆらりと込み上げてくる。

確かに私も軽率《けいそつ》だったかもしれない。でも、だからと言って不貞《ふてい》行為扱いはないよ。

——彼への想いを自覚してしまったことと、この件は別の問題だ。

「女薬師《やくし》としても、アーディルの妻としても、私にできる最大級の努力をしたつもりだったのに。よりによって不貞《ふてい》行為とまで言われたら私だって怒るよ！　医療行為で出かけたのは、皆も見ていたでしょ？」

出かける流れを誰より知っている二人を前に、私の言葉は止まらない。

けれど、「リィナ、待って」と遮《さえぎ》られた。

「それは仕方ないよ。皆で出かけた行きはともかく、帰りは二人きりだったんでしょう？　リィナからしたら理不尽かもしれないけど、一族によっては殺されても文句は言えないくらいの、ふしだらなことだもの」

「え……？」

私とアーディルにも齟齬《そご》があるように、彼女達と私にももちろん異世界の壁はある。でも薬師《やくし》として頼ってくれた二人から、直接的な否定を受けるとは思わなかった。

思わず言葉をなくした私に、レイリとスィンが取りなすように急いで先を続ける。

「市場でトラブルが起きたのは聞いてるし、もちろんリィナとラキーブさんに何かあったとは、私達は思わないわ。でも、男の人には、獣が宿る時があるでしょう？」

「妙齢《みょうれい》の男女が人目につかないところに長時間いるなんて、喉が干上《ひあ》がった旅人の目の前の水と同じ。――飲まれないことがおかしいのよ」

一族以外の男達とは口もきけない、純真で従順な遊牧民の乙女達が、荒ぶる男達の生理現象について滔々《とうとう》と語る――ある種のシュールさを感じるが、二人は必死だ。

就職先という概念《がいねん》が一切ない状態で、男の人達から不興を買う行為っていうのは、死活問題に近いんだろう。

知識のないリィナを守らなきゃ！　と使命感に燃える二人に、私が挟める口はない。

即席『妻の心得、女とはどうあるべきか』講座を、気持ち正座で拝聴《はいちょう》していると、特大級の爆弾を落とされた。

「特にラキーブさんはリィナが嫁ぐはずの人だったし。アーディルが怒るのも、ある程度は仕方ないわ」

――はいぃ⁉

「何それ。聞いてない！」

ほぼ絶叫に近い叫びに、乗っていたハニーが驚いてぶるると震えたけれど、ごめんね、今はちょっと勘弁して。

するとレイリとスィンが、驚いて見つめ合う。

「もしかして、リィナ」

「……本当に何にも知らないの？」

聞いてないどころの話じゃない。思わず首根っこを掴まんばかりの勢いで、二人に詳しい話を教えてもらう。

「つまり、私はアーディルと結婚する前に、ラキーブさんと結婚するのが決まってたの？」

「うん。だってもうリィナも結婚適齢年齢だし。こういう場合は大抵一族の誰かと結婚するのが、こちらでは普通なの」

ラキーブさんも素敵な人でしょ？

小首を傾《かし》げて同意を求められるけど——、いや、待って。問題はそこじゃない。

こっちの世界の夫婦になる日って、最初はいきなり男が女のところに夜来るのがスタートで、その後に妊娠出産したら結婚式っていう、私からしたら不思議な順番なわけで。

「もしかして私がアーディルと結婚してなかったら、……ある晩。突然ラキーブさんが床《とこ》に入ってくるって、そういう状況下だったの？」

くらくらするなんて表現じゃ追いつかない。

私の衝撃があまりに大きかったせいか、二人はあれこれフォローを入れてくれるけど、全く頭に入ってこない。

本来の私の年齢からは十歳程度しか違わないラキーブさんは、年齢偽《いつわ》ってる現状だと二十は違う算段。こちらの世界ではこの年齢差もありえなくないけど、私にとってはありえない。

しかもアーディルは、私とラキーブさんの婚姻話が進んでいたのを知っていただなんて。

「私、相当地雷、踏んでた……?」

アーディル目線で考えてみると――往診先のエリエの街で広がる不貞《ふてい》の噂。

私が水袋を落としたせいで行きと通る道を変えたから、男達が市場に捜しに行ってももちろんすれ違わない。ようやく帰ってきたと思ったら、婚姻話も持ち上がった男の腕にぐったりと抱かれた状態で。

本当に、不貞《ふてい》行為が起きたように見えたのだろうか。しかも私の望まない形で。

「正直、私達も一瞬ドキッとしたもの」

言いにくそうに二人に告げられて――ようやく思い至った。

今回アーディルが激怒してたのは、夫としてのプライド云々《うんぬん》とかだけではなくて、本当に心配してくれてたのかもしれないと。

無口で合理主義で強引で。でも実は面倒見の良い人だと知っている。本気で心配してくれたなら、逆ギレのように悪態をついた私に、ついに堪忍袋の緒が切れたとしても不思議はない。

アーディルも街の男達を納得させるために、パフォーマンスを超えて過剰に怒ってみせてた。

正直、その考えは自分に都合の良すぎる考えかもしれない。

あの怒りと軽蔑《けいべつ》は本物だったもの。

でもそう考えた方が、私の知ってるアーディルの性格に近くてしっくりくる。

「――っ」

うう。考えすぎて知恵熱でも出てきたらしい。

目尻に薄《うっす》ら涙が溜まって、もう涙目だ。

でも……なんとなく、全てが裏目に出ちゃったのは分かった。

軽率《けいそつ》な行動をするなって、何度言われたっけ。

偽装結婚とはいえ、心配してくれていた彼の気持ちは、信じられる気がした。

急に無言になった私に、二人のおずおずとした声がかかる。

「あのね、異世界人のリィナが怒ってるのも分かるんだけど、だけど、その――できたら仲直り……してほしいな」

「すごいアーディル、心配してたんだよ」

最後のその一言に、くすぶってた気持ちが、すっと解けて落ちる。

あ〜〜〜、もう！

「やめる！」

「え——？」

「意地張るの、やめる。今夜きちんと謝るよ」

私だって、昨日のアーディルが全然らしくないことくらい、気がついてる。

「やっぱり私が悪かったと思うから」

＊＊＊

そうして反省した頃には、全てが遅かったりするのが世の常で。

三人で夢中で話しすぎていたから気がつかなかった、微妙な空の変化。

馬の鐙《あぶみ》に足をかけ、馬上に立ち上がったレイリが指す西の空は、ほんの少し色が変わってきた程度。

……だから、甘く見ちゃったんだよね。

謝罪のために、彼が欲しがっていた薬草をどうしても手に入れたかった私は急いで岩山へ行くことに。

そして私の気持ちを汲《く》んでくれた二人は、心配しつつも羊やヤギを放牧させてる子供達のいる草原に戻っていった。

岩山から集落までは、タクシーだったらワンメーター程度。

本気で自分一人で帰れると思ったんだよ。

ほんの少し走ってすぐ、地面を黒く濡らすような大粒の雨が、空から一気に落ちてくる。

低い空いっぱいに広がった黒い雨雲と、大地の上から彩《いろど》りを奪うように跳《は》ね返るスコール。

目指すべき方向もあっという間に分からなくなって、通りかかった岩場の陰に逃げ込んだ。

もちろんこちらのサンダルに包んだ足は、足首までぐっしょり。

仕方なくハニーの上によじ登る。

――ううっ、あったかい。

時々ぴとんぴとんと、岩肌を伝ってきた水が落ちてくるけど、それでも外よりは濡れないし暖かい。

レイリ達は火種を置いていってくれたけれど、燃やすものがなければ意味がない。雨が降る前ならともかく、もう自分の服だって火がつかないほどのありさまだ。

沸《わ》き立つ雨の匂いと、激しい雷雨の音。

頭も喉も酷《ひど》く痛んで、カタカタ馬具が立てる音が、自分が小さく震えているせいだと気づくのが遅れた。

ぶるりと身体を震わせても、酷《ひど》くなる一方の悪寒と頭痛。

医療が未発達なこの世界で――死という名の温かな隣人が、私にそっと寄り添っていることに、ようやっと気がついた。

何でこんなことになったのよ、もう。

悪態をついたところで、聞いてるのはハニーだけ。

「……ねーねー、ハニー。アーディル酷《ひど》いんだよ」

一度、声に出したら止まらない。

「アーディルの馬鹿……。人の気も――知らないで、さ」

本格的に熱でも出てきたのか、滲《にじ》む涙も止まらなくなってきた。

伏せるようにハニーの背に身体を預けたまま、トロトロと微睡《まどろ》み始める。

遠雷《えんらい》の音と、サァァァと細かくなった雨が、世界を彩《いろど》っていく。

生きとし生けるもの全ての、命の水。恵みの雨。

荒野のまばらな草木が、歌うように枝を広げ、その銀の雫《しずく》を楽しんでいる。

子供のように駆け抜けた黒い雨雲は、いつの間にか薄桃色の雲の手を引いて、悪戯《いたずら》っ子みたいな虹をかける。

――綺麗だな。

そう思った。

熱を帯《お》びた身体は砂袋みたいに重いけど、それでも薄い雨のカーテンの向こう、光る虹を綺麗だと感じた。

朦朧《もうろう》としてきたせいか、色んなアーディルを思い出す。

軽蔑《けいべつ》した眼差しのアーディル。

強請《ねだ》れば甘いキスはくれるのに、決して服を乱さなかったアーディル。

最初の頃に下手な料理を口にして、鳩《はと》が豆鉄砲を食らったような顔をしたアーディル。

そして、無言で岩山で倒れていたのを助けてくれたアーディル。

そうだ、私が最初に彼に拾われたのも、こんな岩山だったたっけ――

何でこんなとこにいるのかは知らない。どうして私だったのかも分からない。

でも気がついたら荒野で行き倒れてて、あてもなく歩いた。

目についた一番高い岩山に登って、上から周囲を見渡そうとして……でも、結局上まで行けずに、そこで倒れた。

歩き疲れて、お腹が減っていて、ボロボロで。

喉が渇《かわ》かなかったのは、今日と同じ。途中から雨にまで降られたからだ。

死ぬんだなーって、思った。

だから弓を持ったアーディルが岩山を登ってきた時は、死神だって思った。

金髪碧眼《へきがん》の天使のお迎えじゃなくて、褐色黒瞳《かっしょくこくとう》のオリエンタルイケメンが来たのねーとか、わけの分かんないこと考えたっけ。

倒れている異邦人に何も言わず、ただ無言で見下ろす死神に、私はなんて言ったんだっけ……

ぷるるとハニーの耳が震える。

指一本動かせなくなった私を辛抱強く支えてたハニーが、まるで慟哭《どうこく》するように鳴く。

それを身体で感じながらも、思考と視界が濁《にご》って、世界から音がゆっくりと消えていく。

虹色の雨が綺麗……

意識が落ちる前にアーディルに包まれた幻覚を見るなんて、ここまできてようやっとアーディルが好きだって気がつくなんて――

私も結構、馬鹿な奴だ。

第5章　見知らぬ部屋

心地よい風に吹かれて、ふわりと意識が浮上する。

ふわふわした頭でぼんやりと目を上げると、薄絹の向こうに美しいアラベスク模様とモザイクタイルが透《す》けて見える。

耳をすませば、贅沢《ぜいたく》にもサラサラと流れる水の音と、歌うような鳥の声。

ええと……ここはどこだろう。

呆《ほう》けた頭で必死に考えるけれど、はっきりと思い出せるのはスコールが駆け抜けた荒れた大地と、綿菓子《わたがし》みたいな空の色。

あとは断片的な記憶が泡のように浮かんでは消えるだけで、記憶が正しく繋《つな》がらない。

でもこんな部屋、エリエの館にはなかったはずだけど……

そう思って身体を起こそうとして。途端に全身に走る痛みと極度の倦怠感《けんたいかん》に、音を立ててもう一度枕に沈み込む。

「おお。良かった、良かった。目を覚ましたか」

嗄《か》れた声と共にわらわらと覗《のぞ》き込んできたのは、深い皺《しわ》が目立つご老人達。

誰……っていうか、ここ、本気でどこぉ？

「あの、ここは……」

朦朧《もうろう》とした頭で問いかける間にも、お爺《じい》ちゃま達は熱を測ったり脈を取ったりと忙しい。

その無駄のない動きに覚えがあって視線をやれば、案の定彼らの耳に鈍《にぶ》く光るのは、アーディルと同じ医師を示すイヤーカフスだ。

「ここはバルラーンの医療施設じゃ。お前さんは長いこと雨に打たれたことで肺炎を起こして担《かつ》ぎ込まれた。ほれ、水は飲めるかの」

一番年嵩《としかさ》のお医者様に水を渡されながら頷《うなず》くと、驚愕《きょうがく》と納得が半分ずつ胸を占める。

医療が未発達のこの世界で、医師が複数いる大規模医療施設なんて王都にしかないはずだ。

だからここが王都なのは間違いないとして――私は一体いつ移動したのだろう。

だって集落のあったエリエ地区から王都って、確かかなりの距離があったはずで……

バルラーンと小さく呟《つぶや》く私に、バルラーンは中央三大陸のユグベルク大国の王都だと、お医者様が細かく地理を説明してくれるけど、ふわふわと考えが纏《まと》まらない。

そんな私の頭を皺《しわ》だらけの手が優しく撫《な》でる。

「まだ熱も高いのに煩《わずら》わしいことを話したの。今は何も考えずにゆっくりと眠るがよい」

ああ、そうか……。この身体の重さは、アーディルに初めて会った時に似ているんだ。

ようやっと自分の体調の悪さを自覚して、ずるずるとまた横になる。

「異世界人だと、薬や高熱による失見当識《しっけんとうしき》か、地理そのものを知らないのかが判断つきづらいのう」

「まだ熱も高い。考えが纏《まと》まらないのだろう。お前達、とにかくお傍《そば》を離れんように……」

「かしこまりまして」

薄い衝立《ついたて》越しに聞こえる微かな声。

重い眠りの世界に引きずり込まれる私を優しく包み込む、柔らかな寝具と快適な部屋。

けれど悪夢にうなされる私を抱きとめてくれる腕は——ここには、ない……

それからしばらく入院生活は続いた。

なかなか回復しない身体が焦《じ》れったく感じたけれど、正直、今までそれだけ無理をしていたんだと自分でも思う。

一度目に死にかけた時は、故郷から来たばかりでまだ体力があった。けれど今回はさらに状況が酷《ひど》かったのだろう。

いまだに一日の大半はベッドの上で、部屋から一歩も出られないくらい。

それでもさすが、王都の病院。お医者様だけでなく設備も一流。

しかも異世界人特権らしく、惜しみない医療ケアを受けさせてもらっている。

昔アーディルが、王都には大きな病院があることや、生薬《しょうやく》を維持するために綺麗な清水《しみず》が流れている薬草園があるって話してくれたけど、きっとここのことだろう。

アーディルが入院させてくれたのかな……

まだ面会謝絶だと言われているから、意識を取り戻して数日経《た》つけど彼には会えていない。

でも会いたい反面、彼に会ったら謝ることが増えてしまったせいで、さすがに少し気が重い。

お前は雨が降りそうだと分かっていたのに、一人で行動したのか。軽率《けいそつ》なことをするなど、何度忠告すれば分かるんだ――。きっと冷たい眼差しで、そう叱責《しっせき》してくるはずだ。

けれど今回の喧嘩の成り行きを思い出せば、呆れ果て、怒ってすらくれない可能性もあるのだと、特大級の溜息が出た。

――今回の件は私が悪かった。きちんと誠心誠意謝ろう。

じわりと滲《にじ》む不安に目をつむり、両手で顔をぱちんと叩いて、続きの間に向かう。

この病室は、居室が手前にあって、奥の間に水回りが一揃《ひとそろ》い用意されている、豪華な『異世界人専用特別病室』だ。

洗面台を模した大きな台には、水をたっぷり湛《たた》えた銀の水差しが置いてあって、ドレッサー代わりの机には粉末状の歯磨き粉や、香油等の細々したものが並んでいて目が眩《くら》む。

毎日届けられる瑞々《みずみず》しい果物だって、絹の寝間着だって、遊牧生活に慣れた私には、贅沢《ぜいたく》で申し訳ないくらい。

……でも、それで終わらないのが、この『特別病室』の悲しいところよ。

異文化の衝突と言ったらいいのかな。

普段交わらない文化圏《ぶんかけん》の衝突が、あちこちで起きててものすごい仕上がりになっている。

例えば、目の前にあるダイニングセット一つとっても、故郷と形は同じなんだけど、ちょっと縮尺がおかしい。椅子と机の高さがちぐはぐだし、その上、材質も大理石だからすごい重い。

動かせないし冷たいし、使いにくいことこの上ない。

他にもそんな、『あっちの世界の道具を再現してもらったけど、ちょっと再現し切れませんでした。てへ』みたいな、不可思議なものが所狭しとあるから、すっごい妙な部屋に仕上がって、なんか感性が破壊されそうな感じだ。

それでも連日酷使《こくし》した身体には、ふかふかのベッドと栄養満点の食事が、涙が出るほど嬉しくて。

心なしかやつれた身体にも張りが戻った気がするし、何よりぐっすり眠れるのがありがたい。

この恋心が成就《じょうじゅ》する日はこないけど――早く遊牧生活に戻れるように、まずはしっかり身体を治そう。そして心からの謝罪と共に、薬師《やくし》として彼の手伝いがしっかりできるよう、もっと頑張ろう。

そう思った――

＊＊＊

飽きた。あきた。さすがに飽きた。

治りかけの入院患者が暇を持て余すのは、どこの世界でも同じだ。

布団で惰眠《だみん》を貪《むさぼ》るのも、豪華な家具に感心するのも、間違い探しみたいなこの部屋の探検をするのにももう飽きた。

暇つぶしにと渡された刺繍《ししゅう》糸は、私の技量じゃ束ねて三つ編みをして遊ぶ程度が関の山だ。

せめてアーディルと会わせてほしいと訴えても、愛らしい女官さん達から困り顔で、

「二次感染の危険性があるため、完治までは面会は辞退したいとのご連絡を受けております」

「もう少し体力が戻るまでは、このお部屋からは出られませんよう、重ねてお願い申し上げます」

と、非常に彼らしい伝言が返ってくるのみ。

でも身体を起こせるようになってから、もう一週間は経《た》っている。女性のいる部屋だ

からある程度は仕方ないけど――鍵までかけられているのは、本当に私を守るためなのだろうか。

まるで軟禁生活みたいだ――

日を追うごとに、ちりちりと不安が大きくなってくる。

そう思ってしまってから、純銀の水差しを見て、緩《ゆる》く首を横に振る。

こんなに良くしてくれているお医者様や女官さんに文句なんて言えない。それにこの特別室には普通の病室にはないであろう、高価な品物がいくつも置いてある。

鍵をかけるのは当然だ。

きっと、そんな風に疑心暗鬼《ぎしんあんき》になってしまうのは、ずっとアーディルの顔を見てないからだ。

「本当に、迎えに来てくれる……よね」

寝台の上で小さく膝を抱える。

それともこうして王都に留まらせて、偽装結婚をなかったことにしたいのだろうか。

きちんと謝ろうという殊勝な気持ちと、反省と。

迷惑かけてしまった罪悪感の上に、来てくれないことへの不安。会いたい気持ちが出たり入ったりして、気分はすっかりマーブル模様。

出かけられないことも含めて、モヤモヤは溜まる一方だ。

声を聞く電話も、会いに行く車もない世界で、想いだけがどんどん積もって解消できない。

らしくないって分かっていても、彼のことを思い出すだけで、情けないほど感情が振り回される。

既《すで》に自分と結婚していて、さらに愛想をつかされかかってる男に本気で惚れてしまうなんて。

「我ながら、最悪なスタートだわ」

思わず独りごちて、小さく天を仰ぐ。

でも会いたいと思う、この気持ちだけは本物だ。

女嫌いのアーディル相手に、この気持ちの成就《じょうじゅ》は願わない。

彼の隣に似合うのは、たおやかで従順な、遊牧生活にも対応できる力強さを持つ、レイリやスィンみたいな同世代の女の子。

こんな年上の異世界人じゃない。それは自分が誰より分かっている。

でも、せめて彼が必要だと思う間だけでいいから、傍《そば》にいたい。

「……頑張るしかないもんね」

彼に少しでも薬師《やくし》としてその恩を返したい。どこから切り崩していったら良いか分からない関係だけど、自分の立ち位置がはっきりしたら、一筋の光明《こうみょう》が見えた気がした。

年齢を重ねている分、自分の気持ちを隠すことだって、きっと上手くやれるだろう。

「とりあえず謝る。それとお礼!」

身体を治して、元気になって。そしてもう一度、信頼してもらえるように努力するしかないんだ。

そうして私にしては比較的大人しく、漫然《まんぜん》と過ごしていたある日。事態は動いた。

発覚の切欠《きっかけ》は、ほんの小さなことだった。

昼食後に渡された薬湯《やくとう》は、いつもと違う、どろりとした濃い赤い色。ふと興味が湧《わ》いて、これ成分なんだろうと思い洗面所に向かった。

薬変わるなんて聞いてないんだけどな?

ちょうど一人で暇だし、調べてみよ。

そんな軽い気持ちで、初めて見る薬湯《やくとう》を水の入ったボウルに数滴落としてみようとして——誤《あやま》って手が滑《すべ》り、全部落としてしまう。

「うわ……。またやっちゃった」

幸いコップごと水の中に落としたから音はしなかったけど、コレどうしよう。

いつもなら片づけてくれる女官さんもいないし、一回くらい飲まないでも大丈夫かな。

そう思って部屋の中を右往左往《うおうさおう》していると――いきなり廊下からこちらに向かう話し声が聞こえた。

薬湯《やくとう》は飲んだふりをしてごまかし、慌てて寝台に向かう。

そうして布団に潜《もぐ》り込むのと、がちゃがちゃという音と共に扉が開くのとが、ほとんど同時だった。

「どうだ」

「……。はい。よく眠っておいでのようです」

そっと囁《ささや》かれた声の後、大きく扉が開かれる音がする。

複数人の衣擦《きぬず》れの音。

足音の大きさから、足腰の悪そうなお爺《じい》ちゃん先生でも、美人の女官さんでもないみたい。

「この少女で間違いはないか」

「はっ！」

病室にそぐわない、無駄に威厳のある男の声が低く響く。

「今度こそ失態は許さぬぞ」

「御安心ください、ジャミア様。この肌と髪の色。何よりも医師達からも薬学の知識があるという報告を受けております。間違いなく、あの医師アーディルの妻になった異世界人です」

今度こそ？　——失態？

何だか不穏な会話に、必死に寝たふりを続ける。

「未曾有《みぞう》の知識を持つ異世界人は、本来我ら軍部に属するもの。それを先に妻として遊牧に連れ出してしまえば、我らとて易々《やすやす》と干渉はできない——。まったく！　此度《こたび》は肝を冷やしたぞ」

「さすがは医師アーディルといったところでしょうか。異例の若さで大学に入っただけはあります」

軍部ってことは、この人達軍人？

「しかしそこまでして連れ出した女が、こうも呆気《あっけ》なく死の淵《ふち》に横たわるとは。やはり異世界人に遊牧生活は無謀だったようだな」

「日頃から、高価な薬湯《やくとう》を飲ませていたようですが、それでも限界だったのでしょう」

「所詮《しょせん》、籠《かご》の中でしか生きられぬ鳥は、籠《かご》に戻るもの。我らが不貞《ふてい》の噂を細工するまでもなかったな」

アーディルと私の行動を、随分前から注視していたような発言に、自然と鼓動が高まる。

しかも不貞《ふてい》の噂に……細工？　どういうこと？

「結果的には生きた女を収容できた。アーディル殿もこれで諦めるだろう。当人には、新たな妻でも宛《あて》がっておけ。これでお前達の失態は相殺《そうさい》するとしよう」

あまりに不穏な会話の数々に、もう少し寝たふりを決め込もうと思った決意も、『新しい妻』の一言で完全に私の頭から離れた。

「ちょっと！　新たな妻って、どういうことよ！」

突然起き上がった私に警戒するように、咄嗟《とっさ》に三人の男が前に出る。

入り口で身を竦ませた細っこい男も、一番ゴテゴテとターバンを巻きつけた男も、その廉価版《れんかばん》みたいな男も知らない。けれど、前に出てきた三人には見覚えがあった。

濃い眉と髭《ひげ》に寸分違わない身なり。この人達、ラノーグの市場で馬を買い漁《あさ》っていた三人組だ！

「何だ。異世界人は睡眠薬が効かないのか」

「そのような報告は受けておりませんが……」

入り口にいた男に、一番偉そうな男が顎《あご》でしゃくって問いかける。

さっきの会話から、この人がジャミア様って言われていた軍部のお偉いさん。そしてその副官、追従《ついじゅう》の兵士に文官だか何だかが一人。そんな感じだろうか。

でもそんなことは今はどうでも良い。

「ちょっと待って。ごまかさないでよ。まるでさっきの言い方って——。まさかあなた達が、あの変な噂を流したの⁉」

「いくら異世界人とはいえ、女の口の利き方がなっていないのは、不快極まりないな」

そう食って掛かった私に、黒々《くろぐろ》とした極太《ごくぶと》の眉をくっと寄せ、三白眼《さんぱくがん》で威圧する。

確かに、あの噂の流れ方や曲解のされ方は、面白おかしく広がったというには、あまりにも早すぎた。まるで人為的に操作されているかのように。

しかもさっきの言い方からすると、アーディルと彼らの間で、既《すで》に何度かやり取りがあったんだ。

「無論そうだ。しかし、お前を渡せとの我らの再三の要請を撥《は》ね除《の》けたのは、アーディル殿とはいえ、利口なやり口ではない。反逆の意志があってのことか、それとも本当に恋女房だったからか。——こちらでも随分と判断に迷うたわ」

「しかしジャミア様。噂に煽《あお》られて、随分な仕打ちをしたと聞いております。ただ女を手元に置きたかっただけかと」

「ああ。儂《わし》もそう思うておる。我が国の英雄殿にも、随分と可愛いところがあったのだな。所詮《しょせん》はまだ若造ということか」

「酷《ひど》い……！」

軽率《けいそつ》なことをするな。女達から離れるな。いざという時、自分で生きていけるようにしろ。

アーディルが再三言っていたのを思い出す。

何かあった時のために薬学を身につけた方が良いっていうのは、こんな『何か』を予感していたからだったの？

「どちらにしろ今回の件がなければ、異世界人との婚姻は認めぬと通達を出す手筈《てはず》であった。しかし一族の嫁を取り上げるのであるから、反発は必至。馬の扱いにかけては右に出る者のいないジャラフィード一族を敵に回したくはなかったからな。お前の無謀な行動のおかげで、軋轢《あつれき》を生むことなく手元に招くことができた」

「そんな！」

「お前自身もアーディル殿を慕っているようだが、これがお前が医師アーディルに対してできる、唯一無二の功徳《くどく》。よくやったと褒《ほ》めてやろう」

「勝手なこと言わないで！　とにかく一度アーディルのところに帰してよ！」

強い怒りと、じりじりとした焦燥《しょうそう》が身を苛《さいな》む。

「それにしても子供を宿していなかったのは、ようございましたな。堕胎《だたい》も出産も、異世界人には負荷が大きすぎますので」

「……っ」

ここにいたら駄目だ。この人達、私を帰す気がない――

目の前の兵士達の向こう。重く閉められた扉と、白い花の模様の格子が嵌《は》まった窓を素早く見る。

「その身体でどうやって荒野に戻る。一人で馬に乗れるわけでもあるまい」

そんな私を見ながら、子供の駄々を見るかのように男達は嘲笑《あざわら》う。

「安心しろ。女だてらに生意気だが、お前はアーディル医師のもとでこちらの薬学の知識を得たと聞いている。元より粗略に扱うつもりはない」

「これのどこが『粗略じゃない』のよ！」

こんの髭《ひげ》デブ親父！

「ここで良いから、せめてアーディルと会わせてよ。手紙でもいいから！」

まるで二度と会えないみたいに言わないでよ――‼

そう言う私に、男が野太い声で笑う。

「死亡したはずの恋女房から手紙がくるわけがないだろう？」

「――‼」

「再度、厳重に鍵をかけろ！　決してこの後宮から、女を逃がすな！」

張り上げられた男達の低い声に、アーディルの名を呼ぶ私の悲鳴はかき消された。

間章　アーディルの決意

リィナが市場へ向かったあの日。

俺はエリエの街で、族長達と共に不貞《ふてい》の第一報を聞いた。

噂を真に受け、色めき立つ男達とは別に、俺は人為的な何かを感じて黙り込んだ。

リィナにはあれだけ女達から離れるな、軽率《けいそつ》なことはするなと言い聞かせていた。

余程のことがない限り、馬にも乗れない彼女が市場に行けるはずがない。

一体何があったと、嫌な予感を胸に愛馬を急《せ》かし集落に向かった。

口では引き下がった軍部が、ついに強引な作戦に出てきたのか。

それとも別の人間の、別の思惑《おもわく》か――

焦燥《しょうそう》が募《つの》った。

「アーディル！　一体これはどういうことだ！」

「まだラキーブも異世界人リィナも戻っていないのか！」

市場での噂は千里を駆け抜け、続々と集まるジャラフィードの男達。

容赦なく傾く太陽に、リィナを慕う人間が幾度も市場へ馬を走らせるが、二人の姿は杳《よう》としてつかめなかった。

「だから異世界の女など、ジャラフィード一族に迎えるべきではないと言ったのだ‼」

「異世界からの旅人は、国王陛下の客人でもある！　多少の無知は承知の上。粗略に扱うべきではない」

口論は熾烈《しれつ》を極め、集落全体に苛《いら》つきが広まる。

それでもまだこの時は、自分自身の苛《いら》ついた感情を押し殺し、この先何をするかを冷静に考えることができた。

ラキーブの親父が飼いならしている鷹が、『集落へ向かっている』との手紙を運んできた以上、程なく二人は帰ってくるはずだ。

戻ってきたら、まずは街の男達を納得させるために叱り、早く幕屋に連れていく。彼女の考え方や物言いは、『従順であれ』というこちらの男達と相容《あいい》れない。リィナの言い分は自分だけで聞いた方が良い。

そんな考えも、二人の姿を見た瞬間に吹き飛び――俺は完全に冷静さを失った。

他の男の腕に身体を預けたリィナの姿は、決して自分のものにならないことへの苛立《いらだ》ちと焦燥《しょうそう》をこれでもかと煽《あお》り、焼き切れそうな妬心《としん》に火をつけた。

もう、限界だ。

「好きな方を選べ」

ついに二人の関係に終わりがきたと思い知り、最後通牒《つうちょう》を突きつける。

思ったよりも短かったと自嘲《じちょう》しながらも、日々服用していた性欲抑制剤の効果がなくなってきた以上、どちらにしろあとはなかったのだ。

リィナの眩《まぶ》しさに惹《ひ》かれた。けれどもその前向きさは時として、俺から離れていく準備に見えて、矛盾《むじゅん》した苛立《いらだ》ちをも覚えた。

もうここにいない方がいい。

街の館で体力の回復を待ち、冬を越したら王都に連れていく。それが彼女のためだ。

そう覚悟を決めたのに、リィナは恐怖に歪《ゆが》んだ顔で、それでも仕置きを選んだ。

——ふざけるな。

そう思った。

好きでもない男に組み敷かれてまでも、お前は元の世界に戻りたいのか‼

ついに押し殺していた醜悪《しゅうあく》な感情が爆発し、怒りに近い欲情を覚える。

元の世界に戻れるのならば、故郷に帰した方が良い。

そんな微かに残った理性は完全に吹き飛び、どろりとした昏《くら》い闇色の感情に支配される。

もはや偽装で終わらせるつもりなど、欠片《かけら》もなかった。

「だから、アーディルにしか触らせて、ない……っもぉ、やぁっ、ああっっ‼」

他の男に抱かれたのかと責め立てる俺に、涙で濁《にご》ったリィナは首を振って繰り返す。

そんなことは分かっていたが、その弱々しくも必死な姿に、今だけは己のものだと感じて、俺は浅ましくも何度もその言葉を強請《ねだ》った。

きつく握りしめられた震える指先と、眦《まなじり》から零《こぼ》れた涙。

何もかもを諦め切ったような空虚さと、秘めたる激情に耐えるような仕草が綯《な》い交《ま》ぜになって、苛立《いらだ》ちと共に胸を打つ。

つい先程まで俺を憎しみを込めて見上げていたリィナが、ここまで健気に耐えようとしている姿に、誰にも傷つけさせたくないという庇護欲にも似た感情と、欲望のままに蹂躙《じゅうりん》したいという嗜虐的《しぎゃくてき》な感情に囚《とら》われる。

それでも矛盾《むじゅん》した憤《いきどお》りを止める術《すべ》など、もうありはしない。

切なそうに震える色香を増した背中も、耐えるように口元に当てられた拳《こぶし》も、嵐のような激情の前では、俺自身を煽《あお》るものでしかなかった。

「壊れる」というあの言葉がなければ、たとえどれだけ泣かれようが憎まれようが、あいつを俺の腕の中に閉じ込めていただろう。


『二十四歳で複数の男性経験があるのなんて普通よ、ふつう』

『こっちの世界と違って、私の国だと結婚相手は自分達で決めるからさ。婚前交渉だって自分達が責任取れるなら問題視はされないよ？』

『なんならお姉さんが後学《こうがく》のために、過去の男の話でもしてあげよっか？』

今思えば、仮にも夫の前でする話ではないだろうに、リィナはよく異世界の話、とりわけ男女の意識の違いについて語った。

女だからといって必ず子を産むわけではない。人間の価値は、跡継ぎを産んだとか、子供を多く産んだとか、そんなことでは決まらない。

私はここことは全く違う価値観の国で育ったのだと、リィナはそう言って薄く笑った。

獣に襲われることも、食糧不足で飢《う》えることも、天候で死ぬこともない故郷では、男に守ってもらわなくても生きていける。だから大人の女性の婚前交渉も結婚も自己責任。そう苦笑した姿が、いつもの無邪気なリィナと違い、別人のように大人びて見えたのを覚えている。

その言葉の通り、彼女の身体は男を知っていた。

快楽に従順で、自分からキスを強請《ねだ》る手慣れた姿に、微かな苛《いら》つきを覚えたのも確かだ。

けれども幾多の経験があると豪語し艶然《えんぜん》と微笑んでいたリィナは、この極限状態で怯《おび》えを見せ、俺は言葉を失った。

戦慄《わなな》く口元に血の気を失った白い顔。瞳にありありと映るのは、未知なるものに対する恐怖の色だ。

決して行為に長けたとは思えないその姿に、今までの言動が彼女なりの精一杯の虚勢だったと知って、俺は愕然《がくぜん》とし――

騙《だま》して偽装行為に持ち込んだことを、俺はこの時、初めて後悔した。

＊＊＊

仕置きの翌日、荒野で雨に打たれたリィナはついに肺炎を併発《へいはつ》した。

病状は一進一退を繰り返し、意識の戻らない状況が長く続く。

夜に底冷えする幕屋では危ない。早急にそう判断して、傍《そば》を離れず看病するために流通環境の整っている街道沿いの街へ向かう。

当然、他の診察は全て断った。別の症状を併発《へいはつ》する危険性が高いだけでなく、何よりも俺がこの状況のリィナから離れたくなかったのだ。

何故ここまでの無理をした――

窓から入る月明かりの下。俺達と違う柔らかな肌は青白く、熱に浮かされた吐息は浅く速い。

彼女に関しては、いつだって後悔ばかりが先に立つ。

リィナを止めれば良かった――そう言ってスィンとレイリが泣きながら手渡してきたのは、スカーフに包まれた赤い実。

意識のないリィナに泣きじゃくって謝る二人に、俺は完全に言葉を失った。

お前は理不尽な行為を強《し》いられたのにもかかわらず、それでもこんな弱り切った身体で採取に向かったのか――

その壮絶な事実を前に、俺は何を言えたろう。

「……俺のせい、か」

リィナの郷愁《きょうしゅう》の念を利用し、腕の中に閉じ込めた。

それなのに仕置きを受けなければ王宮に行けと言われ、お前は一体どれだけの恐怖を感じたろう。

情交と涙の跡を色濃く残したリィナを置いて幕屋を離れたのは、早急にエリエの族長と話をつけようと思ったからだ。あの異様な噂の広まり方は、何か必ず裏があると伝える必要があった。

それと同時に、もう少しだけ冷静になる時間が欲しかった。

全ての罪と想いを告白し、彼女に断罪される覚悟が必要だったのだ。

その愚かな判断がリィナを追い詰め、荒野へと誘《いざな》うとも知らずに……

いまだ耳に残る、雨の荒野に響いた慟哭《どうこく》のようなロバの鳴き声。あのロバがいなければ、俺は永遠にリィナを失っていただろう。

あの絶望を宿した目を知っていたのに、俺がここまで追い詰めた——

そうして俺はある街に身を隠し、リィナの看病を続けていた。

「アーディル先生。あの、また——お客様がいらしております」

遠慮がちに響くノックの音に、振り返りもせずに答える。

「放っておいてくれ。ごまかし切れないなら、今は他の治療は請《う》け負わないと、それだけ繰り返してくれ」

下働きのラジは若いが口は堅い。信頼がおける少年だ。

それでもいつの間にか、この貸家に医師が長逗留《ながとうりゅう》しているとの噂は広まってしまった。

イライラとして小さく舌打ちを漏《も》らす。

王都から離れたこの地では、医師がいると聞けば、遠方からでも患者が集まる。

固く閉ざされた門外に並ぶ患者の列は長くなるばかりで、強い焦燥《しょうそう》に駆られた。

小康《しょうこう》状態は保っているとはいえ、依然としてリィナには薬が必要だ。

しかし市場に流れるはずの生薬《しょうやく》は、門外に集まった患者達の手に渡り、充分に補填《ほてん》ができない。

噂は噂を呼び、日に日に患者は増える。

——これ以上は手持ちの薬が尽きる。

その苦悩が最高潮に達した時。まるでそれを見ていたように仰々《ぎょうぎょう》しい馬車が現れ、降りてきた使者がこう言った。

『王宮に保管してある、貴重なる異世界の薬。その使用を今回に限り、特別に許可する！』――と。

薬の使用許可の交換条件は、門外の患者の治療。

新たな流感の危険性を提示し、無理やり体裁だけは繕《つくろ》われていたが、なんということはない。

ほんの一瞬、俺達を引き剥《は》がせれば良かったのだろう。

リィナや患者達の命を盾《たて》に取って、俺達は無理やり引き離された。

――完全に嵌《は》められた。

＊＊＊

この度のことは、大変遺憾《いかん》に思う――

その一言と共に差し出されたのは、一房の黒髪が入った白筒《しろづつ》と、もう一つ。

医療関係者の俺には馴染《なじ》みの深い、死亡報告書が入っているであろう、艶《つや》のない黒の細筒《ほそづつ》だった。

『残念ながら王都バルラーンに抜ける山岳地帯で盗賊に襲われ、リィナ殿はその凶刃《きょうじん》にかかった。遺体の損傷が激しいため、その地に手厚く埋葬したことを、どうか理解いただきたい』

彼女を追いかける間もなく。たった二日で戻ってきた使者が、苦渋《くじゅう》の表情で頭《こうべ》を垂れる。

相対《あいたい》した俺はそれとは対照的に、妙に感情を削ぎ落とされた、静かな姿で使者の前に立った。

やはりリィナを隠してきたか……！

ある程度、予想はしていた。

馬鹿馬鹿しい茶番だと心中で罵倒《ばとう》しながらも、頭《こうべ》を垂れる使者に反論できる材料は何もない。

周りには様子を見守る多くの患者達。

下手な動きをすればいくらでも『反逆』の証人を得られる状況で、この芸達者な使者を問い詰めることはできないと、俺は瞬時に悟った。

使者に無言で一礼をして、俺は踵《きびす》を返す。

――さぁ、戦争だ。

『リィナを攫《さら》うとは、誰の許可があってのことだ！』

『国王陛下による勅命《ちょくめい》ならいざ知らず。どこの人間だか分からない者に、一族の女を掠《かす》め取られるなど許されることではない！』

ジャラフィードは、確かにリィナの存在を歓迎していなかったが、案の定、この経緯には憤《いきどお》った。

ジャラフィード一族は各地に散っているが、騎馬民族としての歴史は古く、その絆《きずな》は強い。

数々の良馬を産出するということは、一度争いが起きれば、必ずその馬を巡って争いに巻き込まれるということだ。

貴族の地位こそ持っていないが、その分、軍事力も機動力も高いジャラフィードは、これは一族全体に売られた喧嘩だと、族長の一声で各地に散った。

『衰弱したリィナの体調は、揺れる馬車に連日乗り続けられるほどではない！　王宮に直行していると考えにくく、王都に向かうどこかの街で匿《かくま》われている可能性が高いぞ‼』

一人で複数の馬を従えた斥候《せっこう》部隊は、交互に馬を乗り換えながら遠くまで早馬を飛ばし、伝令の鳥を扱えるものは暗号文をいくつも飛ばした。

決して軍部に引けを取らない統率力で、水面に落ちた一滴の水がどこまでも広がっていくように、包囲網は敷かれていく。

あとは情報を待つだけだ――

一族の男は誰しもがそう思い、次々と入る細やかな情報に、俺も目を走らせた。

しかしその予想は外れた。

幾日経《た》ってもリィナの行方は杳《よう》として知れず、一族に緊張が走り始める。

どういうことだ……

王都バルラーンに向かう街道沿いの街で、リィナが保護されていそうな街は三つ。

しかしそのどれもに異変は見受けられないとの報告書が上がるばかり。

王都の使者の姿も見えず、市場で高価な薬を買い漁《あさ》られた形跡もない。貴族の館にも異変は見受けられず、街道自体に問題もない。

煙のように消えた彼女の足取りに、日々焦りが募《つの》った。

本当にリィナは生きているのか？

次第に大きくなる疑惑の声に、俺はついに単身街を出た。

限界などとうに過ぎていた。

闇に彩《いろど》られた荒野と、逆巻《さかま》くように吹き荒れる強い風の音。

目的地への最後の野営地で、大きく揺らいだ炎が語りかける。

『ナァ。本当にリィナが盗賊に襲われたなら、心身共に疲弊《ひへい》していた彼女の命運が尽きてもおかしくはない。――オマエ、その事実に、実は気がついているんだろォ？』

荒野の闇には魔物が住むという。

月も星も見えない暗闇は、自分の胸の内そのものだ。

俺にしか聞こえないその声は、心底おかしそうに語りかける。

『凶刃《きょうじん》にかかってネェとしても、長時間全力疾走する馬車の中にいれば、助かるものも助からない。人の死に触れてきたお前だからこそ、分かるだろう？　人の命なんてもんは、儚《はかね》ェもんなのサァ』

先人達が積み重ねた岩の、その窪《くぼ》み。愛馬と共に身を潜《ひそ》めた俺を覗《のぞ》き込むのは、山岳地帯を抜ける轟々《ごうごう》とした風と、ぶ厚く広がる闇色の雲ばかりだ。

慌ただしく動いている昼間と違い、夜の闇は奥底に沈めた恐怖をたやすく暴《あば》く。

『お前がまた殺したんだよ。医者だなんて無力なもんなのに、自分の力量を見誤《みあやま》ってまた一人の女を見殺しにした。そうだろう――？　お前は英雄じゃない。お前こそが死神さァ』

ケタケタと吹き抜ける風に、焚《た》き火《び》が嘲笑《ちょうしょう》するように大きく身を揺する。

『偉そうなこと言ってネェで、さっさとモノにしちまエば良かったんだ。そうすればこんなことにはならなかったのにサァ』

「……」

『お前には山ほどチャンスがあったろう？　特にあの夜なんかサァ、自分のものにしちまおうかって、お前だって迷ったんだロォ』

その声に鮮明に思い出されたのは、忘れもしないある晩のこと。偽装行為にも慣れてきた彼女が酷《ひど》く悪夢にうなされた。そんな頃のことだ。

「う……ぁ……」

耳障りな低い異音とリィナの掠《かす》れた声で、夜半に目が覚めた。

月明かりでも分かる、額《ひたい》にびっしりと浮いた汗と、深い眉間の皺《しわ》。

胡桃《くるみ》を砕くような音が、リィナが必死に奥歯を噛み締めている音だと気がつく前に、既《すで》に強く肩を揺すって名を呼んでいた。

薬湯《やくとう》や偽装行為のせいで眠りが深いリィナにしては、異常な姿だった。

「おい――。リィナ！」

まるで治療を始めた頃のような酷《ひど》いうなされように、襟元《えりもと》を緩《ゆる》め外気を入れながら頬を軽く叩く。

しかし、幾度か繰り返してようやく開かれた目には、いつもの光はない。

「……おねぇ、ちゃ……。おか、……さ」

繰り返される呟《つぶや》きは家族を呼ぶものだと気づいた俺は、彼女の見ている悪夢の正体に気がついた。

帰りたいのか――

咄嗟《とっさ》に腕を伸ばして、水差しから直接水を含み、リィナの唇に自分のそれを押し当てる。

一度ならず二度、三度。

やがてリィナは潤《うる》んだ瞳をゆっくりと瞬《しばたた》かせた。そして瞼《まぶた》の上に手を置き「夢、かぁ……」と囁《ささや》くように溜息をついた。

「酷《ひど》くうなされていた。……大丈夫か」

苦しく切ない夢を見たのだろう。こくりと頷《うなず》いた指先が小さく震えている。

いくら気丈に笑っているとはいえ、故郷を離れてたった三月《みつき》しか経《た》っていない。

今まで眠りを取れていた方が不思議なくらいだったのだと、俺は苦い思いで嘆息する。

そのまま近くの小さな布を手に取り、リィナの首筋に当ててやる。

少しでも快適になれば良いと、完全に無意識の行動だった。

「……？」

「寝汗が酷《ひど》い。拭くだけだ」

「ん……」

淡々《たんたん》と言った俺の目の前で、リィナは幼子《おさなご》のように頷《うなず》くと、夜着の前を自《みずか》ら緩《ゆる》めて目を閉じ、ゆっくりと首を傾《かし》げる。

そこで初めて俺はこの危険な状況に気がついた。

突如眼下に晒《さら》された、汗ばんだ白い首筋と、胸の谷間に落ちる乱れた長い髪。

まさか抑制剤を使っていないこの状況下で、無防備極まりないリィナの肌に手を這《は》わせるのかと思い至って、息を呑む。

しかし後悔してももう遅い。

偽装行為の時ですら冷静だった主治医の前で、リィナが肌を見せるのに抵抗がないのは当然だ。

軽く首筋だけ拭く予定だったとは言えず、形の良い乳房《ちぶさ》の間から艶《なま》めかしい白い腹部に流れる汗に、視線は固定される。

偽装行為を始めてから初めて素面《しらふ》で見る彼女の裸体は美しく、脳裏ではガンガンと警《けい》鐘《しょう》が鳴り続けていた。

今すぐ夜着の前を閉めて幕屋を出ろと、理性が全身全霊で叫ぶ。

そして、それと同じだけの強さを持って、ただの獣である自分が、このままこの白い肌に唇を這《は》わせ、舐《ねぶ》り、心ゆくまで喰らい尽くせと囁《ささや》いた――

「ん……ン」

その永遠にも似た葛藤《かっとう》は、それでも時間に直せばほんの一瞬だったのだろう。

まるで他人の腕のように、己の腕がリィナの胸元に伸びていく。

首筋から鎖骨《さこつ》。そのまま横に滑《すべ》って、まろやかな肩のライン。白い腕を上げさせ脇を拭《ぬぐ》い、乳房《ちぶさ》の横を通って腰、腹部、胸の谷間へ。

まだ夢うつつなのか、それとも俺に全幅の信頼をおいているのか。彼女が目を閉じたままだったのが幸いした。

柔らかな肌の弾力、鼻の奥に感じた汗の匂い、無防備な表情。

それらの誘惑に葛藤《かっとう》しながら身体を拭《ぬぐ》っていた俺は、決して医師の顔も、偽装行為を提案した冷静な男の顔もしていなかったからだ。

もしリィナが目を開け、衝動を隠し切れない俺の表情に恐怖したならば、危険な均衡《きんこう》は呆気《あっけ》なく崩れ、彼女の喉元にむしゃぶりついていただろう。

それくらいギリギリのところで、彼女は危険を回避し、俺は滑《なめ》らかな曲線を描く背中を拭き上げた。

「大体は拭けたな。今新しい夜着を持ってくる――」

それなのに、そう言って離れようとした俺に、どこかぼんやりとしたままのリィナは、とろりとした目を開け、「や……」と、俺の首に手を回し、あろうことか唇を寄せてきた。

偽装行為中以外に、俺達が口づけを交《か》わしたことはない。

にもかかわらず、リィナは半裸のまま、快楽で我を忘れるためでも、偽装行為で声を聞かせるためでもなく。まるで恋人に甘えるように拙《つたな》く、ちゅっと小さく音を立てて唇を合わせてくる。

「……どうした」

問うた声は情けなくも少し掠《かす》れた。

それをごまかすように、殊更《ことさら》冷静に「夢のせいで人恋しいのか……？」と続けて問えば、潤《うる》んだ瞳で彼女はこくんと頷《うなず》き、今夜だけ甘えちゃ駄目かと尋ねてくる。

「……」

理性が持つかという意味では、駄目だと答えるのが正しかった。

それでも引き寄せられた時に微かに感じた指先の震えや、目尻に残る涙に負けた。

惚れた女の寂寥《せきりょう》をごまかせるならと、俺は無言で唇を合わせ、了承するように優しく食《は》んでやる。

「え……、ぁ」

それが意外だったのだろう。自分から仕掛けてきたくせに驚いたような表情をするから面白くなって、より一層甘やかすように、額《ひたい》、耳、頬、首筋とキスを落とした。

「アーディ……ル、？」

俺にこんな芸当ができるとは思っていなかったらしい彼女のどこか焦った顔と、甘い雰囲気に引きずられたせいで、まるで恋する女みたいな目をしたリィナ。

まるで本当の恋人のような甘い時間に、徐々に身体に落とした口づけが止まらなくなる。

「んっ……、ぁ、あ……」

舌を絡ませる濃厚な口づけはしない代わりに、背筋の窪《くぼ》みや足の指先にまで唇を落としていた俺に、息が上がったリィナが小さく強請《ねだ》る。

「アーディル……っ。おみず、もっと欲し――い、です」

「水も？　つまり口づけも欲しいのか？」

何故敬語なんだとおかしく思いながら、固く尖らせた舌を太股《ふともも》に走らせて低く囁《ささや》くように問えば、上気した頬がより一層赤くなって恥じらうように瞳も潤《うる》む。

キスも欲しい――。そう吐息交じりに言われれば、急激に下半身に高まる熱に、さすがに自分の余裕が限界に近いことを知った。

これは、いよいよ早く寝かせた方が良い――

抑制剤を使わずに感じるリィナの全てが愛おしく、荒ぶる獣を抑えるのに理性が焼き切れそうだ。

脳裏に浮かぶリィナの甘い喘《あえ》ぎと艶《つや》やかな女の匂い、いまだ見たことのないリィナの中に押し入る瞬間の表情や、感じられる熱さまで。五感の全てが彼女を欲して劣情を抱《いだ》く。

これが引き返せる最後の地点だと知り、水差しを取るついでに薬草棚の丸薬を口に含んで、水と共にリィナの唇に流し込む。

「な、や……んン、ぅ……あ」

丸薬を知らずに口に含まされたリィナはさすがに抗議をしようとしたが、俺は構わず薬を噛み砕き今度こそ容赦のない口づけで彼女を翻弄《ほんろう》する。

歯列を割り、舌を絡め、上顎《うわあご》のざらついた神経の集まる場所を入念にくすぐられるのは、リィナの好きなキスの仕方だ。そして口づけの最中に、首筋や背中を撫《な》で上げられるのも。

「は、ぁ……」

長いキスのあと、唾液で濡れた唇を拭《ぬぐ》ってやるととろけた顔で俺を見上げる。

「男の前で、そこまで無防備な顔をするな」

「何、飲ませたの……」

即効性のある睡眠薬だが、過去に催淫剤《さいいんざい》を盛られたことがあるリィナは、キスで上がった息の合間に、ぶるりと身体を震わせ、少しだけ不安げな顔をする。

「さぁ。何だろうな。……俺も一緒に飲んだから、おかしくなるなら俺も一緒だ」

そう言って瞼《まぶた》にも唇を落とす。

「さ。今夜は好きなだけキスしてやるから、早く寝ろ」

今宵《こよい》だけは恋人のように、腕の中に甘く閉じ込め、髪を優しく梳《す》く。

「——髪にも、キスして。首にも……、胸も」

「……こうか?」

薬が効いてきたらしい。ふわふわと言葉がおぼつかないリィナの胸の谷間に、触れるだけの唇を落とす。

「違う。もっと、——いつもみたい、の……」

甘く鼻を鳴らすリィナの凶悪な煽《あお》りに、さすがに勘弁してくれと天を仰ぐ。

多少、薬のせいで感覚が鈍《にぶ》くなってきているんだろう。

ほんの少しだけだと自分に言い聞かせ、いくつかの紅《あか》い華を咲かせながら、硬くなった胸の飾りを口に含んで転がす。

「ぁ……、あんッ……、あぁ――」

偽装行為ではありえない穏やかな快楽と、心地よい眠りの世界を行き来する、今宵《こよい》だけの仮初《かりそめ》の恋人。ゆるゆると首を振る度に、長い黒髪がパサパサと音を立てて月の光を跳《は》ね返す。

甘く切なそうに身体を震わせていた彼女が、俺の髪に指を潜《くぐ》らせてから、喘《あえ》ぐように呟《つぶや》いた。

「ど……して最後まで、してくれない……の？」

「っ！　お前なぁ!!」

言うに事欠いて、それはないだろう！

「……いつだって――欲しいのに」

さすがに戯《たわむ》れがすぎると思い顔を覗《のぞ》き込むと、とろんとした目の中に憂《うれ》いの光を見つけ、息を呑む。

「何でアーディル、ミセイネンなんだろ……」

「ミセイネン……?」

知らない単語だ。それは何だと聞き返したがリィナは首を振るばかりで答えない。それでも俺がミセイネンで彼女にとって憂慮《ゆうりょ》すべき事柄なのだということくらいは分かった。

……既《すで》にかなり薬が効いている。ということは、リィナはもう覚えていられないか。この薬は即効性のある睡眠薬だが、睡眠薬というのはその特性上、気持ちをリラックスさせるために緊張をほぐし、思考力を下げ——場合によっては自白剤のような側面も持つ。

俺は彼女を囲うように両肘をつき、首筋を舐《な》め上げそっと耳朶《じだ》に声を落とした。

「リィナ、お前は俺が欲しいのか?」

「ん……」

「何故だ……?」

「だって、——さみしい……」

夜の空気を震わせるような小さな声だった。

「そうだな——。家族もいない見知らぬ異国で、お前はよくやってるよ」

全ての仮面を取り外し、甘やかに囁《ささや》いて下唇を二度、三度と優しく噛む。

この言葉は本心だ。

けれど、まるで「そういう意味じゃない」というように、むずがって首を振る彼女の思考は、既《すで》に纏《まと》まっていないらしい。

それでも、目的を持って動き出した俺の手に、甘い声を微かに上げる。

「ふあっ、ああっ……ン」

「無理に声を上げなくて良い。眠れるなら眠ってしまえ」

「だって、声。なん、で──っ、あっ、やぁ……、ンぅ」

「さすがにもう皆寝ている、大丈夫だ」

「──っ、は、……あっ──！」

性技で心と身体の調和を図《はか》る回春《かいしゅん》療法は、この世界に古くからある医療行為の一つだ。悪夢を塗り替えることくらいはできるだろう。

抑制剤で自制していたとはいえ、肉体で感じずとも、惚れた女の媚態《びたい》に眉一つ動かさずに相対《あいたい》するのはいつだって難儀《なんぎ》だった。

けれども思考が鈍《にぶ》ってきた今は、何も取り繕《つくろ》わずにリィナと向き合える。その事実に胸が震えた。

胸の飾りを舐《な》め上げ、女の秘裂を優しくなぞれば、あ、あ、と彼女の腰が揺れる。

そのまま滑《すべ》りを掬《すく》い上げて最も敏感《びんかん》な場所を可愛がると、一気に腰が跳《は》ね上がり、俺の指先一つで鳴る楽器のように、くちゅくちゅと鮮やかな音色を立てながら嬌声《きょうせい》が零《こぼ》れ出る。

「アっ、ああっ……。ぁ、あンっ。……やぁ……あぁ——っ」

「これはこれで良いな……。お前の顔がゆっくり見れる」

強張った背筋を宥《なだ》めるように反対の手を滑《すべ》らせると、ビクビクと震える可愛い身体。

先程とは違った涙を目に浮かべ、焦点の合わないリィナが必死に言葉を紡《つむ》ぐ。

「なんか……、へん。アーディルが……優し——っ」

「ああ。夢だからだろうな……」

「ふぁっ……！　ぁ——、……!!」

とぷんと沈めた指先を大きく動かせば、身を捩《よじ》って声なき嬌声《きょうせい》を上げ、はくはくと荒く息をつく。

感覚は鈍《にぶ》くなっているはずなのに、リィナの中が誘い込むように淫靡《いんび》にうねり、全身で俺が欲しいと訴えかける。

「熱いな……、お前も、お前の中も」

言葉もなくのけぞった白い首に軽く歯を立て、むしゃぶりつきながら、そのまま二本、三本と増やした指で中を擦《こす》り上げ、一番脈打つうねる場所を探す。

——ここだ。

「あぁ——!!」

弱いところをぐちゅぐちゅと音を立てて容赦なく攻め立てれば、閉じることを忘れた唇から、飲み込み切れなかった唾液が溢《あふ》れる。

自分自身も急速に狭まる思考。重くなる頭に、ようやく己にも薬が効いてきたかと自《じ》嘲《ちょう》する。

「ああっ、ふぁっ……!!　ア、ディっ——!　一人じゃ、や——あっ……!　ンンっ!!」

脚を絡ませ無意識に最後まで抱けと言うリィナの世迷《よま》い言を、喰らいつくすよう口づける。

アーディルと一緒にいきたい。だなんて、そんな言葉を口にするな。

誰よりもお前と一緒に生きたいのは、恋に惑《まど》った愚かな俺だ。

「ンン、っ!　んぁーー……!!」

高みから落とされた胎内の熱い蠕動《ぜんどう》も、眠りに落ちる瞬間に震えた睫毛《まつげ》も、今は——

今だけは……

『オマエ。本当はあの時、何を考えたァ？　今だって、あの時モノにしておけば良かったと後悔しているんだろう』

獣の唸《うな》り声にも似た棘々《とげとげ》しい風の音に、浮かび上がる意識。

思考は夜の荒野に戻り、無様《ぶざま》な姿を笑うように魔物はクスクスと声を上げつつ、そっと囁《ささや》く。

『人恋しいリィナの寂しさにつけ込めば、あの時のあいつはお前のものになった。けれどもこれ以上進んで見つかるのは、アイツの死体か、お前に対する軽蔑《けいべつ》の眼差しだ。――諦めろ。あの時と同じだ、お前は間に合わなかったんだ。諦めて引き返せ』

風に煽《あお》られた炎はいつの間にか俺の姿になり、見知った自分の声で皮肉げに笑う。

男の背後には死者の折り重なる小さな街がゆらりと浮かび、あの絶望と恐怖が襲いかかる。

『お前のリィナは死んだんだ。仮に彼女が生きていたとしても、あそこまで追い詰めたお前の顔なんて見たくないだろうよ』

ぞろりと這《は》い上がる感覚に、ゆっくりと息を吐き、昏《くら》い笑みを刷《は》く。

リィナが俺のものになることは、今までも――そしてこれからも、ない。

お前は闇に属する魔物のくせに、そんな俺の胸の内も読めないのか。だとすれば、なんと他愛ない。

「さっさと消え去れ」

うるさそうに手を振り、色濃い闇に向かって言い放つ。

背を預ける石垣に捩《ね》じ込まれている、いくつもの魔物よけ。

一体、夜の荒野でどれだけの人間が、こうして己の胸の内と戦ってきたのだろう。

それでも、俺を責める権利も断罪する権利も、全てはリィナの手の内にある。

己の内なる心であろうが、魔物の囁《ささや》きであろうが、俺が歩みを止める理由にはならない。

強く吹き上げた風に炎は身を捩《よじ》り、やがて気がつけば、とうに消えた焚《た》き火《び》の跡を夜明けの空が照らし出す。

朝日に照らされた谷間に見える、小さな街の影。

最後の街にたどり着こうとしていた。

＊＊＊

『リィナはもしかすると王都付近にいるかもしれない』

そう言い出したのは、ラキーブの親父だ。

本来は伯父に当たる彼は、早くに亡くなった両親の代わりでもあり、年の離れた兄のような頭の上がらない存在。そのラキーブの親父が、ラノーグの市場でリィナが呟《つぶや》いた言葉を思い出した。

『軍部の人間が、揺れの少ない特殊な馬を集めていた。もしその馬を街道沿いに用意させておき、随時馬の入れ替えをしながら、王都に向かえばどうなる』

それなら話は別だ――。リィナはかなり早い段階で王都にいるか、もしくは王都から一番近い街道沿いの街まで進んでいるだろう。

そうして地図を広げ、たどり着いた目的の街の名は『カド』。

その街外れにある家に、俺は愛馬の首を向けた。一人の女官に会うために。

「そうですか。行方不明の奥様を探していらっしゃると。それはそれは……」

長く連なる外壁に、立派な門構え。

それにしては通された客間は簡素で、出迎えてくれた人の良さそうな家長と、少しちぐはぐな雰囲気を受ける。

それでも急な来訪を驚きながらも喜んでくれた彼は、俺の話に真摯《しんし》に耳を傾けると、ややあって言った。

「アーディル医師の手助けになれるなら、是が非でもないのですが——。しかし残念ながら、我が家には王宮女官を輩出《はいしゅつ》できるほどの財力はありませぬ」

申し訳ありませんが、お訪ね先をお間違えになったのでしょう。

そう言って家長は、女官の存在を困ったように否定した。

この街は、王都に近い山岳部を乗り越えるために発展した場所で、街道沿いの街の中では比較的小さく、言い換えれば情報が集まりやすい。

その中でもこの家を真っ先に訪ねたのは、リィナの馬車に同乗していた女官がいるらしいとの噂をジャラフィードが聞いたからだ。

しかし市場での薬草の動きなどと違って、奥に隠されがちの女の動きから情報を追うのは難しい。ようやく突き止めたと思ったら、こうして否定をされた。

確かにこれだけの門構えの家にしては、最も財をかけるはずの客間に、子供が悪戯《いたずら》をした跡の残る家具が置かれ、出された酒肴《しゅこう》も丁寧なものだが質素と言って差し支えがなかった。

——残念だが外したか。

そう思い、丁寧に謝辞《しゃじ》を述べ家を出る。すると、門番から愛馬の引き綱《づな》を渡された俺に、中庭から走り出してきた子供が三人、纏《まと》わりついてきた。

「先生！　待って～！」

子供が許可を取るように門番に見せた上で渡してきた小さな刺繍《ししゅう》の布は、この地方によくある旅人へのお守りだ。

どうやら奥の女達が、急いで作ったのだろう。

厄除《やくよ》けの花をあしらい、周囲に縁飾《ふちかざ》りをする意匠は、よくよく見れば特定の花が大きく強調され、縁飾《ふちかざ》りも異様に大きい。

幼い少女が一生懸命刺繍《ししゅう》したものに、大人が手直しを入れた。そんな素朴なお守りに、ささくれだっていた心が温かくなる。

「あーでぃる先生の薬のおかげで、このうちの皆は助かったんだよ！　ありがとう」

「どうか先生の行先にも、良い風が吹きますように」

小さな坊主達と、それを押し出す兄と。その言葉に、何故この家が貧しいのか分かった。

数年前。隣国から伝わった死の病《やまい》ガンゼムは、その治療薬も海を渡らねば手に入らない高価なものだった。

商人達が買い占めた薬は王侯貴族の手に渡り、庶民には到底手が出ない。

――感染力の強い病《やまい》こそ、安価で処方できなければ国が滅ぶ。

そう訴え、ガンゼムに似た症状を発症した馬に使う薬草を、人間にも転用できないかと研究を重ね、国内で流通している材料で代用薬を作成した。

その時の功績で俺個人の名声は陛下の膝下にも届いたが、王宮での地位名声よりも、こんな子供の声が嬉しい。

多分、この家の家長は、多くの資産を擲《なげう》って子供の薬を贖《あがな》ったのだろう。

失われなくて良かった命を腕に抱え、健やかに育つよう、医師としての祝福の声を返す。

小さな子供達が礼を言って去っていくのを見送り、屈強な門番に背を向け愛馬に跨《また が》る。

その瞬間に、違和感の正体に気がついた。

「……っ」

お守りを抱え、不審がられない程度に小走りに馬を進め、街を出てから一気に王都に向かって走り出す。

……ガンゼムが流行したのは、ほんの数年前だ。

つまりはそこまでは、あの家は門構えと同じように多くの財を持つ家だったのだろう。

それこそ一族の女を行儀見習いのため、王宮女官として輩出《はいしゅつ》してもおかしくはないくらいに。

しかし今、あそこまで徹底して客間を簡素にしているのに、あの軍人のような門番は何だ？

門番二人を抱え込めるほどの財はもうないであろう屋敷にいる、不似合いな存在。

そして何故子供達は、このお守りを渡すのに奴らに許可を取った？

よくよくお守りを見れば、子供の拙《つたな》い刺繍《ししゅう》の下に巧みな図案が隠されていることに気がつく。

国王陛下の正妃を示す花の色を、ぐるりと囲む白い枠。

そしてその横に縫い取られた、緑の唐草模様。

形こそ旅人へのお守りに似せてあるが、これは王宮の最奥《さいおう》にある国王陛下の後宮と、その横にある王室薬草園だと読み取れる。

王宮女官や薬草園の人間しか分からない、後宮の詳細な配置図と、お守りの一部に埋もれるようにそっと刺された金の糸。

――ジャラフィードがここに来ることを懸念し、軍部が監視の門番を置いた。

そう考えるのが正解だろう。

ならばこの金の糸が指し示す答えは、ただ一つ。

リィナは後宮だ――

＊＊＊

王都の忘れられた路地、第三貧困地区。

その中にある小さな隠れ家に滑《すべ》り込むと、膨大な資料を出していたニダフィムが嬉しそうに振り返る。

「やっぱり生きてる。確実だ。研究室の方に、過去の異世界人の疾病《しっぺい》記録の問い合わせがあったんだよね。そしてそれと同時に『異世界人に有効だった』と書かれている少し特殊な生薬《しょうやく》が、後宮へと運ばれている」

バサバサと音を立てて広げた彼の手元にあるのは、後宮で消費されている生薬《しょうやく》の数の照合リスト。

そして過去の異世界人に投与した、薬や食事等の詳細な記録表だ。

その几帳面な文字を指でたどっていくと、確かに本来なら使われないはずの生薬《しょうやく》が、定期的に発注されているのが分かった。

「シャウの葉。ガウナ粉、テッター、マウカ。確かに珍しい。……知らないものもあるな」

「異国の生薬《しょうやく》は、王侯や異世界人にしか出さないからね。でも現在、王都に住む異世界人は三名。彼らに体調異変があったという連絡はきていない。あったら必ず僕に連絡がくるはずだよ」

人好きのする笑顔を見せながらも、王宮の研究機関の一角を占める男の、不敵な光が瞳の奥でちらと光る。

「で、アーディルはどうするの？」

くすりとした笑い声。

「これ、後ろで動いているのは軍部だよ。まさか馬鹿正直に『療養のために王都に向かわせた妻が、どうやら後宮で監禁されている。返してくれ』ってわけには、いかないでしょ」

ぎしりと軋む椅子に背を預けながら、顔の傍《そば》で一枚の紙を、ぺらりと指でひっくり返す。

穴が開くほど読み込んだそれは、盗賊団に襲われたというリィナの、あまりにできすぎた死亡証明書だ。

「多分、市場でリィナが披露した軍馬の知識。それに目をつけられたんだろうね。密かに軍事強化を進めているなら、リィナにあちこちで話されるのは、軍部としても困るだろうし」

そう言いながら、どことなく楽しそうに笑うのは、ニダフィムのいつもの癖《くせ》だ。

面倒事は徹底して嫌がる反面、一旦興味を持った事象は、どこまでも突き詰める。

「で、どうするの?」

再度問われた質問に、我知らず口角が上がる。

「リィナが後宮で生きている。ならば、俺の取る行動は一つだ」

彼女が生死不明で手元から離れて、既《すで》に一ヶ月。

泥濘《でいねい》をもがき続ける中で、ようやっと掴み取った真実の光に、己の取る行動など一つしかない。

「いくら親友の頼みとはいえ、これ以上は僕も手伝えない。リィナのことは気に入っているけど、それ以上に恩師であるシグ先生に迷惑をかけられないからね」

「ああ。分かっている」

笑みを絶やさないニダフィムが、この時ばかりは真剣な表情で『できる協力はここまでだ』と突きつけてくる。

「もし今後、彼女の噂を聞いても、君に情報は流せないし、もちろん後宮へ入る手引きもしない」

薬草園の人間で、唯一、後宮の奥に入る資格を持つニダフィムに、これ以上の協力は望むべくもない。

真摯《しんし》に頷《うなず》けば、またいつもの笑みを戻し、俺の身を言外に案じてくる。

「奪還は、相当困難だよ？」

「愚問《ぐもん》だな」

リィナが望まない限り。俺があいつを手放すわけがないのだから。

第6章　想いの強さ

「駄目。ぜ〜んぜん駄目。注文と色が全く違うし、この飾りも使えません」

「しかしリィナ様。左のこちらの瓶は、南方の大変珍しい吹きガラスでして、淡い色合いに大変人気がございます。また中央のこちらも、非常に繊細《せんさい》なデザインの……」

「だーかーら〜！　私が欲しいのは遮《しゃ》・光《こう》・瓶《びん》！　なんですってば。後宮に納めるってことで多少のデザインは必要かもしれないけど、長期保存や煮沸《しゃふつ》消毒に耐えられないものは意味がないの」

特別に商談用に借りたスペースで、ずらりと並ぶ王宮商人達が用意してきた、色とりどりのガラス瓶、全てを却下する。

それと同時に渡されたリストに目を通し、抗酸化作用と消炎効果の高いココナッツを大量注文。

綿花で作ったコットンボールももう少し欲しいし、海から取り寄せた海綿《かいめん》も追加。リップケアに使う蜂蜜はまだあるし――あと必要なもの、何だっけ？

私が取りとめもなく話す度に、年若い祐筆係《ゆうひつがかり》のペンの音が、その場にカリカリと響き渡る。

こちらの世界にない道具や、聞き慣れない医療用語まで必死に書き写す彼らも大変だろう。

とはいえ、私だって朝から商談ぶっ通し。

もうお茶飲みたいっ。お茶！

商談終了。休憩っ！

一方的に最低限の注文をつけたあとに、軽く右手を上げる。

すると、それだけで控えていた文官達が前に出て「では、本日の商談はここまで」と、私をガードするように素早く動いた。

途端にざわつく商人達。

「そんなっ、リィナ様！　もう少しお言葉を！」

「お待ちくださいっ。美しい絹地をお持ちいたしました！　何卒献上いたしたく！」

そうして喧騒を背に、兵士達に見送られて戻るのは、いつものあの自室。

王都の病院だと説明を受けていた場所が、実は後宮の異世界人専用部屋だったなんて笑っちゃうよね。最初から私を逃がす気は皆無。ぎらりと光る兵士の槍に、逃げ出す気力もとうに失せた。

「ただいま～」

「おかえりなさいませ。リィナ様。お疲れでしょう？　すぐにお茶にいたしますわね」

重い鍵の音を背で聞きながら荷物を置くと、奥から私付きの女官のサラが絶妙なタイミングでお茶を運んできた。

「嬉しい～。食べる食べる！」

今日一日、頭使いっぱなしの私には、蜂蜜たっぷり超ハイカロリーお菓子が心底嬉しい。

しかも疲労回復に効くケナンの花茶と、話しっぱなしの喉に優しい蜂蜜の花梨《かりん》漬けとは。

さすが、数ある領地の中でも生薬《しょうやく》の産地で育ってきたサラ。絶妙なチョイスだ。

「それにしてもリィナ様の人気は留まるところを知りませんわね。今日もまだご予定が入ってますもの」

「今夜は晩餐会《ばんさんかい》のお誘いまで入っているんだっけ」

自暴自棄になってたとはいえ、さすがに予定詰め込みすぎたか……

何だか急に胸が重くなって、途端に味気なくなったお菓子を、ほろ苦い気持ちで呑み込んだ。


自分の現状を知ったあの日から、私は変わった。

アーディルと引き離されて不貞腐《ふてくさ》れ、ハンストまで起こした結果とうとう倒れた私に、軍部の髭《ひげ》デブ親父ジャミアは、呆れた顔でこう言った。

『お前が反抗的な態度を取れば取るほど、我ら軍部のアーディル殿へ対する心証が悪くなると何故気づかない？　余計なことをせずに、異世界の技術で何か役立つものでも作ってみせろ』

顔も見たくない相手でも、アーディルの名前を出されれば私に拒否する術《すべ》はない。

でも、そうして作られたものが巡り巡って、後宮でブームになるとは思わなかったよ、アーディル。

オイル状のメイク落とし。泥を使ったヘアパック。ミネラルソルトを使った角質取りのゴマージュと、保湿には蜜蝋を使ったパラフィンパック。ハーブを使った入浴剤。

二十代ＯＬとして当たり前の皮膚学の知識と、彼から教えてもらった薬草学。そこにアロマセラピストの姉から聞いた、雑多な知識を混ぜて作った『リィナ特製スキンケア』は後宮で絶大な人気を誇り、今や私は、後宮付きの女薬師《やくし》兼ビューティーアドバイザーとなった。

籠《かご》の中の鳥でよければ、人生最大のモテ期到来だ。泣き暮らしているよりはずっと私らしいと、毎日山ほどの予定を入れる。

そうでも思ってないと、正直やってられなかった……

＊＊＊

「まぁまぁ、リィナ。良くいらしてくれたわね」

ゆったりと歌うような調べに平伏して、私ができる唯一の挨拶、ザ・三つ指正座を深々とする。

略式ながら訪問の挨拶を済ませると、そこには目くるめく夜の世界が広がる。

弧を描いた薄桃色の天井や柱には、砕いた翡翠《ひすい》が惜しげもなく埋め込まれ、異国情緒溢《あふ》れるシャンデリアの光を受けて、きらきらと煌《きら》めいている。

長く敷かれた布膳《ふぜん》には、たっぷりとした宴会料理がこれでもかと並び、給仕の美女達への目配せ一つで、楽団がうっとりする音楽を奏でてくれる。

そして、美しい星空を背にした最上座には、この屋敷の主《あるじ》が、麗《うるわ》しく微笑んでいた。

「急《せ》かしてしまったのではないかしら？」

そう言って優しくお声がけをしてくださった御方は、なんと国王の第一夫人であらせられる『碧《みどり》の御方《おんかた》』。早い話が王妃様！

浮世離れした見目麗《うるわ》しいお人で、とっても穏やか。でもとっても気さく。

初めてお会いした時、ガチガチに緊張した私の手を取るために、わざわざ下座に降りてきてくださって「大変でしたね」と優しく微笑まれてから、すっかりファンなんだ。

ここは後宮だから、勝気な美女の第二夫人『白の御方』も、聡明でお話の面白い第三夫人の『蒼《あお》の御方』も、それぞれに同じようなお屋敷をお持ちでいらっしゃる。

さらにご自身の館を持っていない側室の方々まで含めると、もうほんとすごい数。

後宮、超大所帯。

こんな甲乙つけがたい魅惑的な美女ばかりで、これはさぞかし寵愛《ちょうあい》争いもすごいのだろうと戦々恐々《せんせんきょうきょう》としたのだけど——意外なことに、後宮の皆さん結構仲が良い。

陛下がいらっしゃらなくても、管弦《かんげん》の宴《うたげ》とか開いちゃうくらい。

それもこれも、利権争いが起きやすい閉じた女の世界を、『碧の御方』が上手く調整してらっしゃるからなんだって。

穏やかなのに、そんな実力派なところも惚《ほ》れ惚《ぼ》れするわぁ。

ただ、これまた想像と違ったのは、その年齢。

「いえ、大丈夫です。今日はちょうど新作の洗顔石鹸《せっけん》ができたので、お持ちしました」

「まぁ、嬉しい。リィナの作った石鹸《せっけん》は、とっても香りが良くて、しっとりしていて。遠くに嫁いだ孫やひ孫達からも、矢のような催促を受けるのよ」

ふふふ。と柔らかく微笑むお顔には、お人柄を表すようなふっくらとした笑い皺《じわ》。

碧の御方だけでなく、第二夫人、第三夫人、果ては愛人の方々までが、年齢的にはお孫さんどころかひ孫がいらっしゃるお婆《ばあ》ちゃん。

『後宮』＝《イコール》『出産可能な若い美女集団』ってわけじゃなかったのね。

なので、印象としては淫靡《いんび》なアラビアンナイトというより、なんていうか美人養老院。

寵愛《ちょうあい》争いも権力闘争も、今は昔の物語。

それぞれがお互いを認め合い、戦友と言ってもいい雰囲気すら感じるんだ。後宮の雰囲気もとっても穏やかになるわけよね。

ここに来た経緯はともあれ。私はそんな恵まれた状況下で迎えられ、表面上は荒れることなく日々を過ごしていた。

＊＊＊

小洒落《こじゃれ》たアルコールランプに火をともし、小さな片手鍋にざらっとザラメのような粒を流し入れる。

故郷のものとは似ても似つかないけど、これでも立派な固形石鹸《せっけん》。

しばらくすると、湯煎《ゆせん》にかけた粒がゆっくりと溶け、独特な獣っぽい匂いが鼻につき始める。

これが一番匂いがマシなやつだけど、やっぱり良い香りとは言えないのよね……

庶民は灰汁《あく》を使って洗濯するこの世界で、固形石鹸《せっけん》は超高級品。

初めて石鹸《せっけん》をトンカチで砕いた時には、サラは大悲鳴を上げるし、見張りも血相変えて飛んでくるしで、ちょっとした騒ぎになったっけ。

まぁ、そのおかげで石鹸《せっけん》作りの時は一人にしてという、良い言い訳ができたんだけどさ。

やがて程なく温まったペーストに、濃く煮出した紅茶を少々。さらに蜂蜜、薬研《やげん》で砕いた生薬《しょうやく》を少しずつ入れ、よ～く練る。

結構な力仕事だけど、この時間は一人になれるし、何も考えないで済むから好き。

そうしてできたペーストを、特別に作ってもらった花の形の金型《かながた》に入れて成型。最後に風通しのいいところに置いて完全に乾いたら、リィナ特製の洗顔石鹸《せっけん》の完成だ。

そうして夢中になって作業して。

さすがに疲れて顔を上げる。

机の上に並ぶのは、石鹸《せっけん》を砕くための木槌《きづち》、ナイフ、割ったら鋭利な刃物になりそうなガラスの小瓶。混ぜたら劇薬にもなるハーブも、ごく少量だけど棚にある。

……こんな部屋の中で一人にさせておいて、自害や脱走したらどうすんだろ。

羽根ペンでちょいちょいと、瓶に映ったつまらなそうな気だるい顔をつつく。

とはいえ、武器になりそうな道具があったとしても、仲良しのサラを人質に取るのも、アーディルが救ってくれた命を捨てるのも、私には絶対無理。

それを見抜かれてるからこそ、この待遇なんだろうな……

罪人のような監禁生活を送るわけでも、尋問《じんもん》を受けるでもなく。

ただ問題発言を外でしないようにと、後宮に連れ込まれた。

ここに連れてこられた経緯こそ強引だったけど、『粗略に扱うつもりはない』と言ったあの言葉は、本当だったのかもしれない。

碧の御方の寵愛《ちょうあい》があるにしろ、こうして大分自由にさせてもらってるのは確かだ。

——皆に気に入ってもらい続ければ、いつの日か。ここから出られる日がくるのかな……

所狭しと並んだ試作品を眺めながら、ぼんやりと思う。

何年かかるか分からない。けれど、ここから出られる可能性はゼロじゃない。

でも……、そうしていつの日か自由になれたとしてよ？

その時、私はどうすれば良いんだろう――

一人で虹の雨を探すことはできない。

そして、ジャラフィード一族に戻ることももうできない。

彼への想いを隠すだけならともかく、あと数年もすれば、今度こそアーディルだって本当の妻を娶《めと》るはず。そんな彼の隣で、他の男に嫁ぐ生活なんて、さすがに無理だ。

王都住まいの女薬師《やくし》としてアーディルの仕事を請《う》け負う。それくらいが限界だ。

私は深い溜息と共に昨晩、碧の御方と話したことを思い出す。

昨日、深夜に亘《わた》った宴《うたげ》も終盤に近づいて、小さなサロンに移った時のことだった。

ここでは、絨毯《じゅうたん》の上にぽこぽことクッションを並べ、身体を預けて寛《くつろ》いで話し合うのが、かえって礼儀にかなっている。

私は今、こちらの人に大人気の一大ハーレム小説『源氏物語』を、『紫の上』に焦点を当てて話していた。

私の知ってる薄っぺらい知識でだけど、正妻『紫の上』の不幸は、死ぬまで『女』でいなきゃいけなかったことじゃないだろうか。

「自分は子を産めないまま、浮気され三昧《ざんまい》。最後には正妻の座も、幼い皇女に奪い取られた人生。――って、それは私の感覚だと、幸せとは言えないと思うんですよね……」

「きっと紫の上は、源氏の君にとって運命の人。ラティーニャだったのよ」と碧の御方。

「ラティーニャ？」

何だろう。その言葉。聞いたことあるような、ないような。

「ラティーニャとは、出会うべき運命の人のことね。それが夫であることが、一番幸せなこと。けれども夫を持った身で、ラティーニャに出会ってしまった女性は不幸になるわ」

あぁ。なるほど。ここは、皆見合い結婚や政略結婚が当たり前の世界。だから結婚生活も、燃えるような恋心ではなくて、情愛からスタートするのが普通だ。

そんな中で、ラティーニャっていうのはきっと、制御し切れないほど恋しく想う相手のことなのか。

……そんな単語を私は一体、どこで聞いたんだろう？

お酒も入っていたせいもあって、少しぼうっとしながら思い出していると、

「リィナの夫はあなたにとって、ラティーニャではなかったの？　あなたに今、辛いことはない？」

と、不意に真剣な声で問われた。

幾分唐突なその問いに、笑いながらごまかそうとして……

でも何故か、喉に何かが詰まったように、言葉が出なくなった。

「ごめんなさいね。リィナ……。私達はあなたにたくさん世話になっているのに、あなたを自由に外に出してあげることすらできない。けれど――異世界人のリィナが、辛い遊牧の生活をしていたのは、その方がいたからなのでしょう」

碧の御方だけでなく。彼女の御付きの方々までもが、いつの間にか私を少し憂《うれ》いの篭《こも》った優しい瞳で見つめている。

この世界に女の医師がいない以上、御方様や、長年御付きの女官さん以外は、気軽に体調不良を訴える先がない。

今までの後宮女官達は、本格的に体調が悪くなったら里帰りが当たり前で、たとえどんなに遠方でも故郷に帰されていた。

それを憂《うれ》いた碧の御方が、誰でも診《み》てもらえるようにと医師を定期的に呼び始めたそうなんだけど――

男性に触診されることへの恐怖心。問答無用で帰郷させられるかもしれないという不安感から、皆一様に診察を拒み、普及には至らなかった。

そうして年配女官が尻込みしていれば、年若い下位の女官が診察を受けられるはずもない。

ある日、『異世界ではどうしているの』と相談された私は、ちょっと悩んでこう言った。

『じゃあ私が繋《つな》ぎになりますよ。ほら、私身分ないですし、一応薬師《やくし》の知識もあるので美容相談を受けるふりして、色々な方の健康相談聞いてみます。それと皆さんがお好きな異世界の物語も、なるべく健康とか美容とかの話を織り交《ま》ぜて、あちこちでお話しするようにしますね』

そうして始まった、美容相談という名前の簡易診察と、異世界の物語を使った啓蒙《けいもう》活動は、娯楽が少ないこちらの女性にすんなり馴染《なじ》んだ。

薬師《やくし》の範疇《はんちゅう》じゃなくて、最終的に医師の先生に診《み》てもらうことになっても、なるべく付き添うようにしたのも良かったみたい。

男ではなく女。医師でなく、薬師《やくし》。極めつきが、身分が決まっていない異世界人。

ここまでの条件が揃《そろ》った私が後宮をかき回したことで、初めて『気軽に体調不良を相談できない』という壁が壊れたと、医師団のお爺《じい》ちゃん先生にも随分と感謝された。

だからさ。

本当はアーディルを忘れて、ここで生きていくのが、一番良いんだと思う。

日が経《た》つにつれて、私もその事実を受け入れざるを得ない。

元々、偽装結婚だった二人。一族の皆にも迷惑をかける日々だったし、アーディルだって結婚を後悔するような物言いすらしていた。

きっとそれが、一番いい。

でも……

じゃあ、私の気持ちはどうなるのよ!!

ぼろぼろと、いきなり零《こぼ》れた涙が金型《かながた》の上に落ちる。そのまま全ての作業を投げ出して、私は寝台の枕に顔をうずめた。

アーディル、アーディル。アーディル……っ！

ねえ、もう本当に二度と会えないの？

「うーー!!　……っ」

あとからあとから零《こぼ》れてくる涙と嗚咽《おえつ》を枕に押し付け、慟哭《どうこく》を押し殺す。

何度も交《か》わしたキスも、肌を滑《すべ》った無骨な指先も。乏《とぼ》しい表情の中に見せた男の感情だって――、全部なかったことにはできないよ！

年下だとか、好みじゃないとかあれだけ言い訳して、アーディルへの想いを無意識に避けた理由が今なら分かる。

私は、ずっと怖かったんだ。

ここの世界に染まりきってしまったら、本当に元の世界に帰れなくなる気がして、どうしても認められなかった。現代社会の価値観と常識に殊更《ことさら》こだわった。

年下を好きになるなんてありえない。そう目を背けて、意地張って。

結果。自分の気持ちすら分からなくなって——本当に馬鹿みたい！

心臓を氷の手で握り潰されるような感覚に、ただただ胸の内で彼の名を呼ぶ。

ねぇ、アーディル。

こんなにも人を愛することが苦しいだなんて……

考えたこと、なかった。

＊＊＊

「何じゃ、お前さん。随分と目の下にクマを作りおって」

ガチャガチャと音がして、いつもの時間に医師団のお爺《じい》ちゃん先生達が部屋に入ってくる。

泣き腫《は》らした顔だと分かっているだろうに、わざと直球で聞いてくれたので、かえって気を遣わずに済んでありがたい。

あははと笑い、根《こん》詰めすぎましたと、眠そうに目を擦《こす》って大量に作った石鹸《せっけん》を見せる。

泣くだけ泣いて、不貞寝《ふてね》して、起きたら目元は腫《は》れてるわ、顔はむくむわで、もう大変。

昼食を持ってきてくれたサラにも怒られた。

そんな私の顔を見て、長い白髪《はくはつ》を束ねたダンディなシグ先生が、薬湯《やくとう》に浸《ひた》した布を手早く調合してくれる。

「鎮静《ちんせい》効果がある。少し瞼《まぶた》の上に置きなさい」

「すみません……」

「根《こん》を詰めすぎて良いことなんぞ、なーんもない。ただでさえ幼い顔が、ますます酷《ひど》くなるぞい」

口が悪いながらも優しいサリム先生と陽気なマルザン先生にホレホレと寝台に追いやられ、横になって目元を冷やす。

あー……、これ。気持ち良い。

「ん。脈は正常。熱も特にないようじゃな」

生薬《しょうやく》の香りと、ひんやりとした目元の冷たさを楽しんでいると、てきぱきと手慣れた様子で三人の先生達が簡易診察をしてくれる。

「ですから、単なる寝不足ですって」

「ふん。女はただでさえ黄泉路《よみじ》の精霊に気に入られやすい。無理はせんことじゃな」

軽い口調と裏腹に、重い言葉。二度も死にかけた身としては、素直に頷《うなず》くしかない。

漢方薬局の片隅で育った私には、お爺《じい》ちゃん達の話は何だか懐かしくて、心地いい。

そうして目元に置かれた布が大分ぬるくなった頃。先生達に言った。

「先生。もし私が将来ここから出られたら、先生達のところでお手伝いって、できませんか」

「なんじゃや。儂《わし》はこれ以上、妻《めと》を娶るつもりはないぞ。異世界の嫁なんぞ老いぼれの手に余るわい」

きししとサリム先生が笑う。

「違いますって！　もしいつの日かここを出られたら、薬関係の仕事がしたいんです」

結婚したいとか、そういう話じゃない。

慌てて湿布《しっぷ》をはずして上半身を起こすと、思いがけず優しい目をしたシグ先生と目が合う。

「ほ。働きたいのか。珍しい」

「はい……」

アーディル以外の人と一緒になりたくない。もう結婚はこりごりだ。

「ふむ。老いぼれの儂《わし》らが生きとるうちに、お前さんがここから出られることがあればの」

「確かに、確かに。明日をも知れぬ我が身じゃてのぉ」

からからと笑う先生達の声を聞きながら私も小さく笑う。

するとシグ先生に一度だけ乱暴に頭を撫《な》でられて、笑えるうちはまだまだ大丈夫と優しく返された。

「そういえば、要望書がきていたが、庭の花がどうした。材料が足りてないわけではないだろう?」

ひとしきり会話が落ち着いたところで、私が書いた記録をめくっていたシグ先生が顔を上げる。

見ているのは、石鹸《せっけん》の香りと色の効能のページだ。

無骨な高級石鹸《せっけん》の常識を打ち砕き、保湿力や香りをつけたリィナ印の花石鹸《せっけん》は、今や後宮御用達《ごようたし》の超高級品。

効能は医師団のお墨《すみ》付きの上、正妃様方ご愛用の品だということで、価格は上昇する一方らしい。

「材料は足りてます。でも色や香りの材料くらいは、最初から自分の目で確かめたいんですよ。もし後宮で現地調達できれば、先生のアドバイスをもっと受けられるし、品質管理も効能チェックも進むんですが……」

後宮には外に出られない女性のために、趣向を凝《こ》らした庭がたくさんある。

香りの良い花も、綺麗な染料が採《と》れそうな色鮮やかな草木も、よりどりみどり。これを使わない手はないよ。

「貴重な花もたくさんあると思うので、先生達から採取許可が欲しいんです」

そう言った私の言葉に、皆一様に顔を顰《しか》める。

「確かに後宮には珍しい花も多い。有効な材料も多く見つけられるだろう。しかし……」

「わざわざ許可を取る——ってことは、つまりは『奥』の屋敷の庭以外に出せってことかいの」

言葉を濁《にご》したシグ先生に、すかさずマルザン先生の突っ込みが入った。

このぐるりと外壁に囲まれた、美しくも巨大な後宮は、役割別に大きく二つのエリアに分けられている。

まず一つ目は私が住んでいる、後宮のパブリックスペース、通称『前の宮』。

高級ホテルみたいな建物で、賓客《ひんきゃく》を迎える大広間が複数あったり、商人の出入りする部屋があったりする、全体が把握できないくらいに広い場所。

廊下にも男性が歩いているから、最初は後宮だと分からなかったくらいよ。

そしてもう一つが、正妃様方のお屋敷が点在している、通称『奥』。

『前の宮』の建物を出て、美しい庭園の小径《こみち》を進むと突如現れる、花咲き乱れる豪邸エリアだ。

もちろん『奥』は男子禁制だから、ここなら私達も好き勝手に中庭に出られるんだよね。

でも今、私がお願いしている庭というのは、この『前の宮』と『奥』の間の庭園なんだけど……。

案の定。私の意図を察した先生達は一様に押し黙った。

「さすがに私だって、後宮の壁の外に出してもらえるとは思わないですよ？　でもここも後宮の一部でしょう？」

「しかしなぁ……。そもそも後宮で、好んで日に当たる女はいないぞい。なのにお前は、昼日中に外に出せと言うのか？」

「採取のためには明るい時間が良いですし。今だって毎日あちこち通りながら、あれ摘っみたいな～って思ってるの、我慢してるんですよ」

とはいえ、あまり先生達を困らせるつもりはない。

「……どうしても駄目ですかねぇ」

これが最後と思って頼んだ私に、先生達は、むす～～っと黙り込んだ。

「後宮の人間を、儂《わし》らが勝手にどうこうすることはできない」

やっぱ駄目かぁ。その言葉に、仕方がないかと溜息をついた私に、それぞれ明後日の方向を向いて、お爺《じい》ちゃん先生が言葉を重ねる。

「が、正妃様方の強いご希望があれば、話は別だろうな」

「前の宮と奥への中間の小路は、厳密に言えばそれぞれの御方様の持ち物。ど～～～してもと言えば、話は別じゃろ」

「ちょうど、ここ数日は小うるさい軍部の人間も少ないはずぞい」

「じゃあ！」

それでお前さんの気鬱《きうつ》が晴れるなら、良いであろう。

聞こえるか聞こえないかの小さな言葉に、思わずお爺《じい》ちゃん先生達に抱きついた。

＊＊＊

トントンと話は進み、三日後の午睡《ごすい》の時間。

私は足元の影を踏むように、花の咲き乱れる小路を進んでいた。

美人養老院改め年配者の多い後宮は、日照の関係もあって午睡《ごすい》の時間はとっても重要。

日中にもかかわらず、この時間だけは『前の宮』もお屋敷もひっそりとしていて、来客もなければ予定もない。

そんな不思議な静けさの中、少ない兵士達に見送られ、蒼の館への小路を進む。

すると程なくして、布を広げただけの日よけの下に、一人の女性が座っているのが見えた。

「遅くなりました。シグ先生の御付きの方ですよね？」

なんとなく大きな声を出してはいけない気がして、そっと近づいて胸の高さに張ってある布の下を覗《のぞ》き込む。

俯《うつむ》いていて顔は見えないけれど、水桶を持つ手にしゃらりと揺れる腕輪と、白いローブから出た褐色《かっしょく》の肌が綺麗だ。

本当は先生に同行をお願いしたかったんだけど、大人の事情とやらで、今回はこの方に採取の指導を受けることになっているんだよね。

そんなことを思っていると、彼女は伏し目がちで作業していた顔を上げ、驚いたように二度三度と大きな目を瞬《しばた》かせる。

そして花が咲き零《こぼ》れるように微笑んで、小さく首を傾《かし》げた。

「こんにちは、リィナ」

うわわ。超びっ、じーーーーん！

さすがにこんなに日が高い時間だから、私も彼女も出ているのは目元と手先ぐらい。

でも、それでもこの人がずば抜けて美人さんだということは分かる。

濡れた手を拭きながらアーモンド色の柔らかな瞳を向けられると、同性なのにドキリとしちゃうくらいだ。

「……？」

思わず見惚れていたところ、ぱたんと手元に置いていた辞書みたいな分厚い本を閉じた彼女に、傍《そば》に座るように促《うなが》される。それと同時に、小さく一礼して兵士達が下がった。

私の名前はシグ先生から聞いてたとして、何で兵士達が下がったんだろう？

そう疑問に思う私に、

「この本は本来、門外不出の薬草辞典だから、兵士達の目にも入ることのないようにとシグ師匠が厳重に注意してあるんです」

「あぁ、なるほど。皆さん、無闇《むやみ》やたらに目が良いですもんね」

だから私達の姿は遠目から確認するだけに留めて、あんなに下がっていったのかと納得する。

「シグ先生から、化粧品に使える花の採取と聞いてるんだけど……、何か具体的なイメージはある？」

「あ、はい。今回はいつも作っている石鹸《せっけん》を、もっと遊び心のある華やかなものにしたいんです」

「あの花形のリィナ石鹸《せっけん》を改良するの？　……あんなに完成度が高いのに？」

風を起こせそうなほど長い睫毛《まつげ》が、キョトンと驚きを持って見開かれる。

「今まで作ってきた石鹸《せっけん》は、品質の均一化を考えて乾物を中心に、色や香りをつけてきました。でも、もっと季節の草花を使ったものに挑戦してみたいんです」

「季節限定ってことは、今までの石鹸《せっけん》は定番として作り続けていくけれど、それとは別に全く違う石鹸《せっけん》を作りたいの？」

「そうなんです。あ、あと今回は洗い上がりを違う感じにしようかなって」

従来の品より、もう少し洗浄力が高くて、さっぱりした洗い上がりのものが作りたい。

そう伝えると、彼女は得心したように頷《うなず》いた。桶の横に寄せてあった草花からいくつか選んで、手慣れた感じで広げていく。

「話を聞いた感じだと、――これとこれ。この辺と……これもかな？　いくつか良さそうなものを採《と》っておいたから、一緒に見て？」

そう言って、採取用のナイフを上手に使い、後宮ならではの珍しい草花を香り別に仕分けて見せてくれる。すごい。あっという間。ほんと手早い。

「効能は追々説明するから、香りを先に選ぼうか」

時には枝を折ったり、茎や葉を擦《こす》ったりして、二人で色々な香りを確かめる。

「単純だけど、さっぱりした洗い上がりなら、爽《さわ》やかな香りが良いよね」

「これとか、これとかも良さそうですね」

香りの抽出方法は、臼《うす》で押し潰して採《と》ったり、オイルに漬け込んだりがこちらでは一般的。

だけど、蒸して作る方法もあるから、それも試してみたいと和気あいあいと話す。

それにしても――この場所で採取ができる彼女は、一体何者なんだろう？

後宮女官じゃなくて、採取のために特別に後宮に上がる人だって聞いたけど。何だかどう考えても女薬師《やくし》。

でも女薬師《やくし》は存在しないって断言されたし、調合はできない採取専門の人なのかなぁ。

そんなことを考えていると、桶の中に入れた私の手に、包み込むように褐色《かっしょく》の手が重なる。

「ここ、違うよ。気をつけて。筋の取り方はこう、この角度で……」

出来の悪い私の手を取り、覆《おお》いかぶさるように具体的に教えてくれる。教え方まで上手い。でも、……あれ？

この人。すごく綺麗な手なんだけど――平均的に大柄なこちらの女性にしても、手、すごく大きくない？

水の中で揺らめく私の手の上に置かれた、褐色《かっしょく》の繊細《せんさい》な指先をじっと見つめる。

キラキラ光る水面下で、薄く浮いた血管と張りのある手首の筋肉を認め、思わず目を見張った私に、くすりと耳朶《じだ》を震わす声がする。

「……」

ゆるゆると視線を上げると、すぐ傍《そば》に白いローブの隙間から、アーモンドの瞳が悪戯《いた》っぽい表情でこちらを見ている。

「どうかした？」

ベール越しだから低く聞こえるんだと思ってた、女性にしては低すぎるテノールの声。

人から見えない桶の中で重ねられた手が、私の指先を愛撫《あいぶ》するに至って、ようやっと気がついた。
この人——男だ！
り込む。
反射的に立ち上がろうとした私を押さえるように、ローブの隙間からするりと手が入
「ちょっ！」
採取のために遮光性《しゃこうせい》が高い濃い色のローブを着ているけれど、その下はかなり薄手の
長着が一枚。隙間から入った水滴が、私の太股《ふともも》をつうっと滑《すべ》る。
なっ……！
まさか白昼堂々、しかも後宮の中で痴漢に遭うなんて思いもしなかったから、咄嗟《とっさ》に
反応できない。
ちょっと、一体どういうこと⁉
遠くから見ても、女二人が膝を突き合わせて話しているようにしか見えないのか、兵
士達が来る様子もなく。
声も上げられずに混乱する私を、してやったりというような悪戯《いたずら》っぽい光を湛《たた》えた瞳
が包む。
生足の上を遊ぶように滑《すべ》った指先が、合図を送るようにトントンと膝頭の上で跳《は》ねた。

「驚かせてごめんね。でもさすがにここで大声出されると、いくら僕でも困るかも？」

「――ニ……」

ニーノ⁉

混乱と驚愕《きょうがく》の表情のまま、ぽかんと口が開く。

私の目の前で、アーモンドアイの美女……ではなく、女物のローブに身を包んだニーノが弾《はじ》けるような笑顔で頷《うなず》いた。

――ちょっ、なんでぇぇ？

「ど、どうしてここに？」

もしかして侵入したの？　そう思っておろおろした私に、ニーノは困ったように小首を傾《かし》げる。

「んー。僕に言わせれば、それはこっちのセリフかな。ここは元から僕の職場だし」

そう言って、年季が入っている採取道具を見せる。

はい……？

ちょっと待って。ええと？　確かニーノって、アーディルと同じ研究機関で勉強した同期生で、王宮からの指示で希少な薬草を研究しているエリートよね？

薬師《やくし》にも医者にもならずに、研究の道に進んだ天才って聞いてる。

王都に住んでいるからって、あの時もすぐに帰って――

ん……？

この後宮には、異国から嫁いでこられた正妃様もいるから、異国の花や木も移植してある。そして国外の薬草にも詳しい、薬草のスペシャリストであるニーノ。

当たり前だけど、後宮っていうのは王宮の一角なわけで……

「――！」

カチリ、カチリとピースの嵌《は》まる音が脳内で鳴り響く。

じゃあシグ先生の助手って、ニーノのことだったの⁉

ようやく納得して、口をパクパクさせる私を、ニーノが悪戯《いたずら》っぽい顔で頷《うなず》く。

「ごめんね。騙《だま》すつもりはなかったんだけど、全然気がついてくれないから言い出せなくて」

最後まで気がつかなかったら、さすがに寂しかったかも？　邪気のない笑顔を向けられても、こっちは大混乱だよ！

え、まって、じゃあ……

「ねぇっ」

もしかして、アーディルも私がここにいること知ってるの？

ガタンと、身を乗り出した拍子にぶつかった水桶の水が、手首の上の方までびっしょりとかかる。

「あぁ。ほらほら。……気をつけて？」

濡れた服を優しく拭《ぬぐ》ってくれる、美女の片手。

けど、もう一方の手は、余計なことを話すなとばかりに、じわりと太股《ふともも》の方に位置を変える。

「っ……！」

「――だから、大声出されたら困るんだって。僕、最初にそう言ったよね？」

周りに聞こえないくらい小さな声と、柔らかな微笑。淡々《たんたん》とした口調。

「何かあったら師匠であるシグ先生にも迷惑がかかるんだ。今後、絶対に大声出さないって、誓ってくれる？」

最後。いきなり低くなった男の声に、彼の本気をひやりと感じて必死に小さく頷《うなず》く。

「誓うっ。誓うから……っ」

「ん。良い子」

ニーノの手は私の膝頭に大人しく戻り、初めて会った時みたいな屈託《くったく》のない笑顔をくれる。

「じゃぁきちんと採取の手も止めないで、不自然に見えないようにしてね？」

にっこりと笑いながら、作業を続けるよう促《うなが》される。

ニーノの方が、怒らせるとアーディルより怖いかも……。背中につうっと嫌な汗が流れた。

「ここに採取に来ているのは、異国の珍しい植物があるっていうのも一つなんだけど……。もう一つは、この水。どこから流れてきていると思う？」

「水路の水？」

「そう。これ、僕が所属している薬草園の水なんだ。貴重な薬草も、後宮の女性達も、弱く繊細《せんさい》で綺麗な水が欠かせないからね。そしてその結果、思いがけない交配が進んだんだ」

薬草を選別する時のような手つきで、ニーノはこっそりと地面に周辺地図を書き始める。

緩《ゆる》く湾曲《わんきょく》した横長の葉が『前の宮』。

その後ろに置かれた色とりどりの木の実が、『奥』の御方様達のお屋敷。

水のついた指先でなぞったのが、話していた水路みたいだ。

最後にそれをぐるりと白い砂で囲んで、後宮の外壁を表してから、その横にブレスレットを置いて、トントンと指し示す。

蒼の館の壁向こう。それがニーノがいつもいる薬草園らしかった。

「ここの薬草も薬草園に移そうと思っているんだけど、土壌《どじょう》の違いか上手くいかなくてね。結局こうして、この場所で定期的に採取・管理をしてるってわけ」

ニーノはこっそり周辺の情報をくれながらも、ちゃぷりちゃぷんと、水音を立てながら薬草の選定作業は進んでいく。

「本当は、もう一つ使命があったんだけど、それはリィナに取られちゃったしね」

しめい？

疑問に思う間もなく、大物の枝を水桶に入れたニーノは、私を腕の中に囲うようにして採取用のナイフを私に持たせる。

さっきの体勢よりも、ぐっと近い怪しい距離は、それでも女性だと思えば問題ない。

きっと慣れない私が怪我をしないように、指導員が後ろから手を添えてあげている……そんな風に見えているはずだ。

でもいくら女の服を纏《まと》っていても、私の背で感じるのは男の厚い胸板と、逞《たくま》しい腕なわけで！

突然のことに動揺した私に、しーっと悪戯《いたずら》っぽい声がかけられる。

「内緒話なんだから静かにね」

囁《ささや》くように話す声は甘く、微かに吐く息が耳朶《じだ》に触れる。

鼻腔《びこう》をくすぐる彼の匂いに、かっと顔に血が上って、くらりと世界が回った。

決して強引なことをしないように見えるのに——、もしかしたら誰よりも強引で、私を掌《てのひら》で転がすのが上手いのはニーノかもしれない。

私を腕に抱えた姿勢のまま、ニーノは水桶につけておいた枝の硬い外皮を剥《む》き始めた。

「君が死んだって聞いてから、僕も少し王宮の様子を気にしてたんだよ。そしたら後宮に特殊な薬草が定期的に運ばれてるでしょ。だから、もしかしたら——って思ってたんだよね」

それで無理やり来てくれたの？　視線だけで問えば、美女は緩《ゆる》く首を振る。

「今回の話は、普通にシグ先生から話がきたんだ。次回の採取に人を同行させてくれって」

「……」

「いつもは薬草園から動きたがらないサリム先生やマルザン先生まで、最近どこかに日参しているから、おかしいとは思ってたんだけど——今思えば、リィナのところに行ってたんだね」

悪目立ちしないように女物のローブを着ているというニーノの所作は確かに女性らしく、作業時も無意識に柔らかな動きをしている。

多分、かなり昔から後宮に出入りして、こうして採集を続けていたんだろう。だってアーディルに女物のローブを着せても、絶対にこうはならないと断言できるもの。

後ろから抱きしめられているような体勢を意識しないよう、そんなことを思っていると、不意に彼のことを問われ、どきりと心臓が跳《は》ねた。

「でもさ。リィナは随分と後宮が肌に合ってるみたいだけど、そんなにアイツのところに戻りたいの？」

「戻り……たいよ。もちろん」

「子供もできない偽装結婚なのに？」

悪意も他意も感じられない、純粋な疑問だからこそ。その言葉は心にざっくりと傷をつける。

「これから季節は冬に向かうから、遊牧生活はもっと厳しいものになる。普通の婚姻関係でも難しい二人なのに、偽装結婚だとするなら、もう利点の方が少ない気がするけどな」

「そう、かもしれない――。けど」

「リィナじゃなくても薬師《やくし》が欲しいなら、アーディルのもとで働きたい薬師《やくし》なんてごまんといる。軍部に目をつけられた以上、ジャラフィード一族だって、今までと同じ扱いはできない。エリエの館から出られなくても、薬師《やくし》の仕事ができなくても、それでも戻りたいの？」

「それは……っ、それ、は……」

必死に反論しようとして返す言葉がないことに気がつき、頭が真っ白になる。

でも、確かにニーノの言う通りだ……

ジャラフィードの中に、薬師《やくし》はいない。だから、彼を手伝えるのは私だけだと思っていたけど、王都にはこれだけの医療施設が整っているのだ。有能な男性薬師《やくし》もたくさんいるはず。

「私ができること、は……」

微かな水音を立てて、作業の手がゆるゆると止まる。

王都に行く前ならともかく。きっともう、二人の偽装結婚に価値はない。

会いたいという気持ちとは裏腹に、アーディルにとって私はもう価値がない人間なのか……

思い知った現実に視界は歪《ゆが》み、つんと鼻の奥が痺《しび》れる。

俯《うつむ》きながら瞬《まばた》きで滲《にじ》んだ涙を散らし、その熱い衝撃をぐっと喉の奥に押し込む。

――駄目だ。兵士達に不審がられたら最後だ。

ニーノとだって、次にいつ会えるか分からない。戦慄《わなな》く唇を必死に引き締める。

そうして意を決して顔を上げ、ゆっくりと男の名を呼んだ。

「ニーノ。アーディルに私がここにいること、伝えてもらえませんか……」

ここにいると、生きていると。それだけでも良い……伝えてほしい。

小さく落とした言葉に、ニーノは少し困ったように微笑む。

……分かってる。

『何かあったら師匠であるシグ先生にも迷惑がかかる』と断言したニーノに、後宮の情報を友人に流せと言っているのだ。

それはきっと、こちらの世界では重罪に当たるもの。ニーノが何年も培《つちか》ってきた信用を崩すような途方もないリスクを背負わせてしまう。

それでも、もう彼に頼むしか私に方法はないのだ。

「どうしても駄目……ですか」

「……」

お願いしますと小さく呟《つぶや》いた私の背に、無言のままの彼の鼓動を感じる。

きらきらと輝く水面と、二人の間を柔らかく抜ける風だけが、時が止まった私達を包み込む。

その微かな音に、やがて誰に聞かせるともなくニーノが呟《つぶや》いた。

「分かっててそれを強請《ねだ》るかぁ」

「……ごめんなさい——」

小さく謝る私に、難しい顔をしていた彼が、ふいに諦めたように苦く笑う。

「でも君には、お礼しないといけないしね」

妹の薬の件と、後宮の受診率の件。

そう言って笑い、今度は私の顔を覗《のぞ》き込んで悪戯《いたずら》っ子みたいな微笑を浮かべる。

「じゃあさ。口にキスしてくれたら、良いよ？」

「え？」

突然のお強請《ねだ》りに、一瞬完全に呆《ほう》ける。

「別れの時にしてくれれば、異世界の故郷の挨拶だとか言ってごまかせるから大丈夫」

腕に力が入り、ぎゅっと後ろから抱き寄せられる。

「えっと、あの、っ？」

どうしてそんな話になるの⁉

目を白黒させながらも彼の目は本気で、オロオロとなんとか妥協案を探る。

「ええと、頬にするのなら……」

「だぁめ。僕だって相応のリスクを背負うんだ。ご褒美《ほうび》くらい欲しいな？」

混乱して右へ左へと目が泳ぐ私を、アーモンドアイの瞳が甘く煌《きら》めいて、逃さないというように細められる。

少年のような仕草なのに、どことなく肉食動物を思い出すような笑みに、くらりと世界が回った。

でも――

「アーディルと……、同じ匂い」

「は？」

「アーディルと、同じ匂いがする、から、駄目――です」

さっきから、近寄ったニーノから感じる少しスパイシーな匂い。

それがアーディルと同じだと分かった瞬間から、身体はぐずぐずと溶けるように反応した。

でも彼との夜を思い出して無条件に熱くなった身体を、すんでのところで止める。

アーディルとの夜を思い出すからこそ、彼を裏切れない。

会えるとか、会えないとか、そんなの関係ない。

「たとえ二度と会えなくても、私がアーディルを好きだから――、だから駄目なんです……っ」

「ふ」

真っ赤に染まった顔で、説得力なんて欠片《かけら》もない。

それでも振り絞るように言った私の小さな叫びに、突如彼の背が大きく揺れた。

「……？」

「あはははははは！」

え、ニ、ニーノ？

これを爆笑と言わずして、なんと言うのだろう。

荒い息をなんとか整えようとする私の横で、ひーひーと肩を震わせ笑うニーノ。

「ちょ、それ反則でしょ。アーディル……！」

「ええっと……。ニーノ？」

すごい。目尻に涙まで浮かんでる。

流れについていけず、私はしばしぽかんとする。

そうしてようやく上げられた彼の顔には、もうさっきのような甘く煌《きら》めく光はない。

むしろさっぱりした表情で、小首を傾《かし》げられた。

「リィナがあんまり可愛いから、少しいじめちゃった。ごめんね？」

アイドルも裸足《はだし》で逃げ出しそうな、無邪気で弾《はじ》けるような甘い笑顔に、あれのどこが少しなんだと、さすがにジト目になる。

「うん。じゃぁ、これお詫び」

「え？」

「じゃ明日シグ先生がそっちに行くまで、この薬草辞典。貸してあげる。ベルゼの枝の効能。しっかり読んでおいて」

急に手渡されたのは、さっきの薬草辞典。

色々と聞きたいことがあったのに、さっきの笑い声を不審に思ったのか、目の端にこちらに向かう兵士達の姿が見える。

兵士が来たから、もう何も聞けない。

たくさんの言葉を呑み込んで、落ち込みながら採取道具を片づけ始める私に、ふわりと風が囁《ささや》く。

――君を助けに来てるよ。あいつ。

「ニー……！」

立ち上がり、にこりと笑う美女の顔。

兵士に連れられ去りゆく視線の先は、床に置かれたままのブレスレット。

それが示すのは薬草園だ。

――もう少しだけ、頑張って。

その微かな声は、あの忘れられない香りと共に風にふわりと溶けて消えた。

第7章　愛の形

大きな窓枠の向こう。星明かりに照らされた蒼の庭に、さらさらと小さな川の音が響き渡る。

いつでも採取に出られるようにと、庭に面した部屋を与えてもらった私が胸に抱《いだ》くのは、ニーノに渡されたあの薬草辞典だ。

今はただ、眠ることもできずに寝台の上を右へ左へと寝転がる。

丹念に書かれた禁書には様々な効能の薬が載っているけど、きっと今の私の気持ちを落ち着けられる薬なんて、一つもない。

だってこんなの、ズルすぎるよ。アーディル。

ベルゼの枝の章に書いてあった専門用語の羅列を、それでも何度も何度も読んで、理解できた瞬間。茹《ゆ》でダコみたいになったのを、誰にも見られなくてホント良かった。

――性欲を著《いちじる》しく後退させる効能？　そして『前の宮』に入る男に使用されている数々の利用実績？

もうそこまで読み解けたら、いくら鈍《にぶ》い私にだって色々分かるよ。

「〜〜〜〜っ！」

ふかふかの枕を抱え込み、布団の中で、一人声を殺して呻く。

いつもずっと感じてたスパイシーなアーディルの匂いが、まさか薬のせいだとは思いもしなかった。

あの最後の夜。突然ランプの煙から同じ匂いがしたのは、彼がベルゼの枝を投げ込んだから。

怯《おび》えた私を無理に抱かないために投げ入れてくれた。そういうことなんだろう。

さんざん知らずに煽《あお》るだけ煽《あお》って、いざ彼を受け入れられないと半泣きで逃げた私に、彼は薬を使ってまで自制してくれてただなんて。

「あぁ〜〜っ、もうっ！」

耐え切れず、がばりと起き上がった私の頭から、被っていた布団が落ちる。

「ありえなさすぎでしょぉ……」

口から出るのは、我ながら情けない声。いつも丁寧に梳《と》かしてもらってる髪が、ぐちゃぐちゃになるのも構わないで、乱れた頭を何度も抱え込む。

何でよ。何でそんなことしたの、馬鹿。

副作用だってあったろうに、何でこんな私のために、そこまでしたのよ……

水差しに映る自分が、くしゃりと顔を歪《ゆが》ませる。

実は薬を使わないと自制できないくらい、彼も私を欲してくれていたんだろうか。

一瞬、そんな希望を抱《いだ》くけれど、荒唐無稽《こうとうむけい》な考えはすぐに消え去る。

『俺が医者でなければ――、お前とは絶対に結婚していない！』

そう吐き捨てるように言ったアーディルの言葉は、いつもは感情を剥《む》き出しにしないいく。

彼の、まぎれもない本心だった。

だとしたら、たとえ偽装でも抱きたくなかった。そう考える方が、よっぽど納得がいく。

……ああ見えても、まだ十代の彼だ。若い身体は反応したけど、私に抵抗されて冷静になった。そんなとこかもしれない。

避妊技術だって、迷信よりはマシって程度だもの。医師として不確かな避妊薬を飲ませるより、性欲抑制する方が安全と判断したんだろう。

ある意味非常に彼らしい納得できる答えにたどり着いて、安堵《あんど》だか失望だか分からない溜息をつく。

まかり間違っても抱きたくない。そう思われていたなら、さすがに悲しい。

でも、もしそうだとしても。冷静を装《よそお》っていた裏側で、アーディルが密かに私に情欲を感じてくれていたなら——それは悲しみと不安を塗り替えるくらいに、酷《ひど》く嬉しい。

「あー……。ほんとに、もうっ」

服も表情も乱さない夜を繰り返したアーディルが、薬で抑えないといけないくらいの熱を感じていてくれたという推測は、これ以上ないほどの甘さで私の記憶をかき乱す。

急速に高まる自分の身体の熱に、ずくんと甘く下腹部が疼《うず》く。

無意識のうちに粟立《あわだ》った肌を落ち着かせるように自分の身体を抱きしめるけど、あれだけ濃密な夜を重ねた身体は、満足なんてするはずがない。

アーディルに会いたいと、そう心が悲鳴を上げている裏側で、こんなにも身体まで彼を欲していたなんて……

ギュッと目をつぶって、なんとか息を整える。

すると、不意にあの夜彼が編み上げた、クランザーの蔦《つた》が脳裏に浮かんだ。

薬草辞典によれば、クランザーの蔦《つた》は太いアスパラのような外見の外皮を剥《む》いて、中の繊維を丹念に加工したもの。

薬を染み込ませて湿布代わりにしたり、包帯のようにも使うらしい。だからお年寄りが多いこの館には、大量に常備してあるんだよね。

「あれ……？」

……これさ。もしかしてロープに編み上げれば、薬草園を覗《のぞ》ける……？

急いで引き出しを開け、さらしのように長い束を呆然と持ち上げる。

この小川の水はこのまま屋敷を抜けて、今日ニーノと出会った小道へと流れている。

そして彼は、この水が壁向こうの薬草園から来ていると言っていた。

もしかしたら一目でも、薬草園が――アーディルが、見られるかもしれない。

そう思い至ったら、もう止まらなかった。

ありったけのクランザーの蔦《つた》を取り出して、寝台の上に並べ、縦に裂いて縄を編んでいく。

繊維がまっすぐで縦にしか裂けない分、羊毛や綿花よりも縄にしていくのは簡単だ。

夢中で縄を編み上げる。

『この庭はな、リィナ。外国《とつくに》から嫁いだ、わらわ達の心が慰《なぐさ》められるようにと、陛下が故郷の風景を庭に模してくれたのじゃ。二度と故郷の土を踏むことのない、わらわの気持ちを慮《おもんばか》ってくださった……。ほんに慈悲深い方であろ。だからこの庭には、無粋な兵士を入れとうないのじゃ』

お婆《ばあ》ちゃまばかりのこの後宮は、厳重に外から守られているけれど、中にいる兵士は意外と少ない。

特にこの庭は蒼の御方の命令で、一部の人間以外立ち入り禁止。

しかも陛下から頂いたという大事な木々が、伸びやかに大きく育っている！

善は急げとばかりに、編み上げたロープを持って庭に出て、どこか高揚した気分のまま目的の木にたどり着く。

縄をかけても大丈夫な大ぶりな枝を探し出して、何度か失敗しながらも縄を絡める。

縄にはあらかじめいくつも結び目を作って、登る足がかりにした。

まさか遊牧生活がこんなところで役立つなんて思わなかった。

天を目指して必死に腕を引き寄せた私は、なんとか大木の上に登ると、今度は外壁に向かって足を踏み出した。

あとから思えば。いくら小川の水音が雑音を消してくれたとはいえ、壁の向こうに兵士がいたらどうするつもりだったのかと青くなったけれど——この時は薬草園が見たい、ただそれだけで。

……っ、意外といけそう⁉

自分がどれだけ危険なことをしているかの自覚もなく。ただただ、落下の危険だけを心配しながら、なんとか壁にへばりついて向こう側を覗《のぞ》き込む。

その瞬間——

「おい！　お前っ‼」

「っ‼」

低く鋭い誰何《すいか》の声に、びくりと身体が縮こまる。その勢いで手の支えが、ずるりと外れた。

「え——……？」

ゆらぐ世界と、ふわりと胃が浮くジェットコースターのようなあの感覚。

その後、何かに頭を掴まれ引き落とされるような、闇色の恐怖心に一気に襲われる。

「ひぁ、っ」

壁の向こうに落ちる——……

そう自覚したのと同時に、息もつけないほどの強い衝撃が全身を走った。

目から星が出るなんてもんじゃない。
息すら満足にできなくて、縮こまって魚のようにパクパクと空気を求める。

「――……ッ、ふっ――！」

乱暴な大きな手にグイッと顎《あご》を掴まれ目尻に涙が浮かぶけど、抗議の声すら出せなくて。

わけも分からず押し付けられた唇から、熱い塊《かたまり》が肺に一気に入ってきて、混乱したまま強く咳《せ》き込み続けた。

「っ……たぁ」

ガンガンと痛む頭にひりつく喉。心臓が耳元で早鐘を打つ。それでもようやく呼吸できるようになって、息も絶え絶えに顔を上げる。と――

「馬鹿かお前は！」

地を這《は》うように低く鋭い、憤怒《ふんぬ》の言葉が耳朶《じだ》を打った。

なっ……！

「馬鹿とは何よ、馬鹿とは！」

掠《かす》れた声のまま条件反射でそう答え、呼吸が止まる。

「お前は……っ。たかだか大人しくしてるだけのことが、何故できない!!」

ゆるゆると上げた視線の先。

押し殺した怒号《どごう》と共に、深い瞳の色が一層怒りで濃くなり、きりりとした眉がつりあがる。

ギラリと光る黒い双眸《そうぼう》に力強い腕。

目元しか出てない黒いローブ姿でも、闇夜でも、私がアーディルを見間違えるわけない。

でもさすがに彼がここにいることが信じられなくて……

これが白昼夢《はくちゅうむ》かと、呆然と見上げる。

「樹々が立てる音の異変に、俺が気がつかなかったら、どうするつもりだったんだ！お前がこの高さから落下して、無事に済むわけがないだろう！」

感情の変化の乏《とぼ》しい彼の、剥《む》き出しにしている怒りの色に静かな驚きを感じて、そっと目の前の唇に指を伸ばす。

「大体！　どうしてお前が天から降ってくる‼」

もしかして壁から落ちた衝撃で、私はどこかおかしくなったのだろうか。

目の前の幻覚の頬に指を這《は》わせ、口元を隠していた布を落とす。

少しシャープな頬骨と、形良い唇のライン。指先に時折感じる無精髭《ぶしょうひげ》。それは夢にしてはあまりにもリアルすぎて――

掌《てのひら》に感じる呼気《こき》の熱に、ゆっくりと名を呼んだ。

「アーディル？」

「何だ」

「ほんとに……、アーディル？」

二度目の呼びかけは、涙声だった。

「ああ」

「迎えに来て、くれたの？」

「当然だ」

激しい怒りを抑え、憮然《ぶぜん》としたアーディルの顔が、滲《にじ》んで揺らぐ。それでもその問いかけに、彼は迷うことなく答えてくれた。

「アーディル……っ」

耐え切れずに零《こぼ》れた涙と共に私は彼に抱きつく。

アーディル……アーディル、アーディル！

彼の名だけが胸に溢《あふ》れ、言葉にならない。

「……ッ」

動揺から固まった彼の身体に縋《すが》りつき、爪が白くなるほど抱きしめる。

会いたかった。

こんなにも、会いたかった。

少しでも力を抜けば蜃気楼《しんきろう》のように消え去ってしまう気がして、夢中で縋《すが》りつきながら、あとからあとから涙を溢《あふ》れさせる。

恋愛感情を伝えたら見限られる、想いを絶対に悟られたらいけないと――そんな覚悟すら、この一瞬の前には価値はない。

唇を寄せてキスを強請《ねだ》る私に、薄い緊張を纏《まと》っていた彼は戸惑いを見せる。やがてぎこちなく応え始めたキスは、いつしか溺《おぼ》れるような口づけに変わって慈愛《じあい》の雨となって降り注ぐ。

「こんなに痩せやがって――ッ」

「ふぁ……、ン……」

掠《かす》れた吐息の合間、唇を離さないまま、身体を掻き抱《いだ》くよう首筋に手が回って、ぐっと力を込められれば、より深くなった口づけにくらりと目眩《めまい》がする。

歯列裏や上顎《うわあご》をくすぐるようになぞった舌が、喉の奥で縮こまっていた私を絡め取り、角度を変えて何度も吸い、甘く噛まれ、溶かされる。

夢にまで見た彼が、夢にはない熱量を持って、私を抱きしめている。

その現実に、もう死んでもいいとすら思った。

「もう泣くな」

止めようとしても流れる涙を彼の唇が幾度もたどって、落ち着けと無言で促《うなが》される。

けど、溢《あふ》れる涙は止まらない。

押し殺していた彼への想い。悲しみと絶望。郷愁《きょうしゅう》と不安。

全てが綯《な》い交《ま》ぜとなって、涙となって零《こぼ》れ落ちていくみたいだ。

「……アー、ディル……」

お願いだから消えないでと、キスの合間に呟《つぶや》く私に、熱い舌先がもう一度口内に入り込み、これは夢ではないというように、甘く優しく唇を貪《むさぼ》る。

「ここにいる――」

「……っ」

涙の味がする口づけに喉が鳴る。

そうして、幾度目かのその存在を指でなぞって確かめながら、私はようやっと気がついた。

故郷から引き離された時のように、彼と会いたいと願いつつも、その全てを諦める覚悟をしていたことに。

初めてこの世界にやってきた時、歩けど歩けど誰もいない荒野と迫りくる夕暮れに、恐怖が湧《わ》き上がった。

脳天気に夢だと思い込もうとしても、ならばどこからが夢なのかと、木の枝で破れたタイトスカートで荒野を歩き続けた。

明けない夜がないなら。目覚めない悪夢がないなら。……おかしいのは私だろうか。それとも木の下で雷に打たれて、私は既《すで》に死んだのだろうか——そう思ってひたすら歩き続けた。

あの時の記憶は、温かな遊牧生活の下に押し殺していたけれど、それでも突如訪れた故郷との理不尽な離別は、今なお私の心の深い部分を締め上げる。

もう二度と、会えないと……思った。

「家族に会えなくなったみたいに、——もう二度と会えないと、……」

その先の言葉は、続けられなかった。

喘《あえ》ぐように言葉を紡《つむ》いだ私に、アーディルが瞠目《どうもく》して微かに息を呑む。

「リィナ。お前——」

ようやくすすり泣きまでになった私を緩《ゆる》やかに抱きとめていた腕に力が篭《こも》る。

額《ひたい》に、髪に、首筋に。優しく彼の唇と指先が触れた。

「お前を捜し出すのに時間がかかった……。不安にさせた。すまない」

深い苦渋《くじゅう》を滲《にじ》ませた声に、今までの彼の労苦を思って、どれだけまた迷惑をかけたのだろうと新たな涙がぽろりと零《こぼ》れる。

「何で……、そこまでして、来てくれたの」

「さらわれた妻を迎えに来て何が悪い」

間髪《かんはつ》容《い》れずに答えた声は、不機嫌そのものの憮然《ぶぜん》とした声。

でも何か質問に不審なものを感じ取ったのか、目線で真意を問いかける彼に、隠すことなく伝えた。

「もう私のこと、いらないのかなって」

「っ、何でそうなる！」

「だって単なる偽装結婚相手だし……、医者じゃなければ結婚してないって……アーディル言った」

「それは――っ！」

アーディルが、ぐっと言葉に詰まる。

小さく泳いだ目は、明らかに不都合な真実を指摘された人のもので。

ややあって、気まずそうに言われた言葉に、胸が締め付けられるように痛んで、さっきとは違った涙が滲《にじ》んだ。

――やっぱり、迷惑がられてたのかぁ。

「ごめんな、さい――」

それ以上、言葉を続けられなくて。戦慄《わなな》いた唇をぐっと引き締める。

～～っ。ほんっと情けない。これじゃ、まるで小さな子供だ。

でももう喜怒哀楽《きどあいらく》の振り幅が大きすぎて、感情の箍《たが》が外れてしまったみたいに制御できないよ。

たとえどんなに呆れられても、嫌われても。もう一度会ったらきちんと謝って感謝の気持ちを伝えよう。そう思ってたのに――

「確かに。俺が医者でなければ、お前とは絶対に結婚していなかった」

やがて観念したとばかりに、アーディルがあの時と同じく、吐き捨てるように言う。

抱えられたままの逃げ出せない至近距離で、彼の鉛よりも重い言葉がきりきりと五臓《ごぞう》六腑《ろっぷ》を傷つけながら落ちていく。

「ごめん……」

「覚えてたのか……」

けれど――

「大体な。どれだけ俺がお前を滅茶苦茶にしないよう、傷つけないように自制してたか――リィナ、お前に分かるか」

「……え」

切れ味の鈍《にぶ》いナイフで、ざっくりと切り裂かれる覚悟をしていた私に、まるで予想もしていなかった言葉が降る。

「決して抱くことが叶わない惚れた女が、毎夜ありとあらゆる方面から、無自覚に挑発してくるんだぞ――」

「え、……は？」

唸《うな》るように間近から覗《のぞ》き込まれたその目の中に不貞腐《ふてくさ》れた感情を見つけ、ぽかんとする。

「それとも、どうせ最後までされないだろうと、たかをくくって俺の忍耐力を試していただけか？」

「ためす⁉」

そんな怖いこと、できるわけがない！

そう言った私に、アーディルが鋭い光を宿した目をスッと細める。

「偽装行為中に、腕の中で半分意識を飛ばしながら、最後までしてくれと何度も強請《ねだ》ってきたことは、まぁ良いとしよう」

「うっ……」

「しかし、俺に性欲がないんじゃないかと、さんざん酒飲んでクダ巻いてきたことも一度や二度じゃない。昔の男との情事を、長々語り出したこともあったな」

ドSだ、冷淡男だと内心何度も罵《ののし》ったアーディルが、目を細めながら私のしでかした乱行を一つひとつ丁寧に上げていく。

次々上がるそれらだけ聞くと、確かに試したと言われても仕方ない。

それじゃあ、間違いなく酷《ひど》いのは私じゃん！

「ごっ……、ごめんなさっ」

「俺は女に虐《しいた》げられて性的興奮を覚える特殊な嗜好《しこう》は持っていないからな」

「ひゃ！　……んんっ」

極限まで耳元に近づけられた唇が、かりりと私の耳朶《じだ》を噛み、恐怖と狂喜に震える首筋を食《は》む。

「医師として理性にブレーキをかけ続けるのだって、いい加減に限界だ」

最後の憮然《ぶぜん》とした一言が、性欲をコントロールするベルゼの枝のことを指しているのだと分かった瞬間。抱きしめられている身体から、あのスパイシーな香りがしないことに気がついて、ぞくぞくっと背筋が震えて腰に落ちる。

耳が拾った『惚れた女』っていう信じられない言葉と、鼻腔《びこう》をくすぐる彼本来の体臭と。かあああっと耳の縁《ふち》まで赤くなるほど、顔に血が上った。

「もうお前、諦めろ」

そんな私を見たアーディルの唇が面白そうに歪《ゆが》み、首筋からそのまま胸の谷間に下がって、ちりりと紅《あか》い華を咲かせる。

「なっ、でも、だって――！」

「諦めて俺のものになれ」

「次は抱く」

「――～～～っ！」

なんて、なんて言葉のプロポーズなんだろう。

偽装結婚の『偽装』を取るという宣言が、プロポーズじゃなくてなんなんだ――

私の気持ちは聞かないのかとか、医者として邪魔だから奥さんは欲しくないいんじゃないのかとか、あんなの入んないとか。

全部の気持ちがぐちゃぐちゃになって、真っ赤な顔のまま憎まれ口しかでない。

「ちょっと、ソレ酷《ひど》くない⁉」

いつの間にか濃い闇に溶け込んでいたアーディルの姿が、徐々に輪郭《りんかく》を取り戻し、薄明へと浮かび上がり始める。

闇色が淡く変わり始めた東の空から、微かに鳥が鳴くような、細く高い警笛《けいてき》が聞こえた。

「私の気持ち、無視っ……？」

「お前の気持ちはもう知っている。あとはお前の口から聞くだけだ」

逃げ場がないくらいまっすぐに見つめられる。

アーディルと接触できた上、私の胸の内を知ってる人間なんて、一人しかいない。

ちょっとニーノさん！　人好きのする笑顔をしているくせに、なんて食えない奴なんだ！

「ニーノから聞いたのかもしれないけど、ロマンがないにも程がない⁉」

「知るか。大体俺と異世界人のお前が、言葉を介さずに分かり合えるわけがない。嫌ならそう言っておけ」

あんなに寡黙《かもく》だと思っていたアーディルは、それでも彼なりに必死に言葉を紡《つむ》いでいたらしい。

夜露《よつゆ》に濡れた木々の向こう。

研究棟の陰から近づく、わぁわぁと荒い足音と野太い兵士達の声。

二人だけの時間はもうほんの少ししかない。

それでも私達は微動だにもせず、見つめ合う。

医師であるアーディルが薬草園に侵入するのと、異世界人である私をここから連れ出すのは、きっと意味が違う。それでも――

「返事は」

「――っ、第二夫人なんて作ったら、許さないから！」

そう言った私に、アーディルが初めて少年のようにくしゃりと顔を歪《ゆが》ませ笑う。

最後のキスを交《か》わした私達に、朝日が柔らかく降り注いだ。

＊＊＊

「いたぞ！　不審者だ!!」

警笛《けいてき》の音と共に、研究棟の左右から薬草園に兵士達がなだれ込む。

薬草園に不似合いな、重い金属のぶつかり合う剣呑《けんのん》な空気が流れる。けれど覚悟を決

めているアーディルは、怯《ひる》まず大声で名乗りを上げた。

「ジャラフィード一族が医師、アーディル！　国王陛下より賜《たまわ》りし全ての栄誉にかけ、我が嫁をお返し願おうか!!」

何一つ迷いのない低く張りのある声が、光が広がり始めた空に響き渡る。

厳しい採取の時にも使う黒杖を素早く広げ、私を守るアーディルの姿に、兵士達は動揺したように足を止めた。

兵士達の逡巡《しゅんじゅん》に驚きつつも、だからと言ってここから抜け出す隙なんてない。

後ろは壁だし、正面の研究棟にある扉も窓も、全てがっちりと閉まっている。

そして何より研究棟の左右には武器を携《たずさ》えた兵士達がずらりと並ぶ。

アーディルの背に隠れながらも、必死に退路を探す私に、覚えのある声が聞こえた。

「まさか貴殿がここまで愚かだとは思わなかったぞ。医師アーディル！　王宮に押し入り、後宮から女を連れて逃げようなどとは、とち狂ったか!!」

「それはこちらが言いたい！　リィナ＝ハシィダは、我が妻にしてジャラフィード一族の女。死亡証明が手違いであったならば、この場でお返し願おうか！」

ドン！　と、黒檀《こくたん》の長杖を、大地に突く。

アーディルの腹の奥底から響くような低い声と、その毅然《きぜん》とした姿に、現状も忘れて思わず見惚れてしまう。

そんな風にアーディルの後ろで、赤くなったり青くなったりしながらも。やっぱり無駄に威圧感のあるこの声、どこか覚えがあるような……？

そう思って、必死に彼の背中越しに覗《のぞ》き込む。

「あああ！　やっぱり、私に薬を盛ろうとした髭《ひげ》デブ親父！」

「〜〜〜……、きっ、さま！」

指差し怒鳴る私の視線の先には、あのゴテゴテターバン極太《ごくぶと》眉の軍部のお偉いさん、ジャミアがいた。大勢の兵士を従え、こちらを睨みつけている。

「相変わらず生意気な！　女、貴様は早く戻れ！」

「勝手に誘拐して連れてきて、ふざけないでよ！　い〜やーでーす」

犬猫の子じゃあるまいし、冗談じゃない。

アーディルの背中にぴったりと張りついて、あっかんべーを一つ。

仕草はさておき、拒絶の意思は伝わったらしい。

「何度も言わせるな。不審者として夫共々切り捨てられたいか！」

「ホラ。ちゃんと夫婦だって、認識してるじゃない！　大体、アーディルは医師なんだから、不審者じゃないでしょ。医師が薬草園にいて何がおかしいの」

勝手に噂話ばらまいて誘拐した挙句、アーディルに新妻を宛《あて》がおうとした恨みは深い。

アーディルの後ろから、兵士達が固まるくらいに、ぎゃんぎゃん文句言う。

そんな私に、血管が浮き上がった親父が、ぎりぎりと眉間に皺《しわ》を寄せながらも、冷静さを取り戻そうと肩で息を一つする。

「ならば、女。――いや女薬師《やくし》リィナ殿。汝《なんじ》に問おう。正妃様方からのあそこまでのご寵愛《ちょうあい》を受けておきながら、後宮女官としての務めをお忘れになられたのか？」

「軍人さんには関係ないよ」

「このまま後宮に戻られるなら、才ある二人。折角の才能を潰すのは忍びない。今回のことは不問に処そう。――しかしだ。このままでは、お前の夫を犯罪者として裁かなくてはいけなくなるぞ」

「だ〜か〜ら、一体何の罪でよ！」

さっきも言ったけど、アーディルが薬草園にいること自体は正当性がある。

ニーノがここの所属ってことは、アーディルが昔いた王都の研究室っていうのも、このはずだ。

それにアーディル自身も難しい立場を理解してるのだろう。

今手に持っている武器は、厳しい採取の時にも使う長杖だし、いつも持っている長剣すら見当たらない。それで引っ立てることはできないはずよ。

そう言う私に、髭《ひげ》に囲まれた口元がにやりと笑う。

「非力な女一人で後宮を抜け出せるとは、考えられまい。どこかに内通者がいたか、アーディル殿本人が後宮に侵入して壁越えをしたのか……。どちらにせよ、重罪であることは間違いない。無論、ジャラフィード一族にも咎《とが》あると心得よ」

——!? 一族にまでって……ちょっと!

「ほんっと、大嫌い!」

「不審者として今この場で罰しても構わないのだぞ」

こちらを威嚇《いかく》するように、空弓をギリギリと引き絞る兵士達の姿に、ぐっと言葉を呑み込む。

何もできない私に優しくしてくれた、皆の笑顔が脳裏に浮かぶ。

落ちてきそうなほど広い青空も。横で寄り添い歩んでくれたアーディルとの生活も。

手を伸ばせば届きそうな夢は、あと一歩というところで無残に打ち砕かれる。

後宮での好き勝手は許されても、アーディルと一緒にいることだけが、許されない。

もう二度と離れたくない。ただそれだけなのに——

熱くなる目頭に、ぎゅっと目をつぶって、アーディルの背に寄り添う。

そんな私の気持ちに応えるように、アーディルの前に回した手に、大きな手が重ねられた。

打ちのめされ俯《うつむ》いていた私の耳に、不意にガチャリと重い金属の音が響く。

「エディプスの若草、ガイルタンの香草。テフランの根。——お前さん達の立っている場所で、今にも犠牲になりそうな薬草は、諸外国から陛下が譲っていただいた貴重なる薬草。ひと欠片《かけら》ですら金貨で取引されるその薬草園で、お前達。一体、何をしておる！」

「せんせい⁉」

「いくら年寄りの朝が早いとはいえ、早朝の冷気はチト身体にきついの」

研究棟の分厚い木の扉から出てきたのは、いつも私の部屋に遊びに来てくれるお爺《じい》ちゃん先生達。

いつの間にか、見たことのない研究員まで、私達を守るように取り囲む。

「シグ師匠……」

アーディルが絶句していると、今度は物悲しくも繊細《せんさい》なリュートの音が、突然、壁向こうから空に響き渡り始める。

「これ、御方様の——」

確かこれは、こちらでは有名な悲恋歌。

身分違いの恋で引き裂かれた二人が、絶望から全ての才能をなくしてしまい、お互いが待つ黄泉路《よみじ》へと旅立つ物語。

通常ではありえない、後宮で突如始まった管弦《かんげん》の宴《うたげ》。

それは碧の御方のリュートと、蒼の御方の異国情緒溢《あふ》れるの琴の音が絡み合い、歌姫であられた白の御方の美声がその調べにのる。

誰も示し合わせていないのに、他の寵姫《ちょうき》様方の演奏までもそっと寄り添い、兵士達も私達も、その楽の音に呆然と空を見上げた。

「陛下の覚えめでたきジャミア参謀総長にお頼み申す。どうか我が教え子であり盟友である医師アーディルのもとへ、ラティーニャをお返しくだされ」

先程の一喝が嘘みたいに静かに膝をつき、先生達が軍部に向かって頭《こうべ》を垂れる。

誰一人として武器を持たない人達が、それでも私達を守るように精一杯のエールをくれている。

「ぐぬぅっ」

そうなれば、さすがに実力行使に出られなくなったのか。髭《ひげ》デブ親父が、後ろに引くこともできず、口を開けては閉じてを繰り返す。

その様子を見て、ついにアーディルまでもが膝をつき、地面に拳《こぶし》を当てた。

「此度《こたび》の一件、軍部の方々のご意見もごもっとも。しかしながら、過去に異世界人を妻にした庶民の前例があるのも、また事実。ジャラフィード一族を代表して、我がラティーニャを腕《かいな》に留め置くことを陛下にご奏上《そうじょう》申し上げ、采配を賜《たまわ》りたい」

胸がいっぱいになって、彼をぎゅっと後ろから抱きしめる。

その時、空に一匹の白鷹が舞い――

遠くから陛下の帰郷を知らせる鐘の音が、風に乗って届いた。

＊＊＊

国王不在の後宮で突如夜明けの宴《うたげ》が始まった『事件』は、陛下のお耳にも届き、即日謁見を許される急展開を迎えることとなった。

薬草園でアーディルと再び引き離され、騒ぐ私に「しっかりなさいませ！　このお姿では陛下に御目通り叶いません！」と一喝した女官さん達は、湯殿専属の後宮女官。

一睡もしてない上に、ロープ一本で木登りした私を、上から下までまるっと磨き、最後に何故か懐かしのＯＬ服を差し出した。

「陛下に初めて御目通りする際には、慣例に倣《なら》いまして、異世界の衣装を身につけていただきます。例外はございません」

そうは言っても、こんな薄汚れた格好で御目通りする方が、失礼じゃないのだろうか。

そう思いながらも、アーディルがあらかじめ用意しておいてくれた昔の服に袖を通すと、懐かしさでなんとも言えない気持ちになる。

国王陛下のご帰還によって、膠着《こうちゃく》していた事態が動き始めた。

それが良いことなのか、悪いことなのかは分からない。けど……

「それではリィナ様。参りましょう」

扉が開けられ、兵士達と向かう先は謁見の間。

いよいよ、私達の行く末を決める裁判が始まるのだ――


「ジャミア！　一体これはどういうことじゃ」

金銀財宝で作られた玉座の上。

豪奢《ごうしゃ》な衣装のおヒゲの着ぐるみが、少ぉし甲高いお声でそう叫ぶ。

すると叫んだ拍子に、宝玉だらけのターバンが目元までずり落ちて、そっと玉座の陰から伸びる手が黒子よろしくそれを直す。

何これ、ちょっと面白い。

そう内心で思いながらも、必死に体裁を保ってるのはこちらも同じで。

砂にまみれたノースリーブのカットソー。ボロボロのサマーカーディガンに、木や岩肌でスリットが入ってしまった無残なスカート。

ＯＬ服で平伏すると、こんなに大変なんだと初めて知った。

平伏しつつも盗み見ると――不機嫌そうな陛下と、後ろに控える憂《うれ》い顔の正妃様方。こちらを見つめる大勢の難しい顔をした男達。

そして正装のアーディルと、陛下に弁解する髭《ひげ》デブ親父の姿が見えた。

「はっ！　ご報告申し上げます」

宰相から促《うなが》され、『軍部の髭《ひげ》デブ親父』改めジャミア参謀総長が、玉座に埋もれるほど小柄な陛下に平伏している。

長ったらしい口上《こうじょう》のあとに、新たな異世界人の出現報告。そしてアーディルと婚姻関係にある私の危険性を、滔々《とうとう》と訴え始める。

その言葉の端々から推察するに、軍部は私の存在を陛下に伝えていなかったみたいだ。

私が遊牧生活を送っていたのは、彼らにとっては大失態。陛下が戻られる前に捕まえて、なんとか取り繕《つくろ》おうとしたんだろう。

ただ誤算だったのは、思ったよりも陛下の御帰還が早かったこと。

奏上《そうじょう》する前に陛下が御帰還なされたことで、今窮地に立たされているのは、ジャミア本人だ。

「宰相よりジャミア参謀総長に問う。何故ゆえ新たな異世界人の報告がここまで遅れた」

乾いた空気に、宰相の低い声が響く。

「本来なら有形無形の知識を持つ異世界人は、陛下の御前に真っ先に召し上げるもの。陛下の国内視察中に軍部が囲い込んだ事実は、背信《はいしん》行為と見做《みな》されてもやむなしと心得よ」

その言葉に、奮然と言い返すジャミア。

「陛下への背信《はいしん》行為などとは、なんと心外な！　異世界人の少女と婚姻関係を結び、その技術を我が物にせんと画策したのは医師アーディル！　我々軍部ではありませんぞ」

「ほほう？」

「その証拠に、無理な遊牧生活で瀕死の状態に陥《おちい》ったリィナ＝ハシィダ殿を保護したのは、我々軍部。もし謀反を企《くわだ》てるなら、後宮に住まいを用意などせぬ！」

髭《ひげ》デブ親父は、太い声で言い切ってから、ゆったりと一呼吸。

「陛下にすぐに御目通しできるよう、正妃様方の近くに置いた事実を、皆様方には思い出していただきたい。言うまでもなく、軍部には反逆の意思など一切皆無。しかし。それに対して――」

と、ちらりとアーディルに視線をやり、いかにアーディルが軍部に歯向かったか、軍部の再三の要求を撥《は》ね除《の》け、私を死なせるところだったかと、雄弁に語り始める。

座してこちらを見つめるターバン姿の男達が、このやり取りにザワザワとざわつき始めた。

「異世界人が来てから、随分と後宮に商人が詰めかけているらしい。医師アーディルは、更なる名声を得んがため、異世界人を妻にしたのか？」

「いやいや。実はあの真珠の肌に溺《おぼ》れただけかもしれんぞ」

「男でないことは残念だが、技術を持つ者が来ることは益がある」

「儂《わし》は正直、軍部のやり方が好かんの」

「どちらにせよ、後宮から異世界人を掠《かす》め取ったのは周知の事実」

「いかにも。侵入したか否《いな》かは、この際問題ではないですな」

ちょっと待ってよ――!!

決して頭を上げるな。陛下の許可なく声を出すなと強く言われた私は、伏せた目に怒りを込めるしかできない。

集落ですら『発言権は目上の者から』と厳しく決まっていた。

王侯貴族がずらりと並ぶこの現状で、私達が異議を唱えられるのは、どれくらい先になるのかと、焦燥《しょうそう》で小さく身体が震える。

軍部に反逆の意図がなかったのは、実は私が一番よく知っている。誘拐は強引だったけど、扱いは丁寧だった。

そしてそれと同じく、軍部だって本気でアーディルが不穏分子だとは思っていないはずだ。

でも、軍部にも反逆の疑いがかけられているこの現状下で、自身の潔白を証明することに必死なジャミアが、アーディルをスケープゴートにしても不思議じゃない。

嫌な予感に耳鳴りが酷《ひど》い。息が、苦しい。

「しかし医師達からの報告によると、異世界人は夫を恋しがって随分と泣いていたとか。それとも、後宮生活が泣くほど辛いものであったのか？」

「滅相もございません！　リィナ殿を保護いたしましてからは、大切に大切にもてなし、ご本人も御方様がたの寵《ちょう》を得て、伸びやかに後宮生活を楽しんでおられました！　ですが……そうですな。生まれたての雛《ひな》が親を慕うように、いたいけな少女は医師アーディルを恋慕うよう、誘導・洗脳されたのでしょう。嘆かわしくも、いたわしいことです」

ジャミアは宰相に『打算まみれの悪徳医師と、無垢な少女リィナの悲恋』を切々と訴える。

信じる人なんているわけない。

そう思いながらも、語《かた》り部《べ》としては意外に上手いのがまた腹立たしい。

感化されたのか、宰相よりも後ろの男達も、再び小さくざわめき出した。

「軍部ジャミア殿の言い分は、相分かった。陛下より多大な栄誉を約束されていた医師アーディル殿が、突如王宮から去り、荒野で異世界人を囲っていた。――この事実には我々も確かに不審に思っている」

裁判官でもある宰相は、淡々《たんたん》と言葉を紡《つむ》ぐ。

その感情のない声が心底怖い。

「異世界の医学の知識を持つ少女を囲い込んだ。理由いかんによっては、医師剥奪《はくだつ》では済まされぬと、そう心得よ」

最後の一言。アーディルに向かって言い放たれた冷たい言葉に、胸の内で悲鳴が上がった。

「……っ！」

待って！　待ってよ!!

妻である私が許可なく顔を上げただけでも、アーディルの罪が一つ増える。必ず発言の機会を与えられるから、それまでは決して声を出すなと、そう言われたけど――

でも、じゃあ、どうしろっていうの！

けれども、救いの反論は意外なところからきた。

「余が妃から聞いた話と、随分と違うようじゃの」

「陛下⁉」

「異世界人リィナは、アーディルの指南を受け、こちらの世界で薬学を身につけたと聞いておる。しかも医師アーディルと言えば、死の病《やまい》ガンゼムの治療法を見つけた男。異世界の技術を独占せんがため、後宮から少女を攫《さら》おうとしたとは、余には思えぬの。さりとて、後宮から異世界人を拐《かどわ》かしたのは事実のようじゃ」

思案気な声と、しばしの沈黙。

「まぁよい。しかしアーディルをエリエの地に向かわせたのは、余の勅命《ちょくめい》によるもの。アーディル本人も、己で反論したいこともあるであろう。――ラング」

『勅命《ちょくめい》』の言葉にどよめいた場を、国王陛下は小さく手を振り払うことで収めた。

そして、それを受けたラング宰相が小さく首肯《しゅこう》し、張りのある声を響かせる。

「ジャラフィード一族がアーディル。陛下のご厚情により、異議申し立ての答弁を許す！　面《おもて》を上げよ」

ようやっと呼ばれたアーディルの名。

「ありがたき幸せ」とのアーディルの声に我知らず身体が震えた。

「御尊顔拝し奉《たてまつ》り、恐悦至極に存じます陛下。また、この度は反駁《はんばく》の機会をいただけたこと、心より御礼申し上げます」

『異世界人の情報隠匿《いんとく》』と『陛下への反逆行為』。

この二つを疑われたジャミアが、あそこまで声を荒《あら》らげたのに、『国王陛下の後宮への侵入』まで罪に問われているアーディルの声は、あくまでも落ち着いて粛然《しゅくぜん》としている。

「まずはこちらをご覧ください」

彼はそう言って、いくつもの書簡や体調記録書を宰相に献上した。

異世界人保護の書簡を早期に出していたこと。族長の前で使者と対面し、夫婦として暮らすことを軍部が認めたことなどを、時系列を含めて、噛み砕いて説明する。

「私が王宮の使者殿に説明しなかった点があるとするならば、陛下の命により、エリエ周辺の薬草を、生育条件含め、詳しく調べていたことでしょう」

死の病《やまい》ガンゼムの代用薬に使った、材料のいくつかはエリエの街近郊でしか採取できないもの。

既《すで》に王宮の薬草園での栽培に着手しているとはいえ、気候風土の違いか、薬草園のものは効能が少し弱いとの臨床結果が出ている。

そこで再び死の病《やまい》が猛威を奮《ふる》った時のことを考えて、陛下は己をエリエの地にお遣いになったのだ——

そう説明するアーディルに、ようやっと日頃の疑問が解消される。

いくら故郷とはいえ、こんな王都から遠く離れたエリエの地にいたのか、ずっと不思議だったけど、そんな事情もあったのか。

「それに、そもそも軍部の方も、私をお疑いではなかったと思われます」

「む。それは何ゆえ」

意外に思ったらしい宰相から問われる。

「もし本当に陛下に二心《ふたごころ》ある人間だと疑っているのならば、何故、私自身を拘束も尾行もせずに、リィナ殿のみを後宮へと隔離《かくり》したのでしょうか」

「ふむ。確かに言われてみると奇妙なことではある」

「起こった事実に、理由をつけるのは容易《たやす》いこと。軍部の方々こそ、異世界人の情報を握り潰し、妻の死亡報告書を偽造、しかも今は後宮で彼女に様々な品物を作らせているとか……？」

彼の静かな声に、ゆらりと静かな炎が見えた。

「薬草園にいた私を不審に思われるのは至極当然。しかし、もし軍部が今もってリィナ殿を利用しようとするならば、私はこの件こそ陛下に奏上《そうじょう》し、真偽を明らかにすべきと考える」

「口がすぎるぞ!! 医師アーディル！」

「ならば何故！ 病《や》み上がりの彼女を使い潰すように、様々な品物を作らせた!!」

割り入ったジャミアの怒号《どごう》に、アーディルはそれまでの泰然とした空気をかなぐり捨て、押し殺せぬ怒りを叩きつける。

「彼女の顔色を見れば、まだまだ本調子でないことは明確！ 異世界の技術を使わせようと、彼女に無理を強《し》いたのは軍部ではないのか!!」

怒ってる。

アーディルが本気で怒っている。

半ばストレスをぶつけるようにして作っていた様々な品物を、そんな風にアーディルが捉えているなんて知らなかった。

「我がジャラフィード一族は誇り高き騎馬民族。古来より国王陛下に忠誠を誓い、エリエの地でのみ産出される名馬を献上してきた。そのエリエの市場で軍部が正妃様の名を出し、特殊な軍馬を買い漁《あさ》っている。――陛下への背信《はいしん》は一体どちらにあるのか!!」

「貴様！」

「両者、そこまで！　陛下の御前であるぞ!!」

顔を上げることは叶わないから、アーディルの声全てに神経を集中することしかできない。

緊迫した空気を宰相が抑えるけれど、激高《げっこう》した二人は止まらない。

「背信《はいしん》行為などと言われて、このジャミア、黙っていられませぬ！　医師アーディル殿に勅命《ちょくめい》が下ったように、我々軍部にも密命による制約があっただけのこと!!　機密が漏《も》れぬよう、ご報告に時間がかかったことは確かに不手際ではあるが、それ以上、下手な詮索はやめていただこう！」

奮然と言い返したジャミアに、今までの成り行きを見ていた陛下からお声がかかった。

「待て、ジャミア。密命とは、一体何のことじゃ」

「へ、陛下？」

「確かに余は、アーディルにはエリエの地に赴《おもむ》かせた。仰々《ぎょうぎょう》しく薬草園の研究員を向かわせ、目的の薬草を根こそぎ山賊共に盗られてはならぬと、秘密裏に王宮を去るように命じたが――。お主《ぬし》に密命を出した覚えはないぞ。……まったく。適当なことを言いおって」

「いやいや！　お待ちくださいい陛下！」

訝《いぶか》しげな声で一蹴した陛下に、ジャミアが慌てて言い募《つの》る。

「陛下より勅命《ちょくめい》で集めておりました軍馬‼　その秘密を一目で見抜いた少女を、軍部としては放ってはおけませぬ！　陛下が国境視察を進められ、ついに国土を広められるこの大事な時期に、それはあまりに危険」

領土拡大という物騒な言葉に、今まで以上にざわつく外野。

国外からお輿《こし》入れした御方様からも、ベール越しに静かな悲鳴が上がる。

けれども厳しい顔のジャミアの言葉は止まらない。

陛下の顔が、訝《いぶか》しげなお顔から徐々に真っ赤に変わる。

「軍馬の秘密は今後諸外国との交戦にも影響があり、我々軍部はその懸念を――」

「ばっかもーーん‼」

陛下の怒号《どごう》と共に、豪奢《ごうしゃ》を極めた靴がぱっかーんと、ジャミアの頭にクリーンヒット！

「お前は何を言っておるのじゃ！」

陛下が玉座の上で仁王立ちになる。

「はっ？　いや、しかし陛下！　殿下達にも待望のお世継ぎが生まれ、国内は天下泰平。かねてよりの計画を遂行すると、仰せになられたではありませんかっ！　その際、御方様がたに決して気取られぬよう、密かに手配せよとのお言葉に私は従ったまでのこと！　――あぅっ！」

またまたナイスコントロール！

べちんと盛大な音を立てて、陛下が投げた二個目の靴が、今度はジャミアの顔面に当たる。

……陛下、もしかして大分靴、投げ慣れてるんじゃ？

「お前に集めさせている馬を、余がいつ軍事目的だと言った！」

「はっ⁉」

「あの揺れの少ない特殊な馬は、嫁いでから後宮から出ておらぬ妃達との、諸国漫遊のために用意させたもの！」

真っ赤な茹《ゆ》でダコ状態で怒る陛下。その前で、軍事拡大、陛下の御為《おんため》と信じて疑っていなかったジャミアが、青くなったり白くなったり忙しい。

「そんな……っ、まさか陛下。そ、それでは今回の国内視察は本当に……？」

「ろまんす旅行のためじゃ！」

う、うわ〜。

驚きのあまり、思わず平伏を忘れた私の前で、「えぇい！　ばらしおって！」と、怒る白いお髭《ひげ》の陛下と、そんな陛下に安堵《あんど》と尊敬と、とろけるような愛情の視線を注ぐお婆《ばあ》ちゃま方。

――すごい。ハートマークが飛んでるよ。

こちらの世界に来てからお世話になった遊牧民の男達は、性格は違えど大概が無口マッチョ。

あまりにも私が想像していた『陛下』とは違ったけど、何だかすごい可愛いかも。

そんなことを思っていると、玉座を下り、ひとしきり怒って落ち着いた陛下が、不意にこちらに振り向く。

慌てて平伏し直す私とアーディルに、陛下が近寄ってきた。

「久しいの。アーディル」

「お久しゅうございます、陛下」

「荒れ果てた荒野にもいつの日か恵みの雨は降り注ぎ、風は優しく芽吹きの歌を運ぶ——。そういうことかの。めでたきことじゃ。アーディル。お主《ぬし》の望みを言ってみよ」

「我がラティーニャとの結婚をお許しいただきたく、無礼を承知で御前に参りました」

「異世界人を拐《かどわ》かした罪人として扱われるとしてもなお、求めるのか？」

「陛下より賜《たまわ》りし全ての栄誉と、医師としての名をかけましても」

「ふむ」

しばし言葉もなく思案顔の陛下に、そっと宰相が近づいて、小さく耳打ちをする。

すると陛下は得心したように目をつぶって大きく頷《うなず》き、勅命《ちょくめい》を下した。

「医師アーディル。お主《ぬし》の我が国への功績を称え、お前の罪を一つだけ清めん」

罪を清める。

アーディルにかけられている不正侵入の嫌疑のみを晴らすということは、言い換えれば、婚姻関係は認められないと、言外に宣言されたに等しい。

「陛下！　お待ちください!!」

思わず身体を起こし強い瞳で見返したアーディルを、素早く兵士達が止める。

「そなたが異世界人リィナ＝ハシィダか」

ひょこりと私の目の前に陛下が立たれて、平伏したままの私に問いかける。

「お主《ぬし》のことは妃達から聞いておる。リィナ。お主《ぬし》の望みはなんじゃ」

え……っと。私。直接答えていいの？

逡巡《しゅんじゅん》する私に、陛下は真剣な声をかける。

「異世界人には必ず聞いておるゆえ、忌憚《きたん》ない意見を言うがよい。元の世界へ帰る術《すべ》を求めるか、その身の保護か。それとも……？」

陛下の問いかけに宰相からの促《うなが》しがあり、ゆっくりと面《おもて》を上げて名を名乗る。

そうして視線一つで先を促《うなが》す陛下に、万感の想いを込めて言った。

「アーディルの傍《そば》にいたい。私の願いは、ただそれだけです」

「ふむぅ。しかし何故じゃ？　お主《ぬし》がアーディルの傍《そば》にいることで、不利益が多いように余には見えるがの」

「それは――」

「アーディルは反逆の疑いをかけられ、お主《ぬし》自身もその命を危険にさらし、ジャラフィード一族に迷惑をかけておる。それでもアーディルの傍《そば》を求める。その気持ちはどこからきているのじゃ？」

責めるでも諌《いさ》めるでもなく、穏やかに問われる。

本当に日本に戻りたくはないのか。家族に二度と会えなくても後悔しないのか。

そしてこの世界で、本当に生きていく覚悟があるのか……

言外にそう問われた気がして、死を身近に感じた身体が、数々の痛みを鮮烈に思い出し、無意識に縮み上がる。

これは決して簡単な問いじゃない……

求められているのは、故郷への離別。そして死をも含む、受難への覚悟だ。

様々な情景が脳裏を駆け抜けるのを、震える指先と共に必死に握り込む。

即答なんて、できない。

けれど――、去来する数々の思いに、ふと、それはアーディルと別れていた時も同じだったと思い出した。

肩から力が溶けるように抜け、陛下をまっすぐに見上げる。

私を静かに見つめる、榛《はしばみ》色のつぶらな瞳がとても綺麗だと思った。

「異世界人の私には、何が有益で何が不利益なのかなんて分かりません」

「……」

「でも、荒野の厳しさや郷愁《きょうしゅう》の思いより……、アーディルと離れていた時の悲しみと寂しさの方が、ずっとずっと強かった」

二度も死にかけた私には、強い日差しの届かない自室、栄養価の高い食べ物、柔らかな寝台が、どれだけありがたいことなのか、身に染みている。

集落でどれだけ良くしてもらっても、現代人の私には荒野の生活は過酷すぎて。いつだって簡単なことで呆気《あっけ》なく体調を崩した。

それでも、あの過酷な荒野の生活でなければ、私の心に開いた穴は塞《ふさ》げない。

岩山の上から見た、どこまでも広がる空と大地。

たくさんの薬草を扱う、アーディルの厚い掌《てのひら》。

タペストリーに浮かび上がった二人の影と獣油の匂い。

荒野での記憶は、厳しいながらもその全てが温かい。

「御方様がたには、たくさん良くしていただいております。ジャミア参謀総長には言いたいこともありますが、それでも軍部は、本当に私を保護しただけでしょう。私はここで客人として過分なほど優遇していただきました。でも――もし、最初から王宮に落ちていたなら、私は故郷を懐かしんで嘆き悲しみ、薬学を身につけることもなく、後宮でお役に立てることはなかったと思います」

時が止まったような、薄暗い小さな漢方薬局の片隅は、小さな頃から私の秘密基地。

大人になってからも、生薬《しょうやく》の匂いが染みつくその場所に座ると、不思議と安らぎを得られた。

雨の荒野で行き倒れていた私を救ったのは、アーディルの肌の温かさと、昼夜なく飲ませてもらった薬湯《やくとう》のおかげだ。

でもきっと——彼が身に纏《まと》っていた薬草の匂いがなければ、高熱に浮かされて見る悪夢と、目が覚める度に突きつけられる過酷な現実に、心が壊れていた。

ボロボロの私が現実を受け入れるには、膝の上で甘える子供達や、荒野でも力強く生きる女達。

そして何よりもアーディルの存在が必要不可欠だったのだと思う。

「私が私らしく、この世界で生きていける土台を作ってくれたのは、全部アーディルでした。だからたとえ彼が罪人でも死神でも構わない。故郷に戻れなくても良い。ただ彼の傍《そば》にいたいんです。——私が愛したのはアーディルだから」

その言葉に、穏やかだった陛下はきらりと目を光らせ、小さく感嘆の声を上げる。

それからその目に熱い情熱をみなぎらせると、ぐっと拳《こぶし》を握りしめ、空を仰いだ。

「これじゃ！　これぞ、ろまんすじゃの!!」

どよめきを上げる男達。

ぽかんとついていけない私の横で、宰相が小さく指を鳴らすと、バラバラと隠れるように待機していた楽団が、待っていましたとばかりに、情熱を秘めた音楽を奏で始める。

はいぃ⁉

「皆の者！　異世界人リィナは、一人の男に恋をした。遠い異国の地に落とされ、我が身を救った男は医師アーディル。全ての栄誉を捨て、求め合う二人を誰が責められようか！」

宰相の声に呼応するように、座している男の前に、ぱあっと長い絨毯《じゅうたん》が広がって、ばらばらと金銀の酒壺を持った女官達が広間に入り、あっという間に祝宴の会場ができ上がる。

何、なに？　なんなの⁉

「異世界人リィナ。お主《ぬし》の我が国への功績を称え、正式に王宮女官に任命する。これからも医師アーディルを師と仰ぎ、女薬師《やくし》として余と我が妃達に、よく仕えるように」

陛下はアーディルにしたように、混乱する私に向かっても高らかに宣言を下す。

ええ、と……？

それってつまり、陛下の温情としてアーディルとの面会は目をつぶるけど、さすがに異世界人の私を荒野に戻すことはできない。そういうこと？

祝杯ムードと発言の差異に、わけも分からず陛下を見上げる私達に、陛下はことのほか嬉しそうに言葉を続ける。

「また見聞を広めるために、時折、王宮を出ることを特別に許す。研鑽《けんさん》を積むことは大切じゃからの。しかし天の気が厳しい季節には、王都を出ることはまかりならん。師であるアーディルと共に必ず王宮に戻れ。これは勅命《ちょくめい》である」

それって、もしかして……！

「アーディル。我が国初の女薬師《やくし》を導き育てよ。決して粗略にすることなく、ラティーニャとして慈《いつく》しめ」

呆然と見つめ合う私達に、広間に祝杯の歓声が上がった。

第8章　月華《げっか》の帳《とばり》

そして私達の関係は公《おおやけ》に認められた。ある種、意外な形で。

「きゃぁあああ！　ちょっ、待って！　下りる。下ろして、う、ぎゃゃゃぁぁぁぁぁ!!」

「落ち着いてください！　リィナ様。まだ歩き出していません！　お輿《こし》にしっかり座って、ホラ、こっちにおみ足！」

過去に着たどの衣装より派手な民族衣装を着て、私は今、象の上に乗せられている。

「無理！　ほんと無理ぃぃぃ！」

いつもより念入りな化粧は、半分涙目の私の汗と涙にも崩れることもなく。宝石やらゴールドをふんだんに縫い付けられた衣装は、超豪華な拷問具《ごうもんぐ》。

ほんと、足すらロクに上がらない。

それでも、飾り付けられた輿《こし》へ無理やり押し上げられれば、女官達がすかさずベールをかけたり、頭上に日よけをつけたりと忙しい。

そうして厳っ重に拘束――いや、こちらの人からすれば、入念なお仕度らしいけど！　――されて準備が整うと、最後に金のターバンを巻いた男達が大きく振りかぶって、盛大に銅鑼《どら》を鳴らす。

大地を揺るがす銅鑼《どら》の音が、青い空へと消えゆけば。

ゆっくりと私とアーディルの、結婚式が始まった。

＊＊＊

「ああ。アーディルとリィナの馴れ初めは、かように運命的だったのじゃな」

「源氏物語もかくや、という感じでしたわね」

「ほんにのぅ」

「わたくし達も、久方ぶりに華やぎを感じました」

「なぁリィナ。我の言うた通り、陛下はお優しい方であったであろ」

昼前に始まった婚姻式は、様々な催《もよお》しものを経て、夕方には宴会へと流れた。

ここは大広間の宴会場。

その最奥《さいおう》。十重二十重《とえはたえ》に張り巡らされた帳《とばり》の奥で、興奮気味の美貌のお婆《ばあ》ちゃま方に囲まれた私は、脇息《きょうそく》にもたれかかるのが精一杯の半死半生。

ギブです。ギブ。も。ほんと助けて。

この荒唐無稽《こうとうむけい》なド派手婚姻式は、ろまんす陛下が出した、私とアーディルの関係を認める条件の一つ。

『厳しい季節は必ず王宮に戻れ』という勅命《ちょくめい》により、アーディルは一年の半分近くを私のところに通う、所謂《いわゆる》、通い婚になったわけで。

だから、女官さん達との顔合わせ程度に婚姻式をするか～と、深く考えずに同意したんだけど――

王宮の婚姻式。舐《な》めてました、ごめんなさい。

重すぎる花嫁衣装でがっつり体力を削られたところに、ふたりの馴《な》れ初《そ》めを戯曲にされ、ついに残った気力も根こそぎ奪われた。

今も目をつぶれば、極彩色《ごくさいしき》の花やら布やらが、瞼《まぶた》の裏でひるがえる。私を演じた美少女がアーディル役のイケメンに縋《すが》りつくシーンなんて、軽く悪夢に近いよ。絶対今晩、夢見そう。

「あらあら、声も出ないようですね」

放心している私のかんざしや首飾りを、御方様がくすくす笑いながら緩《ゆる》めてくださるのすら、恐れ多くも成すがままだ。

「もう少しリィナの花嫁衣装を見ていたかったですけれどもね。良く頑張りました」

「さ。もうこれで苦しくないであろ」

もう人前に出ないで済むのかな。

私が限界だと見抜いた御方様がたに、グッと腰紐《こしひも》を引いて衣装を緩《ゆる》めてもらえば、身体中に血液が駆け巡り、くらりと世界が回った。

「月もあなたを祝福するために、天高く昇りましたね。これでリィナに子がなくとも、この婚姻は陛下が認めた正式なもの」

「後宮のごく一部の人間しか祝福できなかったことは残念ですわ。それでもあなたの結婚に何か問題が起きたら、わたくし達が立会人であり後見人でもあります」

「無理難題を受けて辛くなったら、いつでも後宮に戻ってくるのじゃぞ」

儀式の祝詞《のりと》ではなく、彼女達自身の言葉で祝福をくれた優しいお婆《ばあ》ちゃま方の言葉に、目頭が少し熱くなる。

「ありがとうございます」

私をこの地で支えてくれたのはアーディルだけど、私を包んでくれたのは、間違いなく御方様をはじめとする後宮のお婆《ばあ》ちゃま方だ。

そしてアーディルとの再会を、誰よりも喜んでくれたのも。

代わる代わるお声をかけてもらいつつ、陛下のもとへ向かう御方様、一人ひとりに柔らかく抱擁《ほうよう》をして見送る。

そうして心から手をつき、薄絹の向こうに消えていく御方様がた、最後のお一人までお見送りを終える。

すると、幾重《いくえ》にも下ろされた薄絹の帳《とばり》に浮かび上がる、踊り子の影と煙管《きせる》の煙。酒宴独特のざわめきとリュートの音色。そして花嫁衣装に焚《た》かれた、甘い香りが柔らかく五感を刺激して、何だか自分が金魚鉢の中の金魚にでもなったかのような、幻想的な気分になった。

そのまま、どれくらい放心していたのだろう。

帳《とばり》の向こうから感じる宴《うたげ》の様子は、まだまだ終わる気配が見られない。

どうせこの帳《とばり》の内側には、もう誰も入ってこないだろうしと、向こうからこちらを窺《うかが》えないのを良いことに、私は脇息《きょうそく》に頭を預けてどさりと寝転ぶ。

花嫁は大人しく座ってろと言われたけど、も〜う無理だ。

きっと平安時代の十二単《じゅうにひとえ》のお姫様とかも、こうやって寝たりしてたはずよ、絶対。

そう確信しながら、そのまま調子に乗って、片足を上げて太股《ふともも》を露《あら》わにする。

興奮状態だったから気がつかなかったけど、豪奢《ごうしゃ》な衣装の裾《すそ》から現れた、無数のすり傷、痣《あざ》、打ち身。痛々しいことこの上ない。

馬の鞍ずれも辛かったけど、象も乗り物としては、なかなかにアクティブだわね……。

あちこちぶつけた足を、しげしげと眺める。

香油を塗りたくられ、爪の先まで磨き上げられた足も、ここまで擦《す》り傷だらけだと、そのギャップに笑えてくる。

そうして寝転んだまま足をさすっていると、何本もの細いブレスレットが金の光を放ちながら、しゃらしゃらりと揺れた。

「随分と艶《なま》めかしい姿だな」

なっ……、えっ？　アーディル⁉

突然聞こえた低い声にギクリと視線をやると——うわ。ホントにアーディル本人だし！

しかもなんていうか、当然の呆れ顔。わたわたと慌てて起き上がって、乱れた裾《すそ》を直す。

「なっ、何でここに？」

「何故って……まさかお前。花嫁がいる『月華《げっか》の帳《とばり》』の中に入れるのが、後見人の御方様だけだと思っていたのか？」

「あ……」

デスヨネ。

いや、だってね？　あまりに厳重〜に花嫁と花婿を引き離しておくんで、まさか入ってくるとは思わなかったんだよ。

そりゃあ、簡易とはいえ王宮式の結婚式。高貴な人ほど、結婚式まで相手の顔を見ないのが当然っていうのは聞いたけどさ。人前で口利いちゃいけない、姿も見ちゃいけない花嫁と花婿ってどうなのよ。

「一体私は誰と結婚するのかと思ったよ？」

気恥ずかしさも手伝って、宙に向かって独りごちる。すると「俺以外に誰がいる」と婚礼衣装の裾《すそ》を捌《さば》いて隣に座ったアーディルが、さらりと答えた。

——それにしても、だ。

ちらりと横目で彼を盗み見る。

今日初めてベールを外して見たアーディルは、いつもの荒野での無骨な姿とは違った、艶《つや》やかな婚礼衣装姿。

厚い胸板を包む黒衣は、上等な絹地を染め上げたもので、立たせた襟《えり》ぐりや袖口に丹念に施《ほどこ》された金糸の刺繍《ししゅう》で華やかに彩《いろど》られている。

かっちりとしたラインは大人っぽく、私と対のデザインの銀の細帯が、決して軽薄にならない色気をほんのりと漂《ただよ》わせていて。

……超《ちょ》ぉぉぉぉ、カッコいいじゃないですか！

無口で強引で、馬で荒野を駆け巡る彼が好きだ。

けれど、いつものアーディルとはまた違う魅力に、なんか正直、すごく恥ずかしくなる。

見惚れるって、こういうことを言うのかぁ……

「で。大人しく鎮座しているはずの花嫁が、一体、何をしていたんだ」

「わわっ」

はなから足の傷だと分かっていたんだろう。

見せてみろの一言もなく、片腕で膝の上に乗せられ、あっという間に膝上まで露《あら》わにされる。

「ちょ、ちょっと。大したことないってば！」

いきなりココで、診察始めないでよ！

小声で文句を言った私に、やはりな、と平然と医者の手つきで触診を始めるアーディル。

「もう……っ」

——あいっかわらず、人の話聞かないんだから。

でもテキパキとしたその動きと、背中に感じる彼の熱が懐かしくて。

気持ちと裏腹に文句を言いながら、相変わらず自分も素直じゃないなと少し反省しつつ、そのまま彼に身体を預ける。

彼の体温と、お互い少しだけ入ったアルコールの匂い。ゆったりと心地いい、首筋を滑《すべ》る彼の手と、絹帯が滑《すべ》る衣擦《きぬず》れの高い音。

触診をしていた彼の手が、重い衣装でパンパンに張ったふくらはぎを優しくほぐし始める。

すごい気持ちいい……

自分の居場所に戻った気がして、とろりとした眠気に身をゆだねかけた私の首筋に、温かな唇が落とされた。

「んっ……」

うとうとと眠りの海に落ちかけた意識が、ちりりとした慣れた痛みに掬《すく》い上げられる。いつの間にか緩《ゆる》んだ胸元。鎖骨《さこつ》を撫《な》でるアーディルの指先。

何より耳元に感じる呼気《こき》に肌が粟立《あわだ》ち、寝息は甘い吐息へと転じる。

「ふぁ、っ」

思わず出た吐息に、背筋を震わす感覚が強まって、意識は一気に覚醒。焦って彼の名を呼び訴えた。

「ちょ、アーディル⁉」

何考えてんの！

けれど、愛撫《あいぶ》するように私の指先に唇を落としたアーディルの、見上げた瞳の中。挑発的な甘い光を見つけて、ぞくっとする。

「何がおかしい？　王宮式の婚姻式は、このまま『月華《げっか》の帳《とばり》』の向こうで夜を明かすのが正式なスタイルだぞ」

よ、夜を明かすって。正式なスタイルって——まさか。

嫌ぁな予感に、右へ左へ目が泳ぐ。

「ひ、一晩中、花嫁花婿も飲み明かすってこと？」

だよね？

まさか違うよね！

思わず眠気も吹っ飛び、逃げ腰になる私の前で、アーディルがらしくない、色気をふんだんに乗せた顔で「さぁな」と小さく笑う。

じょ、冗談じゃない。

胸元を掻き合わせて真っ青になる私と、その正面で揺れる、幾重《いくえ》にも重ねられた柔らかな帳《とばり》。

向こうからこっちは見えないって言っても、こっちの声は聞こえるわけで。

しかも向こうもこっちが何をしているか、大体分かっているわけで！

「集落での生活と変わらないだろう？」

思わず声を上げようとした唇を、アーディルの唇が叫び声ごと塞《ふさ》ぐ。

「んっ、ぅーー。んんっ！」

舌先が強引に歯列を割り、甘やかに口内を嬲《なぶ》られて、拙《つたな》い反抗は掠《かす》れた吐息に変わる。

「無自覚に煽《あお》るなら、これからはそれ相応の覚悟をしろ」

それが先程の、剝《む》き出しの足の件を示唆《しさ》していると気がついて抗議をしても、彼の容赦がないキスは止まらない。

「ふ、ぁっ……んっ」

違……っ。まって！

ストリップよろしく足上げてたのは偶然でぇっ。

「これ以上、待てるか。馬鹿」

ほんの一瞬でも唇を離すのが惜しいというように、髪の中に手を差し入れ、アーディルがキスの合間に囁《ささや》く。

「次は抱く。そう言ったろう？」

「――……っ‼」

その声は反則だ。――低く、重く。私を一瞬で溶かす。

私だってずっと会いたかった。ずっと触れたかった。そう思えば、意地を張ったり自分を偽《いつわ》るのが急に嫌になる。

それでも素直に甘えられないのは、私の性分？

「も……、ほんっと、信じらんな……いっ」

憎まれ口を軽く叩いてから、アーディルの首に両腕を回して深い口づけに応えると、喉の奥でアーディルが小さく笑う。もう年上の余裕なんてないも同然だ。

宴《うたげ》の声が聴こえる帳《とばり》の奥で、ここだけがアクアリウムのように別世界。

濡れたキスの音と、甘い吐息。熱い舌先が私のそれを絡め取り、幾度も深く交《か》わされる。

角度を変えながら甘く唇を食《は》まれ、いっそこのままアーディルに食べられてしまえば良いのにと、そんな倒錯じみた想いが湧《わ》き上がった。

「ほんとに、ここで過ごすの……？」

永遠にも似た口づけの合間。何度も胸の内で湧《わ》き上がっては水泡のように消えた言葉は、いつの間にか溢《あふ》れ出ていたらしい。

もどかしさに不満を覚える私の前で、彼は濡れた唇を親指でくっと拭《ぬぐ》い「嫌か――？」とやや目を細める。

無意識にするその扇情的な仕草に、かあぁっと耳まで赤くなり直視できない。情けないほど息は上がったままだ。

それでも視線をそらせれば少しは素直になれて。辛うじて首肯《しゅこう》を返す。

「アーディルのことだけ考えたいから……、ここじゃヤダ」

ぎゅうと首にしがみついて、アーディルの耳元に小さく囁《ささや》く。

重苦しい婚礼衣装に身動きが取れないように、このままじゃ素直にアーディルを感じられない。

他の人間のことなんて、一ミリたりとも考えたくないのだと……言葉だけじゃ伝え切れなくて。

彼の婚礼衣装の襟元《えりもと》を緩《ゆる》めて、そっと露《あら》わになった男らしい首に唇を落とす。

顎先《あごさき》から下って喉仏まで……

そこまで下りたところで、アーディルは喉を震わせ、くそっ！　と小さく悪態をついた。

「相変わらず、煽《あお》るだけ煽《あお》りやがって――っ」

「きゃあっ！」

彼の膝の上に座っていた体勢から、いきなり膝裏に腕を入れられ、アーディルが立ち上がる。

そのままはだけた婚礼衣装を一気に落とされ、今や身につけているのは、薄衣《うすぎぬ》一枚。

まさかこの姿のまま人前に出るのかと、私は真っ青になってアーディルに縋《すが》りつく。

「可愛らしい仕草でそんな刺激的なことを言う、お前が悪い」

そう言って無言で進んだ先。タペストリーで隠れていた後ろの壁に、大扉が現れる。

「わぁ……」

見惚れるほど美しい、月と星があしらわれた優美な白い扉は、いかにも重そうな両開きの観音扉。

それでもアーディルは私を抱いたまま難なく押し開けると、清涼な音色が部屋に響いた。

——これ、ただのウィンドチャイムじゃない。

小さく瞠目《どうもく》した私の目の前で、あちこちに隠された金属棒が次々とその身を震わせ、宴会場まで波紋のように、美しい音色を届けていく。

すると、後ろ背にした披露宴会場が、どっと沸《わ》く。乾杯の代わりに次々と交《か》わされるのは、アーディルの名と私の名前だ。

気がつけば音楽まで華やかで軽快なものに変わり、広間は今日一番の盛り上がりを見せている。

ねぇ、この音ってもしかして……

不審に思ったのとほぼ同時に、「花婿達が愛を確かめ合う銀星《ぎんせい》の間に移ったぞ！」との酔客達の声に、びしりと身体が固まる。

後ろ手に閉めた扉に宴会場の声は遮断《しゃだん》されたけど――予想通り、現れたのは大きな寝台のある初夜用の部屋で。

「アーディル……？」

「お前のおかげで、俺はどれだけ我慢が利かない男なのかと、今後、ニーノ達にからかわれること請《う》け合いだ」

苦い顔をしてそう文句を言う瞳の奥で、情欲の色が色鮮やかに映し出される。

きっと正式な作法だと、あの月華《げっか》の帳《とばり》でお互いの自己紹介に時間をかけるのが習わしなのだと気がついたけど、そんなことはもうどうでも良い。

――だってもう二人きりだ。

余計なことは全て脳裏から消え去り、彼の髪の中にそっと両手を差し込んでキスを強請《ね》るサインを出す。抱きかかえられたまま、床に広げられた大きな寝台に運ばれる。

「ここなら良いのか？」

合図にきちんと気がついてくれたアーディルが身体を重ね、小さくキスをくれる。

いくつも小鳥が啄《ついば》むように唇以外にも、頬や髪にも唇を落としてくれるけれど、その優しい動きがもどかしい。

「なぁ。ここなら良いのか」

もっともっととキスを強請《ねだ》る私の仕草を、するりと躱《かわ》すのが悔しくて。彼の名を呼び、小さく抗議の声を上げる。

「――良い……」

「キスだけか?」

「も……。知ってるくせに、っ」

瞼《まぶた》にキスを落とされ、喘《あえ》ぐように答えた私に、お前の口から聞きたいんだと重く濡れた声が、甘く強請《ねだ》る。あまりに官能的な声に、脳の芯まで痺《しび》れが走った。

ああ。もう、降参だ……。情欲に潤《うる》む瞳を見られることは恥ずかしい。それでも、彼が欲しい。

「ちゃんとアーディルのものにして」

最後まで抱いて――。その言葉は、口づけと共に彼の中に消えた。

歪《いびつ》とはいえ、今まで幾多の夜を共にしてきた。

だからキスの仕方も、私の身体に熱を灯《とも》す方法も、達する時の激しい追い上げ方も全部知っている。そう思っていたのに、実際は大間違いだった。

「ふっ……ッ」

黄金色のオイルが、つぅ……、と音を立てて落とされる。

キスの合間にいつの間にか脱がされて、うつ伏せになった背中に落とされたオイルは、腰の奥からぞくぞくした感覚を呼び覚ます。

別に怪しいものじゃない。この筋肉疲労に効くオイルの製作者は私だ。

ゆっくりお前を感じさせたい――

婚礼衣装を脱ぎ捨てた半裸の彼はそう言って、あらかじめ棚に用意されてあったオイルを手に取った。

「いい香りだな……。強い鎮静《ちんせい》作用と血行促進効果のあるマジョラムを主軸にしたのか」

「う、ん。あと、オレンジも――、すこし……」

まさかオイルマッサージをされるとは思わなかった私は、背筋をぞくりと這《は》い上がる感覚に、一瞬、息を詰める。

けれどアーディルの大きな掌《てのひら》によって温められたそれは、驚くほど優しく滑《すべ》らかに塗り広げられて、返答の合間に思わず甘い溜息が漏《も》れてしまう。

「ふ、ぁ……」

うつ伏せになった背骨の両側を押し上げるように、腰から肩甲骨《けんこうこつ》の間を通って、首元へ。

そのまま両肩のまろやかなラインを撫《な》でてから、また同じように下から上へと繰り返す。

性的な興奮と同時に、凝《こ》り固まった筋肉をほぐすマッサージの手つきに、体験したことのないふわふわした感覚に囚《とら》われる。

気持ち良い……

腰の奥深くからじわりじわりと込み上げてくる快楽と、力が抜けていくトロンとした感覚と。

ずっしりと重い婚礼衣装に疲れた身体は、アーディルの絶妙な手技になすがままだ。

「んっ……」

オイルを足しながら、臀部《でんぶ》から太股《ふともも》、ふくらはぎへと続く。

もう目を開けていられなくて、うっとりと瞼《まぶた》を閉じたまま、時折甘い吐息を漏《も》らす。

――このまま眠ってしまいたい。

そう思う気持ちと裏腹に、ゆっくりと確実に降り積もる熱に、ほんの少しの物足りなさを感じる。私は無意識に腰を捩《よじ》って、アーディルを振り返った。

「何だ……？」

分かってるくせに……

そう思って視線で強請《ねだ》るけれど、彼はくすりと笑うだけで、何もしてくれない。

キスが欲しいと分かって、焦《じ》らすようにゆっくりと足先に指を絡め、撫《な》でさすっていく。

「言わないと分からない。だろう？」

う〜〜！　もうっ。何で今日はそんなに言わせたがるのっ。

じれったい想いが胸に湧《わ》く。

けどそんな不満も、優しく脚を撫《な》でる指先には敵《かな》わない。

「もっ……。キス、して……欲しい」

気がつけば、自分から腰を揺らして、誘い込むような仕草で甘く口づけを強請《ねだ》っている。

相変わらず無自覚な奴だと言われた気がするけれど、知るもんか。

思考力が低下した私のアタマには入らない。

不満げに小さく鼻を鳴らすと、アーディルが甘く、低く私の名を呼び、覆《おお》いかぶさってくる。もう、それだけでとろけそうだ。

「ほら、リィナ」

「んぅ……、ふ……っ」

　最初は触れるだけのバードキスが、徐々に熱を明け渡すような口づけに変わって、指先は耳朶《じだ》やうなじを甘くくすぐる。喉が反って苦しさを覚えるけれど、それでも唇を離す気にはなれなくて。

　キスの合間に何度も甘く小さく喉が鳴る。

　そのまま自然と仰向けになってアーディルを抱き寄せれば、二人の身体が隙間なくぴったりと重なって、ますます浮遊感と多幸感が湧《わ》き上がった。

「気持ち良いか？」

「う、ん……」

　閉じていた瞼《まぶた》にキスを落とされ、夢見心地で目を開ける。

　さっきよりもさらに色香を増した瞳に間近から射抜かれて、どきりと心臓が跳《は》ねる。

　小さく柔らかなものを、怖がらせないように守りたい。そんな落ち着き払った優しさと――このまま荒々しく貪《むさぼ》りたいという煮えたぎった熱い情動とが、相反しながら同居し、不思議な静謐《せいひつ》さを持って私に向かっているのだ。

　喰らい尽くされそう、と霞《かすみ》がかった頭で感じた瞬間。

　かっと身体が熱く燃え上がった。

「アーディル……っ」

身体の奥でくすぶっていた小さな熱が、発火点を超えて一気に燃え上がってしまった。

そんな唐突さで、とろりとした眠りの残滓《ざんし》は、そのまま酩酊感《めいていかん》へとすり替わる。

あ。ヤバイ……

「ぁ……」

全然身体に力が入らない。

アーディルが眼下に見下ろすのは、彼に捕食されるために色づき、濡れ、淫《みだ》らな吐息を上げる弛緩《しかん》し切った身体と快楽に溶けた私の潤《うる》んだ瞳。

そんな私の変化に、『みる』ことが仕事のアーディルが気がつかないワケがない。

それどころか、まるでこの瞬間を待っていたというように、彼の指先が急に明確な意思を持って動き始める。

「んあっ！」

もうオイルを足さなくても充分に滑《すべ》る指先が、肩の前から鎖骨《さこつ》を通って、そのまま柔らかく胸のフチのラインを幾度もたどる。

往復する度にぞくりと震えた乳房《ちぶさ》が、大きな掌《てのひら》にぐいっと持ち上げられると、脳髄《のうずい》が焼けつくようなびりびりとした刺激が身体の中を駆け抜ける。

「あぁっ、あっ、あっ」

ただ右胸を彼の掌《てのひら》に包み込まれただけだというのに、この耐えられないほど甘い痺《しび》れをもたらすのは何……っ。

ぶるりと身体が震える。

「すごい硬くなってるな」

押し当てた掌《てのひら》でも感じ取れるのだろう。胸の頂《いただき》は、まるで何かの果実のように赤く熟れきっていて、捕食者に食べられるのを今か今かと待ち望んでいる。

けれども彼は、その先端だけに強い刺激を与えることなく、ゆったりと両胸を柔らかく持ち上げ、ぐにぐにと形を変えて弄《もてあそ》び始めた。

「や、ぁ……」

オイルで光る白い胸元と、それを包み込む褐色《かっしょく》の大きな手。

ビクビクと背中がしなるのを止められない。

集落の時は、声を聞かせることが大切だったから、激しく追い立てられるような愛撫《あいぶ》が多かった。

時には わざと焦《じ》らされ、追い詰められたこともあったけど……、これはそういうのと根本的に違う。

アーディルの与える全ての行為が、五感を通して私の身体に馴染《なじ》みきるのを待っている。

彼はそのために、快楽で意識を飛ばさないように調整しているのだと分かって、羞恥《しゅうち》と快楽に目が眩《くら》む。

そんな身体ごと作り変えられている感覚に、頭の回路がチリチリと焼けつきそうだよっ。

「はっ……、あっんっ……」

あつくて焦《じ》れったくて、視界が濁《にご》る。彼の熱が伝染《うつ》る。彼に――のまれる。

言葉で快楽を強請《ねだ》れば……、このどろどろに焼き尽くされるような感覚を味わわなくて済むのだろうか？

いつの間にか、うわ言みたいに「もっと」と強請《ねだ》っていた浅ましい自分の唇を、握りしめた拳《こぶし》で押さえる。

けれど、きっとここまで快楽にとろけている顔をしているんじゃその意味はない。

オイルの華やかな香りに混ざって感じる、ベルゼの枝の匂いがしない彼本来の熱、匂い、情動。

いつもあまり表情を変えない彼が、私を欲していることを隠しもせず、私と向き合っている。

そんな彼が初めて見せる姿に、どうしようもないほど煽《あお》られる。

腰からウエストのライン。背中の窪《くぼ》み。腹部の柔らかさを味わって、胸元へ。

飽きもせず、何度も往復する指先に、脳裏に小さな光が幾度も弾《はじ》ける。

気がつけば、「もっと」は「お願い」に代わり、吐息はすすり泣きの色を帯《お》び始めた。

「も……、やだぁ……っ」

焦《じ》れったい。熱い。アーディルが欲しい。

直接的な刺激が欲しくて、懇願《こんがん》するように涙で濁《にご》った瞳で彼を見上げる。

「……ったく、お前は」

耳朶《じだ》に落とされたキスに、俺も我慢が利かないな——と少しの苦笑が伴《ともな》っていたのは気のせい？

とろりとしたオイルをもう一度掬《すく》い取った指先が腹部をたどり、待ち望んでいた秘所を優しく撫《な》でる。その直接的な刺激に、一際高い嬌声《きょうせい》が上がった。

「ひあっ、あぁぁんっ！」

——何これぇ！

ようやっと与えられた微かな刺激は強烈すぎて。

背筋が総毛立ち、雷に打たれたような感覚が足先から脳天まで駆け抜ける。

入り口をなぞられただけなのに、溢《あふ》れた蜜と新たに足されたオイルのせいか、まるで中をかき混ぜられているみたいな濡れた音が響き渡る。

耳からも侵されるような感覚に耐えようと、必死にシーツを握りしめたけど、そんな小さな抵抗は意味はない。

「やあっ、あンっ！」

下腹部に渦《うず》巻いていた切ない甘い疼《うず》きが、蜜となって溢《あふ》れ出したみたいだ。花弁をなぞる彼の指先をしとどに濡らす。

「ここまで濡れるなら、オイルはいらなかったか」

喉の奥で笑ったアーディルの声と共に、くちゅりと音を立てて彼の長く節くれだった指先が私の胎内に沈む。

「はっ……んン！」

奥まで潜《もぐ》り込み、その熱を拡散するように、一度ぐるりとナカをかき回す。

その甘く重い衝撃に耐え切れずにきゅうっと丸まる足の指。

汗が舞い、見えない光がチカチカと弾《はじ》ける。

ごくごく弱く——でもすぐに達した私の呼吸を整えるように、彼は汗の浮いた額《ひたい》に小さく唇を落とした。

「……良さそうだな」

低く濡れた声に鼓動が奔《はし》って、耳元が熱く燃える。

そうして徐々に増やされた指が、私の弱いところを探し出し、優しく舐る。

桃色の尖った先端を優しく啄《ついば》む唇と、跳《は》ねる腰を宥《なだ》めるように滑《すべ》る指先。

あまりに強すぎる悦楽に意識が飛ばないよう、花芯《かしん》を避け、意識を残したまま追い上げられた身体は、ゆっくりと浅く小さく何度もオーガズムを迎えて、頭の中がハレーションを起こしている。

「何で……っ、こん、な——」

「ん?」

「やっ、またっ、——ひぅっ……ン!」

上手く言葉にできない上に掠《かす》れた声。

それでも意味を拾ってくれたらしいアーディルが、汗で張りついた髪を梳《す》き、露《あら》わになった首筋と頬に、触れるだけの柔らかなキスをする。

「お前が口先だけで言うほど経験がないのだと、もう知っている」

「なっ」

「快楽で追い立て、ごまかし、お前を強引に啼《な》かせてきた……」

だからお前の追いつける速度で、ゆっくり感じさせたい。

壮絶な色気の中。どこか苦いものを宿した双眸《そうぼう》と声に、停止しかかった思考の残滓《ざんし》をかき集める。

ああ、と唐突に気がついた。

アーディルはあの仕置きの日、彼との行為を怖がった私を心配してくれているけど――きっとそれだけじゃない。今までの行為を強姦に近しいものだと思って、激しく後悔してるんだ。

「……っ」

その深い後悔には、私が何を言っても届かない。

だから子猫が擦《す》り寄るみたいに、背を反らせてアーディルの唇を強請《ねだ》る。

かぷりと噛んだ唇から、ちりりとした痛みは感じたろう。

甘噛みよりは少し強いその痛みで、アーディルの意識を『今』の私に引き戻して言った。

「……好きだよ。出会った時からずっと」

快楽でとろりと濁《にご》った私の瞳を見つめていた黒曜石《こくようせき》が、驚いたように見開かれる。

そうだ――

私達は陛下の御前で、あれだけ全てを擲《なげう》ってでも一緒にいたいのだと、そう訴えたのに、こんな単純なことすら彼の目を見て伝えてなかったんだ。

何だかそれが私達らしくておかしくて。

快楽にとろけた身体のまま、小さな子供みたいにクスクス笑い出してしまう。

「愛してるよ、アーディル」

そう言って、両手を迎え入れるように広げた私に、今度こそ荒れ狂うような激しいキスが降り注ぐ。

歯列をなぞり、吐息すら喰らい尽くすような口づけに、飲み込み切れない唾液が口蓋《こうがい》の縁《ふち》から溢《あふ》れる。

「ン、んぅ」

のけぞった喉に柔らかく歯を立てられ、太股《ふともも》を絡ませる。

そこに当たった熱の正体に、分かっていたのに身体が跳《は》ねた。

ちょっ、……ちょっと待って？

驚愕《きょうがく》に目を見開いた私に気がついたのか。アーディルがその器用な両手で私を甘く追い詰めながら、どことなく悪戯《いたずら》っぽい光を宿して覗《のぞ》き込む。

「ひゃっ、あ！　あンっ。……ちょっ、――待って！」

「待たない」

「だっ、て、そんな……!!」

前より大きい――

そんなの絶対無理だと、混乱したまま絶望と共に伝えるけど。

「嫌、じゃない」

――だろう？

「あぁ――っ！」

身体を捻《ひね》って逃げ出そうとした私の身体をぐいっと引き寄せられ。覚悟もできないまま、ついに秘泉に彼の熱い楔《くさび》を感じる。

かえってそれが良かったのだろう。力が変に入らなかったおかげで、最も太い先端を迎え入れたにもかかわらず、思ったより痛みは薄い。

それでも今まで感じたことがないくらいのあまりに強い圧迫感に、無意識に腰が逃げようとするのを、優しくて強引な手が阻む。

「あっ、あっ、あっ」

圧倒的な量感。陸に上げられた魚のようにビクビクと跳《は》ねる身体を止められない。

こんなの到底全部受け入れられないよ！

逃げようと彼の手を掴むけど、びくともしないその甲に、無意識に小さく爪を立ててしまう。

それと同時に、ずっと触れ合っていた肌が、彼の存在を感じて総毛立つ。

身体中の毛穴が一気に開くような、びりびりとした感覚に息が止まり、顎《あご》が上がって汗が舞った。

「ハッ。持っていかれそうだ……ッ」

くっと漏《も》らしたアーディルの吐息が耳朶《じだ》を掠《かす》め、その壮絶な色気に、きゅうっと中が締まる。

「ひン、あぁ！　やぁ、ん!!」

軽く達する快感が連続で襲いかかって、足先が痙攣《けいれん》したようにガクガクと震える。

その度に私の中はうねり、蠕動《ぜんどう》し、先端しか収まり切っていない彼の欲望を、少しずつその内側に招き入れる。

「お前はッ……」

「あん、ああっ、ひ、……あン！」

少しは緩《ゆる》めろなんて、なんて無茶を言うのだ。盛大に文句を言っているのに、私の口

が紡《つむ》ぐのは壊れた音だけ。

私の胎内が馴染《なじ》むまで動かないつもりなのか、息を乱していた彼はその先には進めず、ゆっくりと息を整える。

後ろから抱きしめられた体勢のまま、私の身体の下に小さなクッションを当てて深く入らないようにする気遣いとかは、どこで覚えてきたのだとお姉さんは言いたい。

医者だからか、実は女性経験豊富なの？

やがて緩《ゆる》やかに背中を撫《な》でていた指先や、優しく重ねる唇に力が抜けて、ほんの少しだけ浅い抽送が始まる。

子猫がミルクを舐《な》めるような濡れた音と、私の恥ずかしいほど甘い声が部屋に響き渡る。

背中にぽたりぽたりと落ちる彼の汗に、隠し切れない彼の激しさを知って、ますます身体が喜びに打ち震える。

――もっとして。たくさん愛して。アーディルのものにして。

理性が中途半端に長く残っていた分、前みたいに色々言えない。

それでも、伝えたい。

「も。いいから、っ……ね。お願い」

ようやっと言った言葉に、拳《こぶし》の上から指を絡めたアーディルが、もう少し――。と荒い息を抑えて答える。

やがて部屋に備え付けられていた明かりより明度を増した光が天窓から入り込み、淡く部屋の中を照らし出す。

それを待っていたかのように、ゆるゆると快楽を追い始めた彼の動き。

いつの間にか、入り切らなかった彼自身の全てが私の中に収まっている。

それだけの時間、動かずにキスと細やかな愛撫《あいぶ》をくれた。

向かい合って彼を迎え入れていたら、きっとこんなにも長い時間をかけては無理だったろう。

約束通り、痛みと恐怖を与えず、快楽だけでここまでたどり着かせたアーディルに、「光の中でお前を抱きたかった」と言われ、私の存在丸ごとぐずぐずと溶ける。

「あん、ゃん、ああっ、もっ……」

どれだけ時間をかけたか分からない身体は、彼のために作り変えられ、熱く滾《たぎ》った欲望を迎え入れる度に、中の弱いところを擦《こす》られ、嬌声《きょうせい》が止まらない。

敏感《びんかん》すぎる花芯《かしん》を溢《あふ》れ出た蜜で柔らかくいじられ、小さく光が弾《はじ》ける。

「やあっ、あ、ああっ――!!」

ずっとこうしていたい——

激しい抽送の度に響く、ぐちゅぐちゅと濡れた音も、とめどなく溢《あふ》れる声も。全てが光に洗われ、この世界に溶けて消えゆく。

幾度も高みに達して強い愉悦を感じながらも、最後の瞬間。

強く繋《つな》がり合った手に何よりも幸せを感じて、私の意識は光に包まれた。

終章

「ん……」

アーディルの腕の中。眠りの表層を緩《ゆる》やかにたゆたっていた私は、遠浅の海で泳いだ時のように、ゆるりと意識が浮かび上がり、光に包まれて目が覚める。

褐色《かっしょく》の厚い胸板にも、力が抜けた太い腕にも、珍しく寝乱れた髪にまで。木漏《こも》れ日のように天窓から差し込む光の粒が、降り注ぐ。

——もうどのくらいの時間が経《た》ったろう。

丸一日。いや、二日？

長い時間を掛けて睦み合い。時にそのまま寝入り、また気がつけば彼と愛し合っている。

そんな色濃い時間の中で、もう既《すで》に時間の感覚なんてないのは当然で。

『初夜って普通、一晩のことじゃなかった？』

時折運び込まれる食事に恥ずかしさから口を尖らせると、このままここに閉じ込めたいと甘く囁《ささや》かれ、また彼に溺《おぼ》れた。

この部屋は、『銀星《ぎんせい》の間』の名の如く、白銀の壁に、夜色の天井。

白い螺鈿《らでん》が練り込まれている壁が、微かな明かりをキラキラと跳《は》ね返して美しい。

寝台に寝転べば、自分が美しい卵の中にいるみたいに見える。そんな部屋。

まさかこの世界に、宇宙を模したような空間があるとは思わず、目を覚ました時には感嘆の声を上げたっけ。しかも月を模した天窓は、ステンドグラスになっていて、昼はこうして色とりどりの光の粒が、淡く差し込む造りになっている。

今もそっと掌《てのひら》を天に突き出せば、歪《ゆが》んだ光の粒が私の腕を照らし出し、思わず綺麗だと、そう言葉が漏《も》れた。

――ねぇ、アーディル。

胸の内で、穏やかに眠る端整な顔に問いかける。

本当は私、気がついているんだ。

二人の上に降り注ぐ、ステンドグラスの虹色の光——それはあの仕置きの翌日、ハニーの背中で最後に見た景色を思い出させる。

あの時、荒野で見た虹色の雨。あれは確かに、こちらに来た時と同じ『虹の雨』だった。

私は、本当はもう『虹の雨』を見つけていたんだ……

アーディルの肩に落ちる青色の光の粒に指を伸ばし。ややあって、その光を避けてアーディルの髪に指を絡め、厚い胸元に耳を寄せる。

とくんとくんと聞こえる鼓動。擦《す》り寄せた鼻先。

気がつけば、力なく腰に回されていた大きな手が眠りから浮上して、私の髪を優しく撫《な》でる。

「起きてたのか」

「ん……」

こくんと頷《うなず》くと、アーディルは驚いたように瞠目《どうもく》し、やがてほんの少し切なそうに笑うと、桜色に染まった私のつま先に小さく唇を落とす。

手首、肩口、額《ひたい》にと上がって最後にゆっくりと頬にキスをくれる。

一筋流れた涙を掬《すく》い取るように。

「お前は……今、幸せか？」

その問いに、ほんの一瞬呆《ほう》けてから、破顔《はがん》して彼の名を呼ぶ。

私は今、幸せだ。だってここに来たからアーディルに出会えた。そこに寸分の疑いもないよ。

「ね。私ってほんとに強運だと思わない？」

『梨奈はね、子供の頃からこうと決めたら絶対、動かないのよね』

『自分の幸せ見つけたら、運命の神様相手だって、走って羽交《はが》い締めして捕まえるわよ。この子』

『孫は何人いても良いぞ。お爺《じい》ちゃん。じいじ。じいちゃん。オイ。母さん。なんて呼ばせようか』

もしここに、世界を越える電話があったら、きっと家族はそう言ってくれる。

流した涙は悲しみの涙じゃない。

荒野で死にかけても、後宮に攫《さら》われても、壁から落ちても。

一生傍《そば》にいてほしい。——そんな人に出会えた私は幸せだ。

だから、ねぇ、アーディル。

もうきっと、虹の雨は探さない——

書き下ろし番外編

雛《ひな》鳥の夜宴

その日は穏やかな春の一日だった。

碧の御方に呼ばれて向かったのは、後宮の一角にある応接間。大きな細工窓からは中庭が一望できて、噴水の音がさらさらと耳に心地よい。

拝礼して入室すると、そこには碧の御方と年若い訪問客がいた。

「リィナちょうど良かった。一緒に話を聞いてあげてちょうだいな。エシルは私の可愛い孫嫁なの」

その紹介と共にベールをそっと下ろして微笑んだお姫様は、淡い雪のようなプラチナブロンド。抜けるような白い肌とグリーンの瞳が美しい。

ほっそりとした華奢《きゃしゃ》な体つきと相まって、たおやかで儚《はかな》げな佇《たたず》まいだ。

肉感的な美女が多いこの世界で、初めて会うタイプの美少女だわ。

「あなたが噂の女薬師《やくし》ですね」

「リィナと申します。私に何か姫君の憂《うれ》いを払うお手伝いができますでしょうか」

私にとってはいつもの診察の、いつもの定型挨拶。けれど、その申し出にきゅっと細い眉が寄って華奢《きゃしゃ》な肩が揺れる。そして耐え切れずエシル姫ははらはらと涙を零《こぼ》し始めた。

「――わ、わたくしでは、駄目なのです。わたくしのような妻では、殿下のお役に立てないのです」

絶え絶えにその一言を言うのが精一杯だったようで、胸を押さえ泣き伏してしまう。

どうやらエシル姫の悩みは夫婦関係。

でもそれより私が気になるのは姫の顔色だ。

いくら日に当たらない深窓の姫君とはいえ、少し度が過ぎている。

失礼しますと言いつつ近づいて脈を計ってみると、うん。やはりかなり速い。

手入れされているはずの爪の先も白く、中央が少し窪《くぼ》んでいる。

――酷《ひど》い貧血。

ここまで来るのもかなり辛かったんじゃないかな。

持ってきた薬箱から気鬱《きうつ》や貧血に効く生薬《しょうやく》を手早く煎《せん》じて蜂蜜を落とす。そして涙が落ち着いた頃に薬湯《やくとう》としてお出しした。

「気分が落ち着きます。少しずつお飲みください」

「ありがとう。わたくしもリィナのように一つでも殿下のお役に立てれば良いのに――。こんな不甲斐ないわたくしでは、殿下がご不満に思うのは当然です……」

「何を言うのですか。あなたが産むお子はこの国の未来を背負う大事な皇子なのですよ」

碧の御方が言うには、まだ新婚三ヶ月目らしい。

そしてエシル姫は、渋みの強い薬湯《やくとう》を文句も言わずに飲んでいるところからも素直で我慢強い性格。

それなのに爪に出るくらい食事をきちんととれていないならば、悩みは相当深いのだろう。碧の御方が心配するのも頷《うなず》ける。

「エシル。何があったのか話してちょうだい。医師アーディルの妻であるリィナになら話せるでしょう?」

男性医師では言いにくいことらしく、その言葉に促《うなが》されて姫はぽつりぽつりと話し始めた。

「つまりは、夫殿下と同席すると動悸や息切れがしてしまう。そして夜になると意識が飛んでしまう――と言うお悩みで合ってますか」

今まで周囲に察してもらって生きてきたお姫様から、具体的な話を聞くのは難しかった。だけど、どうやらこういうことみたい。

「はい……。最近では愛想を尽かされてしまい、明朝はお顔を見せてもいただけませぬ」

うなだれた拍子にさらさらと髪が流れ、剥《む》き出しになった細い首が色っぽい。

清らかな色気と言うんだろうか。このお姫様に魅力がなくなったとか、そういう話じゃないと思うんだけどなぁ。

それか性交中に意識がなくなるってことは、精力魔神のここの男達からすると物足りなくて愛想を尽かす――ってことなのかしら。

動悸息切れは貧血症状だとしても、政治的な話ならば私はお手上げだぞと思案していると、少し納得がいかない様子で碧の御方が溜息をついた。

「けれど殿下は是非にと望んでそなたを迎えたのですし、あの子も粗略には扱わぬはずですよ。実際毎朝贈り物は届いているのでしょう」

あれ？　そうなんだ。

だとしたら、なんかちょっとおかしくない？

「朝のお顔を見られないってことは、もしかして夜は毎晩ご一緒なんですか？」

望まれた結婚で、毎日プレゼントは届いて、しかも毎晩一緒にいる？

「はい――ですが殿下は盃を重ねるだけで、最近では決して床《とこ》には入っていただけませぬ。わたくしが至らないのです……」

はらはらとまた涙を流すエシル姫。

――毎晩一緒にいるのに、いつの間にか消えて朝はいない。

なんかこれ覚えがある気がする。

たらりと汗をかく気持ちで、恐る恐る問いかける。

夜意識がなくなるっていうの、もしかして……

「あの、不躾《ぶしつけ》で大変申し訳ないのですが、姫様、それでは――お床《とこ》入りは最後までなされてないのでは」

その言葉に涙を零《こぼ》していた姫君が、戸惑ったように首を傾《かし》げた。

「寝台には一緒に入りましたわ。素敵な夢が見られますようにと願いを込めて、枕にはおそろいの刺繍《ししゅう》を施《ほどこ》しました。けれども殿下はもう何日も使ってくれないのです」

私と夢の中で会うのもお嫌なのでしょうかと悄然《しょうぜん》と肩を落とすエシル姫。

――あ、これ、我慢しているの殿下の方なのでは。

碧の御方と思わず目を見合わせる。

「殿下はこの国を担《にな》う大切な御方です。なのにわたくしは殿下の御威光の強さに畏怖し、お疲れを癒やして差し上げるどころか、満足にお話もできないのです」

消沈した様子の姫に、ふと気になって聞いてみた。

「失礼なことをお聞きして申し訳ありませんが、姫様は殿下にどのようなお気持ちをお持ちですか」

するとエシル姫はその問いに一瞬ぽかんとしたあと、みるみる白い肌を染める。

「もちろんお慕い申し上げています」

耳まで赤くなりながら、俯《うつむ》き小さな声で健気に答えるエシル姫。

はしたないことを申しましたとオロオロしている姿は可憐《かれん》の一言だ。職を超え、俄然このお姫様が好きになる。

彼女が憂《うれ》いを払って笑顔になったら、どれだけの人物が魅了されるだろう。

私は、ずいと膝を進める。

「姫様はまず、殿下に慣れなければなりません。知らないから怖いのです。明るいところで大丈夫ですので、まずは殿下の顔を見つめ、いつもより一歩お近くに立ってください。そしてもし可能でしたら手を繋《つな》ぐところから始めてみてはいかがでしょうか」

「そのようなことで大丈夫でしょうか」

縋《すが》るように上げた顔は、希望半分、不安半分。

「お食事をきちんと召し上がり体力がつけば、意識が飛んでしまうこともなくなります！」

「分かりました。やってみますわ」

思わず手を取り合う私達。

そしてその三日後。私はアーディルと共に王宮に呼び出された。


大きい！　そして怖い！

――軍神像とか仁王像が動いたらこんな感じかなっ。

見上げるばかりの巨躯《きょく》に獅子のたてがみを思わせる黒い髪。細い丸太くらいなら握り潰せるのではないかという風貌。

お初にお目にかかる殿下は、王子様というイメージからは程遠い人だった。

「お呼びと伺い、リィナ参上いたしました」

殿下の御威光に竦んでしまうとエシル姫は言っていたけど、ぎらりと強い眼光も相まって、殿下正直ほんと怖いです。

「女薬師《やくし》、我が嫁に何を吹き込んだ」

ぎりりと歯ぎしりする音まで聞こえる。平伏したまま何かございましたかと問うと。

「あれが膝の上に乗った」

――姫様あああ。

やんごとない姫君が一生懸命素直に頑張った結果、なかなかに大胆なことをされたらしい。

「そして今度は一切近づいてこない。何故だ」

あぁ、目に浮かぶようだ。

そしてアーディルはアーディルで王子殿下の悩みを聞いていたらしい。

いつもと同じ無表情だけど、なんとも言えない様子で座している。

「ええと、姫様には刺激が強すぎたのでは……」

「ほう。面白いことを言う」

「姫様は女性だけの世界で生きてきて、初めて男性と触れ合ったのです。お床《とこ》入りの意味もあまり分かっていなかったようですし、時間が必要かと」

許可が出たので顔を上げたけど殿下、とりあえずその剣呑《けんのん》な雰囲気をなんとかできないものでしょうか！

お爺《じい》ちゃま陛下と本当に血が繋《つな》がってますかと半泣きで問いたい気分だ。

「アーディル。お前はエシルをどう見る。虚弱体質の落ち人を妻にした、お前の見立てを申せ」

「血が薄く、心の臓が奏でる脈音が異常に速くなられていました。これが続きますと息切れや目眩《めまい》、最悪意識障害が起こり始めます。解決策としては、リィナの申したように食事と運動による体力の増強。もう一つは――殿下に慣れていただくことが重要でございましょう」

「同じ見立てか」

「はい。恐れながら殿下は覇気が強すぎるのです」

アーディルの発言に殿下の不機嫌さがもう一段増す。うぅ怖い。

美女と野獣。猛獣と小鳥。失礼ながらそんなことを思っていると、思わず言葉がぽろりと出た。

「お慕い申し上げている、とおっしゃられていました」

「ほう――」

「お疲れを癒やして差し上げられない、不甲斐ない、愛想を尽かされてしまったと嘆かれておいでででした」

お気持ちは殿下にあります――その言葉に何を思ったのか。

何故かさらに剣呑《けんのん》な雰囲気になったあと、殿下はくつくつとしばらく太く笑い、私達に一つの司令を下した。

本宮の片隅で、今宵《こよい》も二人の男が向き合い座る。

「エシル。肉を食え。ナツメもだ」

「リィナ、お前ももう少し食べろ」

そしてその腕の中、夫達にすっぽり覆《おお》われる形で座っているのは私とエシル姫だ。

雛鳥《ひな》よろしく唇に食べ物を押し付けられている二人の顔は、外から見たら茹《ゆ》でダコのように真っ赤だろう。

「確かにこれは良い考えだな。エシル、遠慮なく俺の腕に慣れろ」

医師と女薬師《やくし》がいるならお前も気後れしないで済むだろうと言われましても！

「俺に愛想を尽かされたなどという愚考、二度と思うな」

盃をあおる殿下の腕の中でコクコクと必死に頷《うなず》くエシル姫。

自分の純愛を疑われたことに殿下は憤慨していたのだと今なら分かる。でもさぁ！

「……あの、これいつまで続くのでしょうか」

「まぁ――エシル姫次第だな。俺もリィナの顔が見られないよりはこちらの方が良い」

どうしてこうなったと情けない顔で問う私に、アーディルが平然と答える。

「それに……」

集落で声を聞かせるよりは恥ずかしくないだろう？

アーディルにこそりと耳元で呟《つぶや》かれて、ボンと羞恥心《しゅうちしん》が爆発する。

異世界は危険と波乱、驚きと共に多大な羞恥《しゅうち》に満ちている。

エシル姫が羞恥《しゅうち》で失神しなくなるまで、雛《ひな》鳥達の夜宴は続く。

本書は、2017 年 12 月当社より単行本「遊牧の花嫁」として刊行されたものに書き下ろしを加えて文庫化したものです。


この作品に対する皆様のご意見・ご感想をお待ちしております。

おハガキ・お手紙は以下の宛先にお送りください。

【宛先】

〒 150-6019 東京都渋谷区恵比寿 4-20-3 恵比寿ｶﾞｰﾃﾞﾝﾌﾟﾚｲｽﾀﾜｰ 19F
（株）アルファポリス　書籍感想係

メールフォームでのご意見・ご感想は右のＱＲコードから、
あるいは以下のワードで検索をかけてください。

アルファポリス　書籍の感想　検索

ご感想はこちらから

Noche BUNKO

両片想《りょうかたおも》いの偽装結婚《ぎそうけっこん》

瀬尾《せお》 碧《みどり》

2025 年 3 月 5 日初版発行

文庫編集ー斧木悠子・森 順子
編集長ー倉持真理
発行者ー梶本雄介
発行所ー株式会社アルファポリス
〒150-6019 東京都渋谷区恵比寿4-20-3 恵比寿ｶﾞｰﾃﾞﾝﾌﾟﾚｲｽﾀﾜｰ19F
TEL 03-6277-1601（営業）　03-6277-1602（編集）
URL https://www.alphapolis.co.jp/
発売元ー株式会社星雲社（共同出版社・流通責任出版社）
〒112-0005 東京都文京区水道1-3-30
TEL 03-3868-3275
装丁・本文イラストー花綵いおり
装丁デザインーansyyqdesign
（レーベルフォーマットデザインー團 夢見（imagejack））
印刷ー中央精版印刷株式会社

価格はカバーに表示されてあります。

落丁乱丁の場合はアルファポリスまでご連絡ください。

送料は小社負担でお取り替えします。


ISBN978-4-434-35361-1 C0193